K INK INK INK INK INK INK
NK INK INK INK INK INK IN
K INK INK INK INK INK INK
NK INK INK INK INK INK IN
K INK INK INK INK INK INK
NK INK INK INK INK INK IN
K INK INK INK INK INK INK
NK INK INK INK INK INK IN
K INK INK INK INK INK INK
NK INK INK INK INK INK IN
K INK INK INK INK INK INK
NK INK INK INK INK INK IN
K INK INK INK INK INK INK
NK INK INK INK INK INK IN
K INK INK INK INK INK INK
NK INK INK INK INK INK IN
K INK INK INK INK INK INK
NK INK INK INK INK INK IN
K INK INK INK INK INK INK
NK INK INK INK INK INK IN
K INK INK INK INK INK INK
NK INK INK INK INK INK IN
K INK INK INK INK INK INK
NK INK INK INK INK INK IN

經商社匯
16

# 收視率葵花寶典

劉旭峰 · 著

記者必讀・小雞篇

心理建設

# 目次


亂世誠可悲，卻許出英雄／林維國 009
不能只是罵媒體／溫偉群 011
自序 013

第一章 記者應有的認知 020
收視率檢驗你的工作成績 020
良好的工作態度 021
經常保持「備戰狀態」 024
培養「口袋題目」，等待出頭天 029

第二章 撰寫電視新聞的技巧 036
好看新聞的心法：強調影音效果 036
稿頭簡潔有力，要像廣告詞 038
招 bite：把握 keyman 與 keyword 041
新聞破題，前八秒最重要 044
拍攝俊男美女，剪輯衝突鏡頭 047
多用肯定句，回報講重點 049
撰稿口語化、生活化 053

勿自曝其短，適度藏拙 055
進階寫作，讓觀眾感動 058


## 採訪

第一章 天災意外新聞 064
颱風 064
地震 072
斷橋 076
第二章 人禍災難 078
飛機意外 078
火災 082
重大車禍 086
第三章 社會犯罪新聞 089
犯罪新聞注意事項 089
法官才有羈押權 095
遲來的正義不是正義 097
孩子的意外、女人的眼淚，永遠是焦點 099
第四章 政治新聞 101
放話的藝術 102
政治新聞的竅門：追究權力核心 109
追官員責任絕不手軟 112

政治新聞：掌握議題 114
選舉新聞：要觀點，忌主觀 116

**第五章 生活娛樂新聞** 120
影劇綜藝永遠是焦點 121
生活消費新聞，小題大作 125

**第六章 財經新聞** 129
政治經濟不分家 130
台灣與大陸經濟密合 132
財經新聞的切點看指標 133

**第七章 大陸新聞：聚焦兩岸互動** 136
兩岸新聞採訪 137
大陸新聞的製作 141

**第八章 國外新聞：由台灣向外延伸** 143
國際新聞製作 144
國外新聞採訪 145

**第九章 新聞剪輯&動畫製作** 148
文字配音 149
畫面剪輯 151
電腦動畫製作 153

# 主管必讀・飛鳥篇

## 採訪中心

第一章 選擇報導題材 163
人的故事永遠最吸引人 164
選擇衝突性高的題材 172
從熟悉的角度切入 176
追蹤熱門新聞 179
不要造假模擬 181
第二章 突發事件急救箱 183
沒畫面前：上跑馬燈 184
記者調度：四組半的思考 185
新聞延棚莫遲疑 188
SNG調度：跟著主新聞走 190
重要突發新聞：深度廣度兼具 194
第三章 重大新聞的規畫與管制 202
選舉新聞照表操課 203
重大的出國採訪規畫 222
颱風新聞的準備 226
主動出擊，爭取獨家播出權 232
新聞專題規畫，爭取觀眾共鳴 235
成立新聞爆料專線 238

獨漏新聞的緊急應變 243
第四章 避免法律責任 245
誹謗罪的要件 245
負面新聞，安全第一 247
記者挨告，多因畫面惹禍 249
炒作綜藝天王街頭擁吻 252
無心之過，勇於認錯 256
新聞自律公約 259
負面新聞處理準則 262

## 編輯中心

第一章 編輯台基本功 267
下標題：簡潔有力 267
拿出主動的精神 270
第二章 編排，是說故事的邏輯 273
編輯思考：觀眾第一 273
時段不同，編排邏輯不同 276
錯開廣告，致勝先機 280
編輯上線注意事項 289
與主播一同成長 292

第一章　經營媒體市場，要隨市場需求調整　302
收視率是命脈　303
開店賣什麼？出考題凝聚共識　306
貼近觀衆，當觀衆的僕人　308
經營電視台，處處以觀衆為念　311
專業電視台，也要報導「新」聞　314
老闆帶頭衝業務，業配新聞創商機　322
第二章　建立品牌搞行銷　328
品牌行銷不是空話　328
別怕，媒體是天生的在野黨　332
媒體像火爐，愈是打壓、火愈旺　334
給觀衆「感動」，才是明星主播　340
第三章　媒體新趨勢　343
新聞台的「藍海策略」　344
「藍海」，平凡人的不凡故事　346
電視轉型新媒體　349

（推薦序）

# 亂世誠可悲，卻許出英雄

林維國
（輔仁大學影像傳播系主任）

這是一本台灣電視戰國時代，媒體主管必讀的《戰國策》。

在學界教書研究，最常有人劈頭一問：現在媒體這麼亂，你們怎麼不講講話？許多學界前輩其實已經苦口婆心，戮力改造了，但台灣媒體亂象是歷史發展及整體生態所造成，再加上「收視率」已如電視業界，上至老闆長官、下至主播記者之「死穴」，若非產、官、學共同努力以打通任督二脈，例如建立與收視率（量化指標）二元併行的收視質（質化指標）、公視集團力量的整合與發揮等眞正爲業界把脈診斷的處方，否則電視生態端賴「媒體自律」，有點像是只要求一個靠打點滴（收視率）維生的病人，有時要節制一下，別哈太多；或是期待他自己拔管了斷，完全不理收視率，如此或可免去收視率之苦，但他也知道自己距往生不遠矣。因此，什麼才是在電視生態尚未全面改善前，媒體人現在暫可努力的方向呢？旭峰兄這本專著，提供了一些切實可行的法寶。

有幸承蒙旭峰兄這位優秀的資深媒體人青睞，邀敝人爲序。我著實花了不少時間扎扎實實當了他的學生，努力拜讀其大作，才發現本書有許多令人擊節叫好的建議。這些都是他投身媒體界十六年的歷練精華，時有經驗恂恂傳承，時有創意激盪而出。更難能可貴的是，在許多章節如呼籲媒體勿作先知、勿造假模擬、競選新聞及民調分際之拿捏等，均反映了一位有「格」的資深媒體人，在當今電視生態收視率不得不然的壓力下，如何在新聞專業道德和市場競爭的鋼索上盡力平衡。

我們或許都在期待台灣的媒體環境早點走出「戰國時代」，回歸良性競爭和理性的市場機制，但舉目望去，此景尚渺。於是乎在媒體的戰國風雲中，深陷其內的媒體人，不妨將此書視爲電視的《戰國策》，從中了解當今電視實務的來龍去脈，汲取在兵荒馬亂的新聞大戰裡具可貴經驗的建言。嘆息抱怨已是枉然，至少，媒體前輩諸公及優秀後進們可以期待：「亂世誠可悲，卻許出英雄」吧！

# （推薦序）不能只是罵媒體

溫偉群
（世新大學口語傳播學系助理教授）

我是一個傳播研究者、電視觀眾、也曾經是第一線記者，這幾年最常受邀到政府與企業演講的主題就是「媒體溝通」。我注意到聽眾中只要有人「罵媒體」總能引起共鳴——「如何避免媒體傷害」已成了一種廣泛的社會需求。

即使不在政府或企業服務，只要您或您的家人閱聽媒體，媒體傷害恐懼症還是不可免。日先傳出知名主播沈春華不讓自己小孩看自己做的新聞，凸顯出許多新聞工作者的矛盾。例如，許多新聞台明知晚上七點多數民眾正在進晚餐，卻「爲了收視率」，重複地以寫實乃至於戲劇的方式播報分屍案或其他殘忍事件，這眞的是應了部分記者「吃飯配屍體」的譏評。很多人罵媒體，多數人卻不了解媒體運作的邏輯，以至於只能用「台灣社會沒救了」等消極的話因應。在《收視率葵花寶典》裡，資深媒體工作者劉旭峰先生不僅揭露媒體的運作過程，也建設性地提出媒體經營的「藍海策略」。這對電視觀眾或媒介經營者都深具價值。

個人任教的世新大學以新聞傳播專業著稱，我看到學生們批判媒體也努力學習採訪、播報與媒體管理的學理。對許多同學來說，想作一個有貢獻的媒體工作者是理想；而要在激烈競爭的媒體環境中生存是現實。《收視率葵花寶典》爲同學們提供務實而詳細的操作指引。十多年前個人在 TVBS 主跑司法警政新聞時，旭峰是台視當紅的社會新聞記者。我每天必看旭峰做的新聞，一方面是怕旭峰跑了獨家讓我漏新聞；另一方面，也學習他獨特的新聞切入角度。其實，新聞工作者中以敢衝、獨家、或「灑狗血」（聳動手法）著稱者比比皆是，但像旭峰這樣普遍受到採訪對象與同業敬重的卻不多。閱讀《收視率葵花寶典》的過程中，彷彿把我帶回十多年前看旭峰跑新聞的感受——務實而不失理想，以及樂於提攜新聞同業後進的熱誠。

個人認爲一本好書可以扮演「字典」的功能——放在書架上不時查閱；也可以扮演「地圖」的功能——帶領我們探索未知的世界。顯然《收視率葵花寶典》兼具這兩項功能。無論您是傳播研究者、電視觀眾還是新聞工作者，劉旭峰先生的這本書都值得您收藏與閱讀。

# 自序

這是一本寫給電視人看的書，有志於電視工作的朋友，透過這本《收視率葵花寶典》，可以汲取前人的經驗，打通製作電視新聞的任督二脈。

這也是一本寫給電視觀眾看的書，天天看電視，觀眾知道電視新聞是怎麼產生的嗎？你想了解讓你又愛又恨的電視新聞，是在什麼樣的思考邏輯底下做出來的嗎？看完《收視率葵花寶典》，可以讓你衝出電視迷霧。

本書既然叫做《葵花寶典》，那麼欲練葵花神功，是不是一定先要自宮？

那倒不必，想練葵花神功的讀者毋需自殘，但是一定要割掉一樣東西，割掉知識分子的大頭症。把自己對文化、對新聞的舊觀念淨空，騰出一塊清淨地，用做事業的進取心來練功，那麼不論是讀者、老闆、主管還是基層記者，對電視經營的功力都將突飛猛進。

一直以來，新聞記者經常會陷入究竟該「媚俗」還是「脫俗」的矛盾，多數新聞人都以爲自己是社會上的意見領袖，總認爲觀眾是要被教育的，所以骨子裡想的總是文以載道。但是新聞人腦袋裡想的究竟符不符合觀眾的需要呢？大有問題。

國內外的調查都顯示，多數觀眾都把看電視當作是最常從事的休閒活動。注意喲，觀眾把「看電視」和「休閒」劃上等號，觀眾根本不認爲「看電視」和「受教育」這兩件事應該綁在一起，更不認爲「看新聞」與「休閒娛樂」，這二者之間有必要做什麼區隔。

要滿足觀眾又想教育觀眾的矛盾，是腦袋混沌的新聞人在自尋苦惱。

新聞人只要堅持不作假，那麼不論電視新聞抑或是電視節目，只要能滿足觀眾的需要，不就是達到「以客爲尊」的商場最高指導原則了嗎？所以，媒體人不必再特別感到矛盾，更不必把傳統士大夫教忠教孝的責任攬在身上，觀眾若要受教育（或者受污染），從網路、從報紙、從電影、從廣播，到處都能接受到教育（或污染）。電視人若能做到寓教於樂，讓自己的專業、敬業、樂業，導引觀眾快快樂樂地去看電視，那才是電視人的終極目標。

會與電視頻繁互動的至少有四種人：記者、主管、媒體老闆與觀眾。這本書就是針對記者、主管和老闆這三類人的不同特性，與大家溝通如何做到專業、敬業與樂業。

作爲電視記者，這個職業有一個特點，就是必須到第一線去，必須站到事件發生的第一線。因此，記者工作具備一定的危險性，你做好準備了嗎？作爲電視主管，你每天要做上百個決定，你有能力做好決定嗎？而作爲媒體負責人，你要賣給消費者什麼樣的新聞，你的定位清楚嗎？至於作爲觀眾，你看到的每一個畫面，都有它背後的意義。你是要傻傻地看，還是聰明地透視螢幕背後的玄機？

不論你是衝鋒陷陣的第一線尖兵，還是指揮作戰的帶兵官，抑或是運籌帷幄的媒體老闆。

面對不可測的新聞，與其懵懂驚惶地趕赴現場，或者待在辦公室裡急跳腳，手上若有一本《葵花寶典》至少能夠讓你心安。靠著前人經驗累積下來的「秘訣」與「竅門」，只要用心體會，當你製作新聞的時候，就可以舉一反三，找出最適合自己的新方法。

電視新聞是有生命的，特別是意外突發事故，它就像生命一樣不可捉摸，新聞既不會遵循一定的公式發展，也不會按照舊有的模式出現。不過，經驗告訴我們，新聞的發展雖不可測，但它還是有一定的軌跡可循。

眞實，是新聞的第一要件。虛構的新聞是無本之木、無源之水，是造假的腳尾飯。不過，新聞的操作自有一套商業邏輯，這本書會教你如何吸引觀眾，如何吸引消費者來鎖定你的電視頻道，贏得收視率。

這樣的說法並不是要你把新聞當作商品，只不過，在現實的商業機制下，新聞經常必須被包裝成商品。因爲電視是個消費市場，消費者主宰了市場機制，爲了讓更多消費者進入這個市場，你就得把電視新聞包裝得更吸引人。

「怎麼去吸引更多人來看你的電視呢？」

答案很簡單，就是：「記者必須跑好新聞、長官必須操作好每一道流程、老闆必須有效率地經營好公司。」

我將記者比做是亟欲快快長大的小雞，把長官比喻成亟思掙脱牢籠的飛鳥，把公司經營者比喻成高瞻遠矚的大老鷹。三者之間差別在於，小雞在地上，飛鳥在枝頭，大老鷹則在天空盤旋，所處的位置不同，自然眼界也不同，這本書希望能幫讀者循序漸進達到獨具「鷹」眼的地步。

不過，說得容易、做得難。不是老王賣瓜，但的確值得自賣自誇，書市裡談媒體經營的書籍汗牛充棟，但眞正有媒體實務經驗、特別是有成功經驗的作者鳳毛麟角。這本《收視率葵花寶典》裡有「三好」，它把新聞理論融入市場操作，可以提供記者做「好」新聞的心法；可以給主管帶「好」新聞部隊的狀況模擬；更可以提供媒體老闆搞「好」媒體的積極建議。

不論古今中外，有成就的領導者大多有一個共同的特點，那就是「閱讀」。不管是閱讀人心，還是閱讀書本，優秀的領導者都懂得善用前人的經驗當成自己的老師。透過這本書，可以讓讀者順利地站上「前人」的肩膀，電視之路可以走得更順遂，讀者也可以看得更深遠。

# 記者必讀

## 小雞篇

# 心理建設

# 第一章 記者應有的認知

全台灣有六個新聞台，二十四小時都在播新聞，另外還有九個綜合台，在午間、晚間和夜間播新聞。換言之，如果是一個公開場合，記者站出去採訪，至少要面對十五家電視台的記者同業同場競爭。作爲第一線記者，既要跑好新聞又要面對競爭，要怎麼做才能出類拔萃，有一些基本態度必須建立。

## 一、收視率檢驗你的工作成績

作爲記者必須先體認一個事實：ＡＣ尼爾森的收視調查，它已經是台灣電視圈的神祇，它每天公布的收視率數字儼然是電視台奉行的《聖經》，它指導著各家電視台的內容往東走西，或者朝向腥羶色，或者走向緋聞八卦。

電視台主管每天盯著收視曲線圖，心情都是七上八下，記者的長官，每天的心情都跟著那零點零幾的收視率上下起伏。你做的新聞在幾點幾分播出，你的新聞有沒有收視率？觀眾有沒有一看到你的新聞就轉台跑掉？這些疑問，主管只要比對收視率就可以看得清清楚楚。

AC尼爾森若說A台的收視率好，其他電視台就會一窩蜂抄襲A台的內容；AC尼爾森說B台的收視率差，那甭管B台製作的過程是多麼嘔心瀝血，品質多麼巧奪天工，電視台一定把他的創意丟進垃圾桶，永不錄用。

所以囉，這麼多電視台，其實眞正的操縱者只有一家電視台，它就叫作「AC尼爾森電視台」。你的工作成績會具體反映在收視率調查上，將來你的長官要你跑東跑西，或者改變撰稿內容，唯一的理由就是爲了搞好收視率。你不必訝異也毋需歡喜，這是你踏進電視這一行，必須了解的第一步。

## 二、良好的工作態度

工作態度的良窳決定你事業成就的高低，媒體狗仔隊雖然人人罵，但是狗仔隊認眞堅持的工作態度卻値得記者們學習。只不過，記者應該要把狗仔精神放對位置，若用狗仔精神去跑名人的緋聞八卦，雖然有人看，但是一定會被罵。如果能夠發揚狗仔精神去監督政府，則一定會可以得到普世讚揚。

在電視台工作一如人生逆旅，每個人都會碰到不同的境遇，有的人很順利，有的人很坎坷，但人生即使有千般萬難，你還是得快樂過日子；工作上即使面對各種挑戰，敬業的態度會陪著你安度險厄。

過日子，你可以有自己的宗教信仰相陪。工作上，卻有兩種「教」千萬不能信，那就是「計較」和「比較」。你可以計較別人比你晚半小時出門採訪，也可以計較為什麼後進的菜鳥可以坐上主播台；當然你也可以比較為什麼別人比你升官升得快，你可以比較別人的薪水為什麼比自己多兩千塊。但是這些無謂的計較與比較，只會讓你心情低盪，對你的工作沒有任何幫助。

世界沒有絕對的公平，人生也沒有絕對的公平，你的同儕也許能力比你差，你的長官也許EQ比你低，但是又怎樣？你不能被世界和你的敵人拖下水。人生的輸家永遠在檢討別人的過錯，人生的贏家則一定會使出渾身解數面對挑戰。如果不好好充實自己的專業，在工作上不敬業，就算你機關算盡、處處計較，你的薪水就能夠多出兩千塊嗎？你會因為愛計較就上了主播台嗎？你這麼「難搞」會有人緣嗎？最重要的是，你在工作上快樂嗎？

有一則流傳在業界的「神像寓言」警惕我們：年輕的記者就像一塊塊未經雕琢的木頭，唯有禁得起木匠石雕斧鑿的好木頭，才有機會成為廟堂裡供奉的神像；記者如果禁不起工作的淬鍊，就會變成寺廟的地板，做不成神像，只能變成木頭地板永遠讓人踐踏。

一名記者有沒有良好的工作態度，最低的檢驗標準就是勇於任事。舉個最簡單的例子，當發生九二一大地震的時候，半夜裡，很多地方都是電訊中斷、電話不通，這時候，即使你不清楚到底有沒有災情，但是一陣天搖地動之後，作為記者，你心裡應該有數：「糟糕，出事了！」

這時候，即使電視台長官找不到你，你會不會有股衝動：「回公司！」如果你連這麼一點衝動都沒有，那可能就得反省自己適不適合待在這一行。因爲媒體講究的是快速，「快，快，快，快傳遞訊息！」；而一個處處被動的人，做任何事情都慢條斯理的人，這樣的人格特質很難做好媒體工作。

想要成功，必須撇開「計較」與「比較」的小心眼，不能說長官沒找到你，你就變成隱形人躲起來。你要主動去找事做，勇敢地面對挑戰，因爲電視是一個高度競爭的行業，你不主動求表現，很快就會被後起之秀淘汰掉。

想成爲一名好記者，你就要拚命去爭取表現機會！你不能坐在家裡等長官的電話，你不能永遠等待長官給你指示，因爲長官的電話可能也打不通。你必須主動跑回公司，即使到了公司以後長官要你回家待命，你也一定要採取行動。作爲記者，一旦發生重大的突發大事，就算讓你躺在床上，你也會睡不著，還不如趕赴工作崗位與同仁一同打拚。

你想成功嗎？建議你必須非常、非常認眞地去想！

因爲「心」的力量無限大，佛教徒相信，從心底產生的「念力」可以發揮無窮的行動力；全世界的人如果一同用心祈禱，可以擋住地球自轉。爲了得到成功，我們的渴望，可以迫使自己付出別人想像不到的努力。

要做一名好的跑線記者，你有沒有想過，你必須知道路線上相關重要人士的電話、住址以及車牌號碼，方便你在關鍵時刻找到關鍵人物，或者必要的時候你可以去跟蹤關鍵人物的座車；你有沒有想過，自己有沒有這樣的能耐，不透過秘書就能直接走進首長辦公室？你有沒有想過，要讓自己夠專業，讓自己成爲首長做決策前的諮詢對象？你有沒有想過，自己的報導不只要和友台競爭，也要與報紙競爭，要讓隔天的日報重複你前一晚的舊聞？

但可惜的是，大多時候，這些成功的企圖都只停留在記者的想像，絕大多數的記者都無法達到自己想像的目標。最重要的原因是我們想得不夠、做得不夠、渴望不夠，因爲我們不夠瘋狂，沒有爲我們想要的目標去想到發瘋，只要你夠瘋狂，你的「心」會帶你邁向成功。

## 三、經常保持「備戰狀態」

職場工作要愉快，和長官的相處非常重要，有一句亙古不變的職場名言一定要記住：你不找長官的麻煩，長官就不會找你麻煩。

遇到重大問題，要一邊向長官回報，一邊則要盡量自己試著解決。進入職場就算是成年人了，很多事情都要自己擔待，不能老是靠長官幫你「包尿布」，長官每天要煩惱的事情絕對不比你少，你自己的問題不試著找出解決方法，那麼長官會視你爲麻煩人物，日後一定會想辦法K你。

至於不讓長官找麻煩的最低要求就是，你不能夠散漫，你必須時時刻刻上緊發條，經常保持備戰狀態。而一個記者是不是處於備戰狀態，有如下的評量標準可以拿來自我檢視。

### ⑴通聯方式要保持暢通

每一名記者他都有自己的路線必須經營，譬如你是跑交通部的記者，在拜訪交通部之後，你就得確認你的名字和聯絡方式被登錄在媒體聯絡簿裡。如此一來，交通部若要宣布重要政策就會先通知你。

另一方面，你也要讓公司長官隨時可以找到你。一般來說，在上班期間，電視台多會要求記者看到公司電話之後，必須在十分鐘之內回電，否則就會懲處。即使你在休年假，個人路線上的線索也要盡量回報，至少也要給你的代班人預留線索。

只要你在台灣，你就要讓自己隨時處在上線（on-line）的情況下，不論你是正在採訪，或是在家休息，一旦有重大狀況發生，不要等長官叫你，你就要自己打電話聯絡或詢問狀況。必要時還得主動回電視台報到，讓「想找你的人，隨時找得到你」，這是檢驗電視記者是不是備戰的首要條件。

### ⑵要耐煩，隨時更新新聞內容

很多新聞都是有延續性的，新聞台的記者不能有報紙「截稿」的錯誤觀念。一些重大事件的後續發展，記者一定要時時刻刻緊盯它的進度。絕對不能有「哎，晚間新聞發完了」或者「哎，我已經下班了」的懈怠心態。

如果這是一則非常重要而且還在進行中的新聞，跑線的記者應該勇於任事，自己留下來處理。不要等到隔天上班，重大事件都結束了你才出現，那麼你在這條線上會顯得很遜，將來連混都很難混。

當然，也不是任何大小情況都留下來加班，人不是機器，公司也有值班制度。只是作爲線上記者，你還是有義務把新聞訊息留給值班主管，讓值班記者根據你留下的線索去完成採訪。因爲電視新聞是二十四小時在打仗，你就必須把掌握到的最新訊息隨時通知公司做更新（update）。

這麼做雖然很煩，但是作爲好記者的第二項條件就是「要耐煩」，比別人多一分努力，你距離成功就更近一步。

### (3)採訪現場要用質疑態度

記者在現場就是代替觀眾的眼睛和耳朵，但是身處在這個人騙人的時代，即使「眼見爲憑」，也不見得能找出眞相。所以，記者要代替觀眾以懷疑的態度來觀察新聞事件，特別是有爭議的人與事，記者更要勇敢地提出質疑，不應該讓它輕鬆混過。

譬如說，有一家婚友社召開記者會說：「有個欠債千萬的男人想靠徵婚來還債。」你不能只當個「拿麥克風機器」，傻傻地有聞必錄，跟著婚友社起舞。想想看，男人要靠徵婚來還千萬元的債務，它當然算是個新聞，但是你必須質疑那個徵婚的男人有何傲人之處，是帥哥猛男、還是善做家事的新好男人？甚至你都可以質疑，根本就沒有這樣的徵婚男人，這很可能只是婚友社利用媒體的好奇，幫自己公司打廣告的噱頭而已。

**⑷隨時做好上場準備**

先從外表談起，文字記者天天要有SNG連線的準備，所以要注意自己的服裝儀容，留心鏡頭前的表現。這不是要你過度裝扮，但演什麼就該像什麼，既然你是扮演記者的角色，至少別讓自己看起來像街友或流浪女。

做SNG或錄影採訪的時候，你應該時時刻刻爲觀眾和受訪者著想。你可以用發問的方式，引導受訪者朝向你的麥克風，讓你取得最佳的攝影角度；你也可以藉著提醒受訪者頭髮有點亂啦、領帶有點歪啦、不要背對光線接受訪問啦……這些小動作，可以讓受訪者一方面心情平和，一方面也可以讓他以最佳的姿態出現在畫面裡。

**⑸採訪現場提問，要問出好問題**

要讓觀眾覺得你專業，你就不能只是「拿麥克風的機器」，在新聞現場你要盡可能地發問，但絕不是問人家「你現在感覺怎樣？」、「你痛不痛？」或者「你認不認錯？後不後悔？」之類的傻問題。

一名好記者趕到新聞現場之前，應該盡可能先蒐集資訊、找出問題，因爲記者的疑問，多半也是觀眾的疑惑。到達採訪現場之後，你更要盡可能地去幫你的疑問找出答案，向受訪者提出質疑，這樣你問出來的問題，才會讓觀眾覺得有水準。

## ⑹記者會上提問，應簡潔有力

電視是一個秀（show）場，但是當你拿著麥克風去追新聞當事人，或者當你參加記者會聽取簡報時，你可曾想過：「在動輒超過十支麥克風的新聞現場裡，我要如何 show 出自己？」

「你必須開口提問題！」我建議：「若有可能，還要追問你提出的問題。」是嘛，在眾多記者和麥克風堆裡，你若不開口，很容易就淹沒在記者群裡，你怎能甘心只做一個「拿著麥克風的人」？

你要懂得在適當的場合 show 出自己。如果你只會拿麥克風，而不能代表自己爲觀眾提出疑問，那麼，公司請一名工讀生去拿麥克風就好了，你在家裡多處理幾則工讀生送回來的新聞，對公司的貢獻度可能還要大一些，而且薪水還比較便宜。

不過，不可否認的是，有部分愛 show 的記者，他們的表現會讓觀眾很「倒彈（反感）」，因爲他們的問題很不得體。

爲了要讓自己問出好問題，記者就得要求自己先做功課。你不否認學生專心課業會有好成績，成年人用心經營事業就會有好業績，爲了讓自己的業績好，趕赴每一場記者會前，你應該要求自己盡量把資料準備好，以免在記者會上腦袋空空，問話也空空。

電視雖然是個 show 場，但是莫忘了它還是新聞，新聞有新聞該遵守的規範，在許多正式的記者會場合，經常有記者 show 過了頭，有些記者根本把記者提問當作是個人演講，讓人覺得很不耐煩。

這種情形，最常發生在總統、行政院長或者大人物的記者會上，由於場面通常比較嚴肅，記者爲了表示自己有深度，問題通常會不自覺地拉長，有些人從盤古開天開始問起，三分鐘都問不完一個問題，簡直像一場小型蹩腳的演說。問題太長就沒有重點，等你結束「演說」，恐怕連總統、行政院長都忘了你到底問了什麼。

這種過長的提問方式最要不得，除了讓觀眾想轉台，也會讓電視台的主管嚇出一身冷汗。碰到這類正式記者會，最好先想清楚你要問什麼，把題目的優先順序列出來。萬一你想問的問題別人已經先問過了，你可以選擇追問你不滿意的答覆，或者在預擬題庫裡另外找新的問題。總之，提問的長度最多不要超過一分鐘，只要把你的問題簡潔地表達出來就可以。

上述是對第一線記者的要求，有朝一日你若有機會主持談話性節目，你的問題可能就不能過分簡潔。因爲電視永遠都是一場show，如果你的表演時間（showtime）必須長達一小時，那你就要陪著來賓共同完成一場演出。這時候你也許需要用到「棉裡藏針」的方式迂迴提問，當然也可以針對主題追根究柢，不必受限於上述「過分簡潔」的新聞製作窠臼。

## 四、培養「口袋題目」，等待出頭天

電視記者與一般報社記者最大的不同是，電視記者因爲人數少，一旦有重大事件發生，你隨時必須代班跑別人的路線。工作能力愈強的記者，愈是可以「利百代」，任何路線的班都可以代。所以除了要掌握路線的消息之外，更要培養自己應付突發狀況的能力。

電視記者在「什麼路線都得跑」、「時間一到就交稿」的作業條件下，平常幾乎沒時間跑出什麼深入的內容。一遇到災難大事，那麼災難現場、記者會、官員回應跑都跑不完，簡直成了跑斷腿的新聞勤務兵。

在這種惡劣的環境中想要有所表現，除了幸運地坐上主播台去露露臉，想成功就只有多做一點（do more）、多加強自己的採訪能力。舊時代的新聞人總是感嘆後進的新聞人不會做新聞，「新」與「舊」的差別究竟在哪裡？關鍵可能出在新記者在新聞事業上比較沒有企圖心。

誠然「衣不如新，人不如舊」，老記者的感嘆雖然多半有白頭宮娥的傷感，不必過分在意。但是看看新記者的表現，有時候眞會讓人搖頭三嘆，愈來愈少年輕朋友願意看完自己的作品才下班，總是在交了帶子之後就匆匆逃離辦公室。一個職場工作者，如果對於自己一天的辛苦成績都這麼漠視，那就更別妄想他會主動積極地去構思題目、搞好內容了。

「散漫」，是「老」新聞人對新朋友的感嘆。看在「老人」的眼裡，這是年輕記者的危機。但是轉念一想，這何嘗不是新記者的轉機呢？如果你有別於其他同儕的「散漫」，你肯自動自發地尋找新聞題材，用心處理每一則新聞內容。這樣的工作精神很容易讓你突出，你很快就能在工作上有進階的表現。

想要進階，記者必須在口袋裡至少放十則備用題目。記得以前在報社服務的時候，上班第一天，採訪主任就勉勵我們這群菜鳥記者：「若想在記者這一行出人頭地，口袋裡永遠要有十個你自己感興趣的題目。」

以前我的採訪主任，他給口袋題目的定義很寬，它可以是自己路線上的、也可以是你關心的話題，只要是你感興趣的題材，累積到一個成熟的階段就可以拿出來寫，報社的版面也絕對配合。

十幾年過去，當年採訪主任的要求我一直放在心底，我把這十個題目稱作「口袋題目」，每當碰到適當時機或者沒有大新聞可以寫的時候，這些口袋題目都會自動跑出來，變成可看性極高的專題。

## 永遠保持好奇心與企圖心

你在企畫這些口袋題目的時候，它們最好是你關心的、感興趣的題材，因爲你關心它，你就會有動機認眞地去構想新聞畫面與文稿，這樣的新聞呈現才會讓觀眾印象深刻，你的突出表現才容易領先同儕、出類拔萃。

「口袋題目」的概念其實和「調查採訪」很接近，只要你夠深入，你不必是專題組的記者，你跑出來的新聞也一樣會讓人印象深刻。所以，一名記者的新聞好不好看，往往取決於記者口袋題目的深度，記者的口袋愈深，題目愈多，做出來的新聞就愈好看。

就像一名優秀的作家或畫家，永遠要隨身攜帶一本小記事簿或小畫簿，記錄吉光片羽中靈光一閃的好句子或好構圖。作爲電視記者，你可以跟公司申請幾支空白影帶，隨時建檔保存自己拍下來的影帶資料。

譬如說：我關心遊民和精神病患者這些弱勢族群，平常在路上看到遊民和精神病患就會拍下來存檔，一旦遊民失蹤變成了人頭戶，或者天冷凍死遊民，我的資料帶就可以找到新聞切點。另外，在遊民收容所裡，我就曾經找到非常感人的故事，一名大學教授因爲女友情變而灰心喪志，教授辭職離家浪跡街頭，最後進了收容所，成爲被救濟的對象；我也曾在新店溪畔找到一名罹患精神分裂症的生化博士，博士因爲不信任台灣的教育制度，一個人帶著四個年幼子女住在溪畔的鐵皮屋，博士不讓孩子接受正規教育，四個孩子卻對父親毫無怨尤，反而感謝父親的教誨。

又譬如說：我曾經關心砂石車對用路人的危害，於是我就規畫先從上游採訪砂石盜採，中游採訪砂石車橫衝直撞的危害，下游從砂石車罹難者的家庭找出感人的故事，最後還把受害家庭結合民意代表，修改了道路安全法令，這項改變，讓台灣每年減少一千五百人傷亡。

做新聞專題，少數電視公司設有專題記者，但多數電視台沒有這個編制，記者不但要跑日常新聞，長官還會要你跑獨家專題。怎麼辦？

「只要肯多做一點（do more），有心就一定辦得到？」若把跑新聞當作是參加歌唱比賽，長官指派的日常新聞就像「指定曲」，自己採訪的獨家就是「自選曲」。一般人當然有興趣唱自選曲，但指定曲你也不能不唱呀，換一個角度想，如果你用唱自選曲的心情主動去唱指定曲，心甘情願的結果，歌唱成績一定好。抱持著寧可 do more 的心情，一定會獲得讚賞。

譬如說：我曾經關心台灣的法醫人數不足，驗屍水準不佳，驗屍間極度簡陋，對死者與家屬都極不尊重，所以我就想製作「台灣法醫問題」的系列專題。但是要跑專題，日常新聞要如何兼顧？

「多做一點!多付出一分努力!」這是成功唯一的理由。

例如，我想突出驗屍間的簡陋，長官又不給我時間去專門跑法醫專題，那只好自己多付出一點，在平常採訪命案的新聞場合，我就跟攝影記者溝通，請他多拍一點呼呼吹的電風扇、多拍一點法醫額頭上的汗水、多拍一點刑警口鼻上的三層口罩……這些畫面，在平常的命案新聞裡用不著，你不跟攝影夥伴講，攝影記者絕對不會拍，因爲他會認爲拍了也沒用、根本不具意義。

但是當我把這些畫面重新編輯，我告訴觀眾，台灣一般的驗屍間裡沒有冷氣，只有靠大型電風扇呼呼吹；腐屍的味道很重，在一旁協助驗屍工作的刑警，即使戴三層口罩都擋不住；而年齡普遍偏高的法醫，又要操刀解剖又要翻動遺體，非常辛苦。這些畫面有計畫地存在我的資料庫裡，只要事先訂定計畫、用心製作，一播出，就立刻造成驚喜並且獲得好評。

當然，你不必關心那麼冷門的法醫驗屍，你若是關心馬路鋪不平，那麼平常你就應該拍下機車顛仆危險的畫面；你也可以關心釣魚釣蝦，那麼你平常就應該多留意釣魚釣蝦池的衛生，看看釣魚池裡有沒有放太多抗生素影響健康。一旦馬路不平導致騎士摔傷；或者魚蝦池檢測出含致癌毒素，你平時累積的資料畫面就有了新聞切點，這些動感的優質畫面就可以拿出來播。

平常就做好資料的蒐集工作，一定能讓你的新聞言之有物，絕對比看了報紙，再匆匆忙忙去拍攝畫面要好看得多。

## 題庫的周期性

年輕的記者朋友也許會擔心，「我的生活經驗不夠，我也沒有特別的興趣與關心的主題，要怎麼累積『口袋題目』呢？」我只能告訴你，一個職場贏家天天都保持好奇心，天天都要爲自己爲觀眾創造驚喜（surprise）。只有輸家才會永遠找藉口，永遠把「Sorry！我找不到題目。」掛在嘴邊。

道理這麼明白，如果你還不去找題目，或者還在找藉口推諉，那就不是想不想得出題目的問題了，而是一個你適不適合幹記者這行的大哉問。本章節不是職業性向測驗，在此不做討論。

身爲記者一定有自己負責採訪的路線，先深入了解自己的採訪路線，你就會發現，自己路線上有一些即將發生的大事，你可以預先找出這些大事件背後的問題，然後製作成專題。譬如說，當你知道兩個星期後將有一場「千名空服員大遊行」的活動，你不能呆呆地等到兩星期後遊行開始了才發稿啊，早在遊行之前，你可以先擬定幾個專題，像是「女空服員如何克服飛國際線的時差？」、「空服員有哪些職業病？」、「機師與空服員的不對等待遇」……等專題，觀眾會有興趣看看，空服員們在光鮮亮麗的制服背後，有多少不爲人知的辛酸？做爲跑線記者，企畫專題的第一步，應該是從自己的路線上去找題目。

除了經營自己的路線，再教讀者一個尋找專題資料的小技巧，那就是上圖書館去翻舊報紙吧！想要出人頭地，「勤能補拙」是方法之一，努力地從舊報紙或上網去查舊資料，經常可以有意外的驚喜，也可以增加你的口袋深度。

台灣的新聞有一個特色，那就是新聞都有周期性與季節性。譬如說，查獲病死豬流入市面，每三個月就會發生一次；回收的舊衣物假裝成新貨賣到地攤，每兩年也會出現一次；娃娃車不安全，特定路段飆車，水果含防腐劑，養殖魚蝦含致癌物，九月墮胎潮，衛生紙含螢光劑，外籍看護工被虐待……這些社會的、民生的問題一直存在，但是在台灣社會卻一直沒辦法徹底解決，所以每隔一段時間就會爆發一次，每次的爆發也都會鎖住觀眾的目光。作爲電視記者，你與其天天等著抄報紙，倒不如把舊報紙整理成自己的新聞題庫，找到一個新聞切點就搶先曝光，絕對能讓你成爲同儕中的佼佼者。

新聞是什麼？新聞不是天天都有「九二一地震」，也不是天天都會發生墜機，更沒有那麼多部長、閣揆天天演出請辭記。但是報紙天天要出刊，電視更是時時刻刻要播新聞，你的口袋題目就是要在沒新聞的時候拿出來救急用的。如果你是資淺記者，如果你的記性不夠好，我眞的建議你，do more，你可以利用休假或下班時間上網，或者直接跑到圖書館去查查去年的、前年的報紙和雜誌期刊，一定能帶給你觸類旁通的靈感。

只要你用心 do more，這些「舊聞」也可以找出新角度，包裝成讓觀眾 surprise、吸引觀眾的好「新聞」。

# 第二章 撰寫電視新聞的技巧

## 一、好看新聞的心法：強調影音效果

電視是影像和聲音的綜合媒體，評斷一則新聞好不好看、精不精采，我歸納了如下的心法口訣：「**說不如吵，吵不如哭，哭不如打，打架不如圍毆，圍毆最好還要流血。**」

之所以這麼說，不是強調媒體的嗜血性，而是要凸顯電視新聞的影音特性，舉立法院或地方議會的衝突新聞爲例吧。如果立法院裡官員和立委正常地一問一答，這種新聞鐵定很難登上電視頻道；但是官員和立委激烈爭吵了咧，或者立委之間大聲互罵起來，嘿，這種言語衝突的新聞比較容易播出。又如果立委不只是嘴上吵吵，還相互潑茶水，甚至兩名立委還打了起來，跟你保證，這樣的新聞一定會不斷重播。而如果打架的立委不只兩個人，而是立委跳上議事桌上集體互毆，有民代們當著攝影機圍毆打群架的畫面，我斬雞頭跟你保證，這樣的新聞不只會拿來當頭條反覆重播，還會拆開來做成多則新聞，播得又臭又長。

立法院鬥毆的畫面，台灣觀眾絕對不陌生。電視台一定會從衝突的爆發點開始報導，詳細描述互毆或圍毆的過程，誰與誰打得最激烈啦，誰在衝突中受傷送醫啦，立院黨鞭相互指責啦……總之圍毆的畫面愈多愈有動感，記者們你就要有心理準備，長官要求的打架新聞就會多很多。

立法院打群架的新聞是「好看新聞」的極致表現，這證明了，好的電視新聞就是要有精采畫面。譬如說，高速公路上，記者拍攝到巴士司機一邊開車一邊低頭吃便當，這輛巴士還以高速蛇行；又譬如，記者在夜間拍攝到載客巴士的排氣管不是排氣而是噴火，載客巴士變成了「噴火」車。

光看上面的文字描述，有些讀者也許認爲：「嘿，這沒什麼好大驚小怪的嘛。」一般報紙可能連寫都不會去寫，可是電視畫面的渲染性遠遠超出你的想像。你在電視上若是看到巴士噴火，若是看到司機邊吃便當邊高速蛇形開車，那給觀眾的震撼不是文字能夠描述的。新聞當然要突出重點，所以，逮到精采畫面就大做特做。對電視台來說，衝擊性畫面永遠具有誘惑力，因爲電視是一個強調影音效果的媒材，一段精采的畫面勝過文字的千言萬語，它比文字更能緊緊抓住觀眾的目光。

不過我們可以想像得到，觀眾看到立法院的打架新聞或是「噴火巴士」的荒唐，絕對是一邊看、一邊罵；但重點是，觀眾還是看了。作爲電視記者，你做新聞不就是要給最大多數的觀眾看嗎？所以你若是在新聞台工作，你想要判斷自己的新聞會不會排在頭條？或者會不會被採用？那麼掌握「**說不如吵，吵不如哭，哭不如打，打架不如圍毆，圍毆最好還要流血。**」的心法口訣，你就會知道，你的觀眾在哪裡，你的新聞會不會排在頭條。

不過，作爲第一線記者，爲了新聞的可看性，我雖然建議你挑選衝突性的言詞與畫面，但是你務必要做好新聞把關的動作。暴力畫面一定要用「馬賽克」的方式處理掉，髒話也必須消音。這麼做雖然會減損新聞的可看性，但至少不會受到社會人士的撻伐，也不會害公司受到政府部門的罰鍰、警告等等行政處罰。

## 二、稿頭簡潔有力，要像廣告詞

從傳播的效果來看，主播與新聞稿頭的關係，我有個傳神譬喻：「主播是新聞商品的推銷員，新聞稿頭則是推銷員用來吸引客戶的廣告詞。」先撇開主播要用什麼態度推銷新聞的問題，寫出好的新聞稿頭是記者的責任。

中文寫作講究的是「起、承、轉、合」，內容不脫人、事、時、地、物。西方新聞稿的寫作上則強調「5W1H」，5W指的是who、what、when、where和why，1H指的就是how。東、西方的寫稿技巧其實殊途同歸，大家講的是同一件事情，就是你的文稿內容和新聞稿頭都必須吸引人。

要撰寫好的新聞稿頭，「5W1H」是新聞廣告詞的基本元素，但是這些基本元素要怎麼排列組合？該寫多長？該如何吸引觀眾？說實在的，它的確是一門技術。雖然說，好的新聞稿頭沒有一定的標準，但是差勁的稿頭卻是一眼就能看出。嚴格說來，差勁的稿頭我應該用負面表列來搏君一笑，但是我願意多花點時間在積極正面的討論，優秀的稿頭至少應具備如下的特徵。

### ⑴強調新聞性

找到新聞切點，是一則新聞能不能吸引觀眾最重要的一步。記者一定要想方設法找到「新聞切點」，觀眾是在看新聞而不是看舊聞，所以新聞切點絕對是重點中的重點。

一般來說，突發的重大新聞稿頭容易寫，難寫的反而是不具時效性的新聞。難就難在記者往往想太多，把二十秒的稿頭想成十萬字的論文，每每字斟句酌，總要來一段長篇大論。其實大可不必，稿頭強調的就是新聞性，有新聞性，才是好稿頭的第一要件。

例如：「內政部**今天**表揚了十位外籍配偶，這十位外籍配偶她們嫁來台灣，在很短的時間裡就學會普通國語，照顧家庭並且融入台灣社會。她們在台灣的生活比起在故鄉更加快樂，一起來看看這十位快樂台灣新娘的故事。」

但是，很多記者往往忘了自己是在寫稿頭，經常把稿頭當成論文來寫：「台灣的外籍配偶愈來愈多，很多社會問題都和外籍配偶都劃上等號，她們所生的新台灣之子也是台灣必須面對的新問題……」如此的稿頭寫法一定嚇跑觀眾，如果它不是重大新聞的配合稿，而單純地只是個新聞訊息，那就盡量強調「今天」就好了。起碼讓觀眾知道，接下來他看到是今天的新聞，而不是昨天的舊聞。

## ⑵簡潔有力

稿頭就是新聞的廣告詞，它不必長，但一定要吸引人。一般性稿頭強調精簡扼要，最好能讓主播在十五秒以內唸完，盡量不要超過二十秒，若換算成字數，大概在八〇到一〇〇個字就已足夠。

至於由三到四則搭配起來的塊狀新聞，第一則的新聞稿頭可能要長一點，讓觀眾有多一點時間來了解整塊新聞的來龍去脈，不過塊狀新聞的第二、三，甚至第四則新聞的稿頭就不宜太長，必須直接切入重點，最好不要超過十五秒。

就以「綜藝界大哥大澎恰恰遭人設計，偷偷拍下自慰光碟然後慘遭勒索五千萬」的事件為例，如下的稿頭是一個參考：

「因爲偷拍光碟而頻頻遭到勒索的綜藝明星澎恰恰，經過三天的沉潛，心情還是無法平復。澎恰恰因爲抗憂鬱症的藥吃完了，下午首度現身到醫院看病拿藥。不過面對外界的猜測，澎恰恰卻激動地情緒崩潰，他下跪求情，希望外界給他們全家一條活路。」

這樣的稿頭唸來不超過二十秒，但是它透露非常多必要的訊息，第一、它透露出澎恰恰三天沒出門，今天第一次現身的新聞性；第二、澎恰恰的抗憂鬱症藥吃完了，精神疾病還是困擾著這位藝壇大哥；第三、飽受精神折磨的澎恰恰身心俱疲，居然當眾下跪。有這麼多可能讓觀眾眼睛一亮的訊息，拿它們作爲新聞廣告詞絕對是足夠的，它會吸引觀眾繼續往下看。有興趣的觀眾會想知道，三天沒露面的澎恰恰罹患憂鬱症的現況，以及爲什麼一位綜藝節目大哥大會激動下跪？

正常的情況下，稿頭必須強調簡潔有力，但是如果你面對的是一位「表演型」的主播，那又另當別論。有一些思慮清晰、口才便給的一線主播，由於他們個人的播報經驗豐富，在推銷新聞的時候往往會不按記者的稿頭唸，主播會自行添加很多細節。這時候，記者的稿頭不妨多寫一點，以供表演型主播參考，讓主播有更多自由發揮的空間。

不過，附帶一提的是，記者不要輕易破壞寫稿頭的原則，因爲太多的例外會造成其他時段主播的無所適從。試想，如果讓資淺的主播唸一串長達一分鐘的稿頭，不但主播自己會舌頭打結，觀眾也會不留情地轉台走人。

## 三、掐 bite：把握 keyman 與 keyword

一則由記者配音的新聞，我們稱它做SOT。組成SOT的基本公式就是：**記者配音稿＋受訪者的 bite＋記者配音稿**。

公式雖然簡單，但是要把「配音稿」和「受訪者 bite」做巧妙的連結，這卻需要技巧。

在「配音稿」的部分，配音稿的內容就是該則新聞的重點，「5W1H」是基本要求，撰稿時記者應該消化所有你獲得的資訊，然後用精簡的口語來陳述。這個部分看似簡單，但是很多文字記者都抓不到要領，許多文字記者爲了搶時間或應付SNG連線，到了採訪現場抓到幾個要點就上場，對新聞事件本身的了解很有限。少部分愛聊天的記者即使不做SNG連線，到了現場也是與同業們說個不停，獨獨對新聞發生的來龍去脈，以及事件背後是不是還有值得挖掘的資訊不感興趣。這種表相的淺層採訪方式，會讓觀眾即使看完新聞還是覺得單薄，你提供的訊息太少，整則新聞就會顯得沒有分量。

當然，並不是每一則新聞都值得你花太長的時間去撰稿，尤其在SNG的新聞年代，大家都只是求快，至於內容好不好已經少人去注意，很多主管連自己該怎麼做好一則新聞都沒有把握，更遑論教導記者寫出好新聞。雖然在大量使用SNG車之後，大家已不太苛求新聞品質，但那不代表我們可以放棄對品質的追求，如果你的配音稿能夠寫得又快又好，也許對晉升主官沒有太直接的幫助，但一定能夠讓你在同儕之間出類拔萃，起碼也能讓自己的工作快樂一點。

在配音稿中除了要幫觀眾消化資訊，還有一個關鍵就是要搭好「故事鉤」。在剪輯受訪者的bite之前，你最好提起一個話頭，不但要「鉤」起受訪者接下來出現的必要性與關鍵性，最好還要對受訪者即將說出的內容（bite）有一個提示作用。這不是要你去重複bite的內容，而是要起到畫龍點睛的效果，讓接下來出現的bite不至於太突兀。

我們繼續拿藝人澎恰恰遭到勒索的新聞做例子，記者的配音稿可以這麼寫：「把自己關在家裡三天，澎恰恰今天終於走出家門，（NS：放三秒鐘澎恰恰出門時，媒體推擠的現場音），不過澎哥的表情木然，儘管有澎嫂和好友楊烈的攙扶陪伴，滿臉鬍渣極度憂鬱的澎哥依舊眼神茫然。面對媒體，澎哥突然下跪求情，要求外界給他一條生路。」

這樣的配音稿，就算你沒看到畫面也已經有畫面的想像，它說明了澎恰恰的憔悴外貌以及精神萎靡的狀況。重要的是，配音配還提起了一個「故事鉤」，讓觀眾想聽聽，爲什麼澎恰恰要下跪，要外界放他一條生路？

接下來，澎恰恰的 bite 是這麼說的：「針對傳言，大家都模糊了焦點，大家把它模糊成光碟事件，光碟事件早已經過去了，而且我沒有被恐嚇取財，我再重申一次，我沒有被恐嚇取財。各種傳聞很多，我沒辦法一一解釋、一一回應，以後除了我跟我老婆講的話算數之外，別人講的我一概不予承認。我已經五十歲了，我沒有再一個五十年了，我有媽媽，還有三個小孩要養，拜託各界給我一條生路。」

澎恰恰身爲自慰光碟的主角，他個人的 bite 其實還可以再多一點。在澎恰恰的 bite 之後，接下來的配音稿就可以這麼寫：「澎哥突兀的下跪舉動，明顯是不想讓警方介入辦案，他不承認遭到恐嚇取財，就是不想讓光碟案節外生枝，以免黑道人士窮追不捨。捨不得澎哥的情緒激動，澎嫂在背後不停地拉澎哥衣服，澎嫂也跟著情緒潰堤，（NS：放三秒鐘現場的嘈雜音），由於澎哥的抗憂鬱藥已經吃完，原本好友有意安排澎哥提前回診，沒想到澎哥天天大哭，連在家裡走路也會摔倒。三天來，澎恰恰只吃了一片披薩和一杯咖啡，體力嚴重透支，連在旁圍觀的民眾都覺得不捨。」

這是澎恰恰塊狀新聞的第一則，開頭的這則SOT就處理到澎恰恰傷心下跪就好，案情的疑點就足以鉤起觀眾的好奇，吸引觀眾留下來繼續去了解後續的新聞。只是從上述的例子裡可以發現，我們在處理「受訪者 bite」的部分，主要放的就是澎恰恰的 bite，雖然當時澎恰恰身旁的友人、製作人也都講話了，但是主新聞就應該盡量描寫主角，其他配角的講話，就留待接下來的其他新聞去處理。

而且在接下來的新聞裡，配角的 bite 也不宜用太多，因為這麼做容易拖慢新聞節奏。配角受訪者若不是頂重要的談話，他的語意就由記者來講即可，這麼做可以把節奏搞得更加明快。

因爲在制式的SOT作法中，記者通常是在一段配音之後，就加上受訪者的一段 bite 。記者配音的速度通常比受訪者要快很多，如果受訪者既沒哭喊、情緒也沒有太大的波瀾，只是靜靜地說話，你就不該讓他說得太多太長，否則整則新聞都會被拖累，會讓觀眾想轉台。

如果你碰到的新聞主角是一個講話特別慢的人，更慘的是，這位「慢郎中」又恰巧是你新聞裡唯一的主角。譬如像老將軍啦、老董事長啦、老大使啦，這些老人的話你還非用不可，怎麼辦？

告訴你一個加快節奏的技巧：你可以把「慢郎中」主角的 bite 分成二到三次來剪輯。把主角每一段的講話盡量控制在十秒以內，三段訪問 bite 最多不超過三十秒嘛，中間再用你快節奏的配音來做帶動。那麼一則一分十秒的新聞看下來，即使主角的說話節奏慢，利用這種技巧，也就不會給人拖泥帶水的感覺。

## 四、新聞破題，前八秒最重要

讀者若是喜愛看電影，你就會發現，一部九十分鐘的電影在開演後五分鐘之內，一定會有令人震憾的畫面或劇情高潮出現，要不然你就會覺得電影索然無味。同樣的道理，一則一分十秒的新聞，前八秒鐘若不能吸引觀眾，那就絕對不是好看的新聞，觀眾可能沒看完你的報導就想轉台。

所以囉，一則新聞要讓它好看，如何破題非常重要。新聞的術語，我們叫它 opening。Opening 要吸引人就必須有氣勢，在新聞製作上要運用具有衝突性的 bite 或畫面。還記得我在前面所說的「好看新聞」的心法口訣吧，**「說不如吵，吵不如哭，哭不如打，打架不如圍毆，圍毆最好還要流血。」**最好用衝突來當作新聞的 opening。

譬如說，利用眾人的吵架聲或相互怒罵的場景；或且使用激烈且有動感的現場自然音（BS），像山區巨石滾落啦，巨浪拍打海堤啦，或者是消防隊員用電鋸鋸開鐵捲門撲滅熊熊烈火啦……。

但如果都沒有這些精采的現場音怎麼辦？最低最低的限度是，必須盡量挑選一組說明性很強的畫面，讓觀眾對你的新聞產生立即的興趣。

爲了挑選精采畫面當作吸引觀眾的 opening，記者文稿的寫作經常就得用倒敘法。也就是說，記者不必拘泥於事件發生的順序，而要盡量把好看的、能夠吸引人的畫面擺在前端，拿來當作新聞破題的利器。譬如說，立法院發生立委打群架事件，如果事件的發生順序如下：

1. 院會進行討論，朝野互不相讓，準備動用表決。
2. 立委開始吵架，激烈爭辯。
3. 兩名立委開始相互潑茶水，進而兩人互毆。
4. 六名立委加入戰團打群架，拉領帶、扯頭髮，還有立委被踹倒在地。

5.立委掛彩分別受了點皮肉傷，各自送醫處理。

6.朝野黨團各自召開記者會，隔空指責對方陣營的不是。

做新聞不是記流水帳，絕對不能依照事件發生的順序來敘述。你千萬不可以從1到6按時間順序寫稿或編排，一定要拿衝擊性畫面最強的3或4來當新聞的 opening。讓立委們亂打成一氣，先吸引住觀眾的目光之後，再說明他們爲什麼會打？爲了什麼法案打？誰跟誰打得最凶？至於第5項立委送醫，以及第6項黨團記者會，這些周邊新聞根本不該出現在主新聞裡，甚至在編排的時候都可以把它們拉下來分別處理。

總之，新聞的 opening 就是要給觀眾好看的。再拿打橋牌作比喻，叫牌的時候有所謂「強開叫」，擅打橋牌的玩家一定會先掂掂手上的分量，一開始叫牌就要震懾住對手，不管你拿到的是好牌還是一手爛牌，唯有唬住對手，你才有可能得到高分；寫新聞也要有「強破題」的觀念，特別是整段的塊狀新聞，如果你帶頭的第一則新聞是按照時間順序，從立法院無聊的院會開始，那鐵定沒辦法吸引人，觀眾連看都懶得看就會轉台。觀眾一走，不管接下來你的新聞多麼精采，沒人看，已經成爲事實。

不過，做電視新聞雖然強調衝突性，但是也別盡顧著強調影音效果卻忘了提供必要的新聞資訊。我們經常看到新聞畫面很激烈，或打或殺或放火或者呼天搶地，但是觀眾往往搞不懂這些都是猴年馬月發生的事情？在哪裡發生的？是誰製造了這些新聞？如果只懂得殺人放火打群架，「5W1H」的新聞基本元素啥都沒說，觀眾只會看得一頭霧水，罵你：「沒水準！」

而這種讓人摸不清頭緒的新聞，多半發生在地方新聞或社會新聞上。倒不是駐地記者不盡責，沒有把「5W1H」的訊息傳回公司，而是當意外新聞發生之後，駐地記者或採訪中心經常只是派一位攝影記者趕赴事發現場。攝影記者盡責地拍了一堆火燒或者爆炸的畫面就往公司送，但是新聞的必要訊息咧，記者忙著拍攝畫面，壓根兒就沒問。

更糟糕的是，負責處理配音的文字記者或資淺編輯，由於他們都沒到現場，很多年輕的記者或編輯甚至連新聞訊息問都沒問，接到記者拍攝回來的錄影帶之後，就按照畫面「看圖說故事」胡謅。以爲在剪輯技巧上多耍一點花招，多剪一些精采畫面就可以交差了事，卻不曉得打幾通電話做查證，或者向拍攝畫面的記者多問一些資訊。

結果就是，電視新聞裡大火燒了個半天，就算彈藥庫大爆炸燒得像放煙火，但觀眾還是不知道究竟是哪裡起火？爲什麼起火？有多少人傷亡？這種只強調畫面卻不給訊息的新聞，毋寧就是矯枉過正，有時候播完比不播更容易讓觀眾生厭。

## 五、拍攝俊男美女，剪輯衝突鏡頭

電視和電影強調的都是影音效果，就媒材的運用來說頗爲相似。回想一下電影的宣傳片段吧，好萊塢電影要宣傳影片的時候，一定是把片中的俊男美女、精采畫面以及嶄新的特效拿出來炫耀。看電視的心情其實也是既簡單又膚淺，只要有夠水準的俊男美女，讓人捨不得離開的視覺鏡頭，即使你給觀眾再基本不過的新聞故事，觀眾一樣看得下去。

所以囉，如果你的新聞主角不是那麼明確，不是一定得某某人當主角，而是可供選擇的一群人。那麼，基於畫面唯美的考量，你就應該盡量在一群人當中找出俊男美女作爲受訪者。

譬如說，採訪一場時尙 party 或者跳蚤市場的拍賣活動，這種新聞沒有規定誰必須當主角吧。這時候，你的攝影鏡頭就該先去尋找現場的名人，先找找看有沒有知名人士在現場，如果找不到名人，那就多去捕捉美女與帥哥的畫面，即使要做訪問，也盡量去訪問那些面容姣好、比較「上相」的人，這種作法比較容易吸引觀眾。

別說我的思想幼稚，回想一下廣告模特兒，不論是電視或雜誌，大多都是聘用外貌姣好、深具魅力的俊男美女。爲什麼？因爲廣告就是要賞心悅目嘛！

如果俊男美女涉及刑案或八卦，那新聞的衝擊性必定更高。譬如美麗的選美皇后，她居然跑去和選美活動的贊助商開房間，而且還被大老闆的妻子活逮，那麼這則美女、富豪、性醜聞交織而成的肥皀劇，肯定比超胖恐龍妹援交被警察逮捕有吸引力。

電視除了要尋找帥哥美女當新聞主角，更要在不失眞的前提下，盡量尋找衝突性高的畫面。因爲電視是一個以動作爲主體的視聽媒體，它吸引人的地方一如電影，在於連續畫面所建構出來的動作。因此，製作電視新聞，要像拍電影一樣，一定要將「動作（action）」奉爲最高指導原則，即使是製作電腦動畫，動態畫面也比靜態畫面的效果佳。

有動作的畫面絕對比靜止的畫面吸引人，人們一旦被衝擊性的畫面所吸引，接下來就很容易接受你給他的任何訊息。因爲根據視覺理論：動作愈多，視覺就愈受刺激，吸引力也就愈強。

所以在拍攝或剪輯畫面的時候，當然要挑選動作性強的鏡頭。不過，容我再強調一次，我們強調畫面的衝突性和可看性，那只是製作上的技巧。「眞實」與「公平」的新聞本質還是必須遵守，因爲你是在拍攝影新聞而不是拍電影，你是要學習吸引觀眾的技巧，而不是讓你的新聞作假。

## 六、多用肯定句，回報講重點

爲了掌握新聞的節奏感，不讓新聞的進行太過沉悶，一般來說，一則普通的新聞，它的長度最好以一分十秒作基準。如果畫面不好或者劇情不佳，更可以縮短爲一分鐘；反之，若畫面性強、張力又夠，那連續多做幾則新聞來搭配成塊狀，觀眾的接受度也會很高。至於帶頭的主新聞則不受一分十秒的侷限，可以做到一分三十秒，甚至兩分鐘都不會嫌多。

一則一分十秒的新聞，應該寫些什麼？又該要給觀眾什麼呢？

有些記者最強的本事就是「看圖說故事」，根本不給事件的相關訊息，如同上個章節的例子，編輯只會拿驚悚的意外畫面，然後配上一些形容詞就交差了事。相反的，有些記者則是想太多，講太多，一篇兩百五十字的內文稿，內容卻想包山包海、無法聚焦於新聞主題，於是造成內容渙散、主題模糊，就像眼睛得了嚴重散光，看完新聞也是模糊的一片。這種主題渙散的文稿，多半出現在民生新聞上，因爲這類新聞的重點最不容易抓。

譬如說，有一則新聞的內容是：「民眾擔心健保不給付特定藥品，於是有人開始囤積藥物。」

記者的文稿寫成這樣，請讀者看看，你能不能抓到重點？

「看醫生領藥，民眾多要一顆胃藥的習慣被迫要改變了，衛生署爲了降低健保浪費，已經在十月一號停止給付俗稱胃藥的制酸劑。第二階段還傳出將計畫停止給付感冒藥，嚇得不少民眾已經開始囤藥。

衛生署澄清，暫時還不會停止給付感冒藥。而且實施的時程還沒決定，至少今年內不會貿然實施。至於已經停止給付的制酸劑，健保局也說，民眾認爲吃藥多加一顆胃藥可以顧腸胃，其實是錯誤觀念。包括治療高血壓的阻斷劑，合併制酸劑將減少吸收六〇％，治療鼻塞用的僞麻黃素，搭配制酸劑會減少一半的吸收率，還有大家熟知的阿斯匹靈，多服用制酸劑也會降低療效。民眾有必要改變用藥習慣，健保局強調，治療腸胃的藥還有一千多種，並沒有停止給付，所以民眾不用太擔心。」

這是網路上找到的一篇電視新聞稿，看完之後，你懂不懂記者在說什麼？至少我有看沒懂。這篇報導企圖告訴觀眾的資訊太多，他先講健保要停止給付胃藥，又講民眾在囤積感冒藥，然後又說吃藥加一顆胃藥會降低療效，還說治療腸胃的藥有一千多種……。

看完這篇一分鐘長的稿子，你是不是被弄糊塗了。記者很努力地企圖告訴觀眾太多資訊，結果給觀眾的感覺卻是什麼都沒說，因爲觀眾根本是丈二金鋼摸不著腦袋，不知道你要說什麼。我甚至可以肯定，這篇網路上找到的電視稿，撰稿的記者自己一定也是糊里糊塗，他在一分鐘的新聞裡想要交代的事情太多，結果就是把自己和觀眾都搞得昏頭轉向。

長官給了記者一個採訪題目，記者在採訪前一定要自己預擬疑問，然後在採訪的過程中去找答案。要懂得去蕪存菁，要學會捨得，一則一分十秒的新聞裡最好只鎖定一個主題，至多是兩個重點，而且撰稿的文字盡量使用肯定句，記者要把自己變成這則新聞的專家，遣詞用字自然就會顯現出肯定與果斷。

如果新聞的長度不變，讓我們試著把上述的文稿重新整理，看看這樣的文稿你能不能看得懂一點。

「目前在各大醫院間傳出，有許多民眾藉著門診的機會開始大量囤積感冒藥。因爲傳言指出，未來健保將停止給付感冒藥，衛生署長今天趕緊出面澄清。

（SO：接一段衛生署長的 bite。）

衛生署長表示，停止給付感冒藥這項政策，目前還停留在討論階段，至少一年內不會貿然實施，民眾不必急著囤積。另外一項醫療的重大訊息則是，從今天開始，健保已經停止給付俗稱胃藥的制酸劑。健保局表示，過去民眾認爲吃藥多加一顆胃藥可以保護腸胃，其實是錯誤的觀念，因爲吃藥配制酸劑會減少藥效的吸收。包括高血壓、鼻塞、甚至頭痛吃的阿斯匹靈，只要疾病的用藥搭配制酸劑就會減少一半的吸收率，所以停止給付制酸劑，對民眾的健康反而有好處，民眾拿藥的時候不必太過擔心。」

更改後的文稿寫法是不是單純多了，符合「一個主題，兩個重點」的原則。主題是健保停止給付藥品；兩個重點，第一是感冒藥還會繼續給付；第二個重點則是，從今天開始不必多吃不必要的制酸劑了，因爲健保不給付。

「多用肯定句，說話講重點」，這不只是撰稿的基本要求，在採訪實務上，記者向長官回報的時候，也應該盡量言簡意賅挑重點講。有些記者的習慣很不好，喜歡東拉西扯，講話不講重點，特別是回報一些軟性不具時效性新聞的時候，有些記者瞎扯了十分鐘，長官還是聽不懂他的新聞重點究竟是什麼。

如果你是這樣的記者，一定要想辦法改掉這種「煩人」的敘事習慣，因爲，當長官的事情不會比記者少，你若是一直說話找不到重點，長官一定會認爲你不是笨就是在找麻煩，對你的耐性遲早會磨蝕殆盡。這時候你必須果決地講出新聞重點，免得遭主管臭罵。記者最好訓練自己能夠以四到五句話說完新聞重點，就像報紙新聞的標題一樣，精準地說出你的新聞內容，讓日理萬機、瑣事纏身的主管很快掌握住你的內容，讓你的長官去編輯台報稿的時候也受到尊重。

譬如說，有一則有趣的軟性產業新聞，你如果跟長官東拉西扯說不出個所以然，長官多半沒耐性再聽你的內容，但是你若簡短扼要地跟主管這樣回報：「有一名開過三家餐館卻屢開屢倒的老闆，最後，他從『有味道』的餐飲，轉進到『無味道』的食品模型。靠著他一流的技術，做出來的食品模型讓人垂涎三尺，賣給餐廳每月還可以淨賺二十萬元，比他以前開餐廳賺得還多。」

這樣的新聞回報夠清楚了吧！如果每一次的回報，你都能夠這麼簡潔有力找出重點，你的主管一定會認爲你冰雪聰明、夠機伶，他就不會輕易找你麻煩。因爲，闖蕩職場一條重要的守則就是：**「你不給長官找麻煩，長官就不會找你麻煩。」**

## 七、撰稿口語化、生活化

電視新聞訴求的是最大多數的觀眾，從人口結構來看，電視訴求的其實是中間甚至中間偏下的主力觀眾。面對這些只有高中甚至國中程度的主要觀眾，在撰稿的時候一定要切記，一定要盡量口語化，千萬別濫用成語，別掉書袋，因爲觀眾根本聽不懂。

電視的配音稿，基本上應該是最淺顯的白話文，所以成語能夠少用就盡量少用。因爲成語濫用的情況太多，沒有把握就不如不用，免得自曝其短。此外，配音稿要盡量口語化，非必要的措辭就根本別用。

有則笑話是這麼形容一位喜歡咬文嚼字的記者，笑話的內容是說，一名記者平常喜歡掉書袋，最愛用「該」這個字，什麼「該員」、「該案」、「該名」、「應該」、「活該」……這記者就是愛用這個「該」字。有一天主管看了他的稿子，發現他老兄一口氣竟然用了九個該字，主管忍無可忍，不但撕了他的稿子要他重寫，還送給他一首打油詩：「一紙文稿九個該，一該該出毛病來。該員從此該注意，不該該處不該該。」

這雖然是強調配音口語化的笑話一則，不過，這不代表配音就可以隨便說說，特別是年輕記者，尤其應避免幼兒式的撰稿用語。譬如說，一則小孩打預防針的醫藥新聞，如果有記者的文稿是這樣寫的：「台大醫院裡擠滿了好多排隊打預防針的人潮喲，三歲的小云云依偎在張婆婆的懷抱裡，不肯讓護士阿姨打針。因爲打針會痛痛，人家小云云會怕怕。可是呢，不打針哪，小云云可能就會得到傳染病喲。這時候，在一旁排隊的王媽媽就給小云云一根甜甜的棒棒糖，小云云果然乖乖地打了預防針……」

這雖然是嘲諷幼兒式語法的極致誇大寫法，但是在平常新聞裡的確找得到蛛絲馬跡，你一定也有似曾相識的經驗。上面的誇大文稿，如果光是用看你還感覺不出究竟哪裡不對勁兒，建議你自己唸一唸，或者請你的朋友唸一遍給你聽，包準你聽完以後雞皮疙瘩掉滿地。

有些記者配音的時候過分地強調口語化，用了太多語助詞和虛字，把一些「嗯」、「啊」、「呀」、「喂」、「唉喲」之類的語助詞全寫進了配音稿裡，讓人聽了，會產生很不適當的聯想。

還有一些女記者會不小心把愛心用過了頭，喜歡在文稿裡叫受訪者的小名，譬如像上面例子裡的「小云云」啦、「人家」啦之類的詞兒，這聽起來就讓人覺得怪怪的。更有記者喜歡跟採訪對象「裝熟」，什麼張婆婆啦、王媽媽啦、李伯伯啦，對絕大多數的觀眾來說，他們都是頭一回在電視上看到這些人，若是聽記者就這麼輕率地叫小云云、張婆婆、王媽媽……全身大概不由得又要打起一陣寒顫，得趕快去拿掃帚來掃地，因爲雞皮疙瘩又掉了滿地。

寫新聞盡量還是維持中性的寫法比較好，措辭不要過分地軟腔軟調，不要故意和旁人裝熟，以免原本希望口語化的本意遭到曲解，甚至還傷害到記者這個行當的專業形象。你不同意呀，不同意的話，先準備掃帚，然後再大聲地唸唸上面的兒語配音稿，包準旁邊的人聽完會說：「噁心……」

## 八、勿自曝其短，適度藏拙

「正確」，是撰稿的第一要務。許多年輕記者即使不是故意出錯，但寫出來的稿子卻經常鬧笑話，最常見的笑話就是錯用成語。譬如說，有記者是這樣描寫颱風的：「狂風吹起了石頭砸向房屋，沒想到玻璃竟然**不堪一擊**，整面玻璃全部碎裂……」這不是廢話嗎？玻璃當然不堪一擊，雖然有些人家裡有可能裝安全玻璃，但是把「不堪一擊」拿來形容玻璃，成語顯然是用錯了地方。

還有一個濫用成語的例子，有記者形容一所好大學人才輩出，他是這樣描述的：「這所大學地靈人傑，也難怪人才**層出不窮**……」哇咧，「層出不窮」絕不是拿來形容好人好事吧！你可以說弊案層出不窮，麻煩的事情一件接一件層出不窮，但絕不該拿來形容人才層出不窮吧！

還有記者形容車禍倖存者，說人家是「**僥倖**逃過一劫」；還有人說醫院就診的病患太多，於是「醫院裡**人滿為患**」，這樣的描述會讓觀眾笑死。「大難不死」絕不等於僥倖，難道車禍的傷者是作惡多端、非死不可的惡徒嗎？而「人滿爲患」更不是正面形容詞，病人多了卻不准醫院裡人滿爲患，難道要病患陳屍街頭？

記者不會用成語，這已經是許多年輕朋友共同的語言弱點，既然是弱點你就改嘛，如果改不了就藏拙、就少用嘛。如果你對成語的表達沒把握，那麼就乖乖地用口語來傳達正確的新聞訊息吧，總比錯用成語要好上一百倍。

不只寫稿需要適度地藏拙，採訪工作有時候也必須藏拙。

採訪，是記者的天職；抗拒採訪，則是受訪者的權力。如果記者的天職與受訪者的權力相牴觸，特別是弱勢的受訪者與罹難者家屬要求你不要採訪、不要播出，那麼，我的建議是：記者該盡的採訪責任還是要完成，但可以做適度修改，以免牴觸受訪者的權力，違反社會的主流價值，更讓自己自曝其短。

譬如說，發生一件少女遭殺害的重大命案，被害人母親聲淚俱下地說：「……我女兒死了，你們不要再問了好不好，我給你們下跪，不要再問了好不好……」

碰上這種人間慘劇，多數觀眾都會同情罹難者的母親。你去採訪，雖然是記者的天職，但是人家罹難者媽媽已經夠可憐了，所以在剪輯新聞的時候千萬要小心，別把媽媽說：「你們不要再問了好不好，我給你們下跪，不要再問了好不好……」這段 bite 給剪輯進去。因爲這段 bite 會讓觀眾感覺記者在欺負人，不只「顧人怨」，更會引起觀眾極大的反感。人家女兒都發生不幸了，你還傻傻地用這段家屬哭求記者的話。

沒錯，女人的眼淚可以搏得收視率，但是你不必讓觀眾覺得記者冷血或殘忍，你還是可以有其他選擇呀，可以選用母親其他與案情相關的 bite，或者只剪輯母親的淚眼而不用母親的 bite，甚至用辦案員警的話都比用家屬罵記者的話來得強。一來，避免讓喪家受到二度傷害；二來，不會激起觀眾的公憤；最重要的是，不要用罵記者的話來自取其辱。

面對受訪者私領域的採訪，記者毋需太強勢，因爲台灣的主流價值還是同情受害者的，在撰稿和掐 bite 的同時，應該要多一點同理心與同情心，設身處地爲弱勢者著想。不過，一旦新聞涉及了公共領域，記者就要「硬起來」，就應該打破砂鍋問到底。譬如，一家大公司發生鍋爐氣爆意外，造成多名員工傷亡，工廠的警衛如果膽敢惡形惡狀地阻擋採訪，這時候你也不必客氣，大可以把記者和警衛的衝突畫面拿出來播。因爲你是在報導一件公安意外，不是去窺探別人的隱私，你的強勢會得到觀眾的支持。

又譬如說，發生幼稚園娃娃車悶死小孩的意外，近因雖然是幼稚園的疏忽與粗心，但遠因若是政府沒有做好非法幼稚園的管理。那麼記者在採訪的時候就應該注意，對罹難小朋友的家屬一定要低調與尊重；但是對粗心的幼稚園負責人，以及怠忽職守鬧出人命的公務員就毋需客氣。因爲這時候你是代表第四權在監督政府，記者的強勢反而可以替民眾伸張正義。

還有，採訪墜機意外的時候，當罹難的機組員好不容易被打撈上岸，守候已久的記者千萬不能說：「告訴觀眾一個**好消息**，搜救人員終於找到了一具遺體……」你可以說「最新消息」，但絕不能說是「好消息」。因爲主流價值的基本共識是，找到遺體，怎麼說都不能算是「好消息」吧！

此外，當颱風發生傷亡災情的時候，即使你在風災現場已經守候多日，你也絕對不能說：「記者在某某地區持續爲您報導颱風災情，現在某某地區**終於**有一個人死亡。」有人在颱風天罹難，無論死因是什麼，它終究都是悲劇，你絕不能用「終於有人死亡」來形容。記者在颱風中的辛苦與等待，那是你主觀上、工作上的必須，不能以民眾不幸的傷亡來作回報。

初任記者，也許你還不熟悉箇中分寸的拿捏，這時候電視台主管應該給予適當的輔導與協助。免得自己的組員鬧笑話，也間接損及公司的形象。

## 九、進階寫作，讓觀衆感動

新聞稿的寫作，一般的要求都是簡潔、詞能達意就有基本分數。但是有句俗話說：「爲文貴奇，爲商貴誠。」在一群精明的商人之中想成功，誠信，可以凸顯一名殷實商人的特殊；而文章人人會寫，要想受到讀者的肯定，不一樣，才是唯一的活路。

記者的文稿與作家的文章很類似，要想成爲一名優秀的電視記者，不能只停留在初階素描式的報導階段。要讓觀衆對你有深刻的印象，在扎下良好的素描基礎之後，你還要進一步學會大膽用色，才能像大畫家梵谷一樣，用豐富驚奇的內容感動觀衆。

如何讓觀衆感動？在攝影記者方面至少要做到，抽掉文字記者的配音旁白，單看畫面也能讓觀衆看得懂、心有所感；在文字記者方面，則要找出新聞切點、結合畫面，最重要也最難的就是還要投注感情，讓一則新聞兼具報導、觀點與感情，它就有機會讓觀衆感動，讓你的報導與衆不同。

一則新聞要做到同中求異，進而與衆不同，說實在的，難度很高。它必須兼具散文的情感、廣告文稿的創意以及新聞「5W1H」的元素，這些元素還必須在一分多鐘的新聞長度裡完成整合，難度確實很高，多半記者都是有想到卻做不到。

你當然也可以像多數記者一樣把「5W1H」拿出來湊時間，一分多鐘的據實報導很快就過去了。但是這樣的報導只能讓你交差，卻無法讓你突出，想要與眾不同，你必須培養自己做出深度的觀察。

深度的建立並不是要你去杜撰瞎編，因爲不要忘記你是在做新聞，報導新聞的第一要件就是必須眞實。在眞實的前提下，記者再加入「用心」，用心去觀察新聞事件，並且設身處地去體會，你的新聞就有機會與眾不同。我們就以一場意外事故爲例，希望喚起記者寫出好文稿的企圖心。

譬如說，有一則火災新聞的稿頭是這樣寫的：「寒冬的早晨，新竹市一棟出租公寓的頂樓發生大火，火勢雖然不到十分鐘就撲滅，救難人員在火場後方的浴室裡卻發現，有三名年齡在八歲到四歲之間的小兄弟不幸命喪火窟。而火災發生的時候，三名小兄弟的父母都不在家。」

採訪完這則新聞，多數記者的文稿則是這樣寫的：

「一聽到孩子發生不幸，小兄弟的父親急急忙忙趕回家，強忍著悲痛，守在火場外頭查看。」

（BS：放一小段現場音，塞一段消防員抬出小孩遺體的畫面。）

三具早逝的遺體就這樣被抬出來，他們分別是只有四歲、六歲和八歲的Ｘ姓三兄弟，因爲逃生不及，命葬火窟，連鄰居們都不禁鼻酸。

（SO：鄰居們說：『小孩的爸媽好像出去買便當，我也沒有注意那麼多……』）

回到事發現場，起火點疑似在臥室裡，大火來得又快又急，加上鐵皮屋設計不良，三兄弟根本來不及逃生，八歲的哥哥緊緊擁抱著兩個比他更年幼的弟弟陳屍在浴室裡。

因爲經濟狀況不好，Ｘ姓一家五口擠在一間六坪大的鐵皮屋裡，小孩的父親在電玩店上夜班，母親也在工廠上大夜班。三個孩子除了老大已經上小學，其他兩個小孩經常四處晃蕩，這次卻因爲父母的粗心釀成悲劇。

（SO：鄰居說：『小孩子經常是三個人自己在家，父母親常常罵一罵他們，就把小兄弟鎖在樓上。』）

小兄弟的父母已是悲慟得說不出話，他們跟警方表示，他們夫妻是出門幫小孩買禦寒的外套和午餐的便當，才把小兄弟三人鎖在家裡，沒想到會發生意外。夫妻倆被帶到警局做筆錄，因爲法律規定，不能把十二歲以下的孩子獨自留在家裡，現在不但要承受失去孩子的遺憾，還要吃上官司。」

上面的文稿據實描述了火災意外的實況，但是對觀眾來說，看完之後一定覺得缺少些什麼。究竟缺了什麼？我們用進階寫作的方法論一樣一樣來檢視。

1. **新聞元素**：「5W1H」，人事時地樣樣不缺。

2. **廣告創意**：這種悲慟意外不適合給觀眾太多驚訝，創意不適合拿別人的不幸當題材，所以也不缺。

3. **散文的情感與觀點**：的確略嫌不足。不足的部分是什麼？是對人的觀察與描述不夠，是記者完全沒有投注情感。上述的這則新聞缺少三名小兄弟的故事，缺少父母親對整件意外的反應描述，以及記者對意外事件的觀點。

換言之，記者作爲新聞的旁觀者，在這則新聞裡，多數記者只是讓錄影機記錄了新聞的過程，卻沒有幫觀眾在現場多作觀察。在這件火災意外裡，記者若能多用心觀察，至少可以發現到如下的幾個現象：

1.**三名小兄弟的火場故事**。如文稿裡寫的：「三兄弟根本來不及逃生，八歲的哥哥緊緊擁抱著兩個比他更年幼的弟弟陳屍在浴室裡。」這段描述的背後故事是，八歲的小哥哥平常對兩個年幼弟弟就照顧有加，即使大難來時，小哥哥依然挺身而出。小哥哥用自己的背部試圖抵擋大火，把兩名弟弟緊緊地保護在腹部。雖然三個小生命最終沒有躲過死神的召喚，但是記者若能多對小哥哥做一些描述，不但可以讓這則新聞在哀傷之餘多添些人情味，還可以提醒公司裡的長官，另外再開一則新聞，專門來講述三兄弟的患難故事。

2.**又一個貧窮的家庭故事**。如文稿裡寫的：「因爲經濟狀況不好，一家五口擠在一間六坪大的鐵皮屋裡，小孩的父親在電玩店上夜班，母親也在工廠上大夜班。」這段故事具體描繪出這一家五口的生活窘況。一個貧困家庭，父母親都要上夜班討生活，獨留三個小孩在鐵皮屋裡是不對的，卻也是生活上不得不爾的必然。如果能再加上一段文稿，也許給觀眾的感觸會更深。譬如，「值完大夜班，這對還沒從疲累中回神的父母就失魂落魄地在火場徘徊。他們把買回來的便當和準備給小孩的新衣散落一地，因爲三個小生命再也無緣享用它們帶來的溫飽，只留下一對痛失愛子的父母，而他們還得接受法律的制裁。」

這項對父母親的觀察，也許又可以提醒長官另外製作一則新聞，去點醒我們社會支援體系的貧乏，爲什麼像這樣的家庭，我們的社會不能給予任何幫助？爲什麼我們還會讓十二歲以下的小孩子獨自在家？爲什麼類似的遺憾要一而再、再而三地循環？我們能替窮困家庭做些什麼，不要讓悲劇繼續輪迴？

記者在新聞現場用心觀察的體會，透過文稿表現出來，往往比災情本身更叫人震懾。因爲在「人的故事」背後，可以具體而微地反映出社會的眞實現象，而這些現象經常會喚起觀眾的共鳴，觀眾若能從你用心製作的新聞中得到巨大的感動，你就是一名優秀的電視記者了。

# 採訪

# 第一章 天災意外新聞

意外事件就是料想之外，它的發生絕不會按照公式來，這類新聞最強調時效性與速度感，你必須讓觀眾無時無刻都感覺到「新意」，必須不斷地告訴觀眾新訊息。採訪意外新聞的時候，由於它多半還在進行中，所以這類新聞是有生命的、會改變的，經常像生命一樣難以捉摸。不過，作為第一線記者，與其在懵懂中摸索，不如吸收前輩從經驗中累積的智慧，對採訪工作的順利進行會有絕對幫助。

## 一、颱風

颱風，是台灣觀眾最熟悉也最關心的天災新聞，因為每年的夏秋之際，颱風都要來個好幾次，而且糟糕的是，每次颱風都會造成或大或小的災情。而台灣咧，說大不大，不管風災是發生在台灣頭還是台灣尾，我們輕易就可以發現，不論是自己的家人、朋友、甚至朋友的朋友，親朋好友兜一兜，可能都可以和颱風災情牽扯上關係。所以颱風一來，大家都會繃緊神經注意看，往往會有「全島一命」的感覺。

颱風若侵襲南部，在北部工作的人，會擔心住在南部的父母和親友；颱風若掃過北台灣，那麼住在南部的老人家，也會擔心在北部工作的子女們。只要發布颱風警報，全台灣的人心都會揪在一起。很多觀眾更是關心颱風天要不要放假，因爲它不只是放假的問題，還牽扯到股匯市要不要開盤交易。

一旦縣市政府宣布放颱風假，這對於電視台更是重要，因爲多數觀眾都待在家裡躲避風雨，大多數人的娛樂就是看電視，關心颱風的動態與災情，收視率經常可以創造新高。所以只要遇到颱風，一般人愈是放假，電視台記者愈是要上班，有些新聞台甚至要求新聞部要全部停止輪休。用膝蓋想都知道，電視台碰上颱風，那麼新聞一定是要包山包海、大做特做的啦。作爲第一線記者，你就準備接受颱風洗禮吧！

## 颱風新聞常識

先來了解颱風的基本常識，以免跑新聞的時候鬧笑話。

颱風，它是一種劇烈的熱帶氣旋，熱帶氣旋就是在熱帶海洋上生成的低氣壓。北半球的颱風，以颱風眼爲中心，夾帶著大量的風雨作逆時針方向轉動，所以颱風常常會帶來旺盛的西南氣流，即使颱風本身沒有帶來大風災，西南氣流引進的豪雨卻常常導致豪雨成災。

氣象從業人員依照颱風的風雨特性，會劃分為所謂的「風颱風」和「雨颱風」兩種非正式稱謂。所謂「風颱風」是指風力較強而雨量較少的颱風；相反的，「雨颱風」指的就是風力不強但雨量頗大的颱風。對台灣來說，「風颱風」的破壞力可能比「雨颱風」要小一些，因為，台灣的鋼筋水泥建築物，即使遇上十七級強風也不至於有太大的危險。

但是「雨颱風」就比較可怕了，旺盛的西南氣流動不動就帶來八〇〇毫米的雨量，反而容易造成山崩、土石流，或者低窪地區淹大水的災情。至於「雨颱風」要怎麼看？只須上網看中央氣象局的雷達圖和衛星雲圖，如果發現代表豪大雨的深紅色愈多愈廣，那麼風災過後的雨量顯然不會少，跑颱風新聞的時候就要更加留意。

至於我們常常聽到所謂颱風「登陸」，一般記者常常搞不清楚「登陸」是指什麼，有些人以為暴風圈接觸到台灣陸地就是登陸。錯！所謂「登陸」，指的是颱風中心（俗稱「颱風眼」），當颱風中心從海上移到陸地上才叫登陸，不過要小心，這樣的定義雖然精準，但有時候卻會讓觀眾掉以輕心。

根據氣象局的說法，由於颱風中心（颱風眼）的風勢最大，破壞力也最強，發生的災害往往也最嚴重。不過，過度強調颱風眼通過陸地才算登陸，很可能會造成一般民眾的誤解而延誤了防颱措施。譬如強烈颱風的暴風半徑可以廣達二〇〇至二五〇公里，通常會以每小時十五至二十公里的速度靠近台灣，如果從颱風外圍接觸陸地算起，到颱風中心進入陸地，這中間大約有十小時以上的時差。

如果記者只強調登陸時間，而不提暴風圈接觸台灣的時間，那很可能會讓民眾誤以爲還有一段時間可以做防颱準備，但事實上，在颱風登陸前的十小時，暴風圈其實已經籠罩陸地。所以，除了不要犯「登陸」的常識性錯誤之外，記者也可以多描述暴風圈接觸到台灣陸地的情況，因爲那時候風狂雨驟的情況已經在逐漸加溫。

採訪颱風新聞要忍受風吹雨淋，新進記者最可能被派出去接受颱風洗禮，而且最有機會做SNG連線或在新聞報導中做stand，但是也最常傳遞「颱風已經登陸」云云的錯誤訊息。有沒有登陸是以氣象局說了才算數，記者千萬別興之所至，信口開河，因爲按照氣象法的規定，電視台若自行預估颱風登陸時間，這可是要對電視台處以罰款的。所以弄清楚了沒，「登陸」指的絕不是暴風圈邊緣，而是颱風中心。

對一般觀眾來說，很多人可能還有個誤解，以爲颱風登陸的時間都在晚上，這也未必，颱風不必然在夜間登陸。根據氣象局的統計顯示，颱風在白天登陸和在夜間登陸的次數大致相當，一般人以爲颱風常在夜間登陸，這或許是因爲夜晚的狂風暴雨更讓人感覺恐怖，所以總以爲颱風是在晚間登陸。當然，電視台記者夜間站在風雨飄搖的大街上做SNG連線，記者悽慘的身影也讓觀眾難忘，這可能也是讓觀眾誤以爲夜晚才有颱風的錯誤印象。

至於颱風是台灣的特產嗎？答案當然：「不是！」

颱風這個名詞的由來，一般認爲是從廣東話「大風」演變而來的。颱風並非台灣獨有的天氣現象，只要是太平洋西部和南中國海生成的劇烈氣旋都叫作颱風，所以侵擊日本、韓國和中國的劇烈氣旋也叫颱風。

至於和台灣關係密切的美國，一樣也有熱帶氣旋造成的風災，只是稱謂不同罷了，發生在大西洋西部、墨西哥灣的氣旋稱爲「颶風」。二〇〇五年重創美國南部的卡崔納颶風，不但造成上萬人死亡，國際石油還因爲它的破壞力太大而狂飆，影響所及，連太平洋彼岸的台灣，汽油價格都大幅上漲。颶風對台灣來說，不再是陌生的名詞，卡崔納颶風一定也會在美國近代的氣象災難史上，佔據一頁顯著的篇幅。

颱風強度是以近中心附近平均最大風速爲準，劃分爲三級，如下表。

| 颱風強度 | 近中心最大風速 | | |
|---|---|---|---|
| | 每秒公尺 | 每時浬 | 相當風級 |
| 輕度颱風 | 一七・二～三二・六 | 三四～六三 | 八～一一 |
| 中度颱風 | 三二・七～五〇・九 | 六四～九九 | 一二～一五 |
| 強烈颱風 | 五一・〇以上 | 一〇〇以上 | 十六以上 |

# 颱風採訪實務

## 一、安全第一

台灣年年有颱風，但是颱風新聞依舊人人關心。目前各新聞台多半都有一套採訪颱風新聞的方法，人員要怎麼調度、SNG要怎麼派都有自己的一套標準作業程序（SOP），關於颱風新聞該如何採訪調度，我會在本書的〈主管必讀篇〉裡詳細說明。但是作爲第一線記者，你自己也應該有一套屬於自己的SOP，一套可以應付緊急事件的手提袋，能夠在重大事故發生的時候，提著手提袋就趕赴採訪現場。

記者的緊急事件手提袋裡至少要包括：手機電池、雨衣、止滑鞋、七分褲、三套簡便的換洗衣物、個人衛生用品、個人需要的藥品（譬如適用於個人的痛風藥或氣喘藥）……。有了這個手提袋，你隨時可以開赴颱風現場進行採訪。

不過採訪災難新聞的第一信念就是：「平平安安出門，快快樂樂回家。」千萬不要爲了一則新聞輕率冒險。二〇〇四年的颱風天，台視駐基隆記者平宗正，他在採訪員山仔分洪道洩洪時，爲了搶時間送拍攝帶回公司，冒險涉水卻不幸殞命。平記者熱愛新聞採訪的精神令人尊敬，但是他冒險犯難的拚勁卻萬萬不值得效法，因爲把命保住，比跑新聞更重要。

## 二、創新表現

就因爲在採訪颱風新聞的時候有記者傷亡，我們更必須確認：在「安全無虞」的前提下，才能夠談新聞採訪的創新表現。

電視新聞當然要提供眞實的訊息，但是電視這種媒材也必須好看，只有好看的內容才會吸引觀眾。如果每家電視台的颱風新聞都只能死板板，那麼電視台遇到颱風乾脆都放颱風假算了，各家電視台把SNG拉到氣象局，由氣象局的預報員幫大家做聯播，全台灣只看中央氣象局的颱風動態就好了。

不過眞實的電視市場沒辦法這麼做，颱風天，記者更是忙碌。身爲記者，你不希望自己風吹雨淋受盡折磨的報導沒有人看吧？在安全的前提下，怎麼樣讓你的報導更突出？這是你必須去設想的情節。

本書可以告訴你曾經發生在中、外記者身上的採訪實例，這些都是讓人印象深刻的報導，但絕不是要你去抄襲，因爲有些作法違背了安全第一的先決要件。只希望聰明的讀者能夠舉一反三，喚起你對於製作好看颱風新聞的靈感。

(1)自虐法：

1.記者用麻繩把自己綁在大柱子上，整張臉被狂風吹得嘴歪眼斜，藉以凸顯狂風暴雨，並且突出自己的冒險犯難。

2.記者爲了測量淹水的高度，從救生艇直接跳進積水區，用記者的身高測水深。

3.記者穿戴蛙鞋蛙鏡，跳進淹水區裡製造笑果。
4.前進災區的時候故意多次跌倒，還請攝影記者拍攝下來，強調災區跋涉通行的困難。
5.騎乘越野機車闖進道路坍方的山中災區，並且拍下自己的冒險鏡頭。
(2)道具運用法：
1.乘坐消防隊的橡皮艇進入淹水區，拍攝災民撤離與發放救濟物資的情況。
2.在狂風中撐傘，讓雨傘吹成傘花；或者在連線的時候戴頂帽子，讓帽子被狂風吹走，藉此強調風大。
3.記者蹲下來，躲在郵筒或垃圾桶旁邊做連線，而背景是行道樹被吹亂的慘況。
4.蒐集民眾自行拍攝的影帶，這些影帶多半記錄了第一時間爆發的災情。
5.call-out給災區的廣播電台，請電台主持人描述風雨中的災情。
6.租用直升機，空拍受損災區。

看完上述的描寫，一定讓你連想到其他凸顯颱風採訪的方式。不過綜觀「自虐法」和「道具運用法」，其中「自虐法」的報導方式比較受爭議，內容雖然好看，記者也可以藉著報導風雨大大露臉，但是這可能危及自身安全，而且看起來「呆呆的」，並不值得特別鼓勵。

此外，在颱風報導的實務上更要小心措辭，不必要的成語盡量別濫用，災情的報導更要小心求證。譬如說，「受困」這個字眼就要謹慎使用，請注意這個「困」字，它是指四面都被包圍了，災民進退不得才叫受困，如果只是一條道路坍方，還有其他的替代道路可以進出，那就不能稱之為受困，你就老老實實地說：「××縣道坍方，區民進出困難」就好了。

曾經就有觀光區的道路坍方，但電視台卻誤報為「坍方受困」，這種誇大災情的報導方式，搞得觀光區裡的旅客大為緊張，觀光區外的遊客也不敢上山，弄得當地業者的生計大受影響，紛紛打電話向電視台抗議。

## 二、地震

一九九九年的「九二一大地震」，對許多台灣人來說是個難以抹滅的夢魘。對電視台來講，「九二一」之後，地震新聞似乎才逐漸受到重視。

### 地震新聞常識

地震新聞經常聽到一種錯誤的報法，那就是：「××地方發生芮氏規模五級的地震。」乍聽起來沒問題，但卻犯了一個常識性的錯誤。芮氏地震規模沒有「級」，只有搖晃的震度才有「級」，像「九二一大地震」就是六級。

所以，你可以說：「××縣發生芮氏規模『六』的強烈地震。」也可以說：「××縣發生震度『五級』的強震。」，但是不可以說：「××縣發生了芮氏規模『六級』的強烈地震。」

台灣地區所用的震度標準共分為以下七個級數：

| | | |
|---|---|---|
| ○級 | 無感 | 地震儀有記錄，人體無感覺。 |
| 一級 | 微震 | 人靜止時或對地震敏感者可感受到。 |
| 二級 | 輕震 | 門窗搖動，一般人均可感受到。 |
| 三級 | 弱震 | 房屋搖動，門窗格格作響，懸物搖擺，盛水動盪。 |
| 四級 | 中震 | 房屋搖動甚烈，不穩物傾倒，盛水容器八分滿者濺出。 |
| 五級 | 強震 | 牆壁龜裂，牌坊煙囪傾倒。 |
| 六級 | 烈震 | 房屋傾倒、山崩、地裂、地層斷陷。九二一大地震屬之。 |
| 七級 | 激震 | 房屋嚴重倒塌，產生新斷層。 |

全球近三十年來重大災害統計資料顯示，一九七六年七月二十七日發生在中國的「唐山大地震」死傷最爲慘重，當時的死亡人數高達二十五萬五千人。而根據全球地震統計資料顯示，自從有地震觀測以來，規模九以上的地震尚未發生過；規模八‧五～九的地震，大約每十年發生一次；規模八～八‧四者，大約平均每年發生一次；規模七～七‧九者，大約平均每年要發生二十次。像「九二一集集大地震」的規模高達七‧三，震度高達六級，它不只是台灣的災難，更是屬於世界級的年度大地震。

至於地震規模多大才會引起災害呢？這得視震源的深度、震央與人口稠密地區的距離遠近而定。台灣出現四級以上的中度地震機會很多，每年平均大概要發生二百七十次，不過，有的因爲發生的地層太深，有的是發生在大海裡，所以多數的四級地震，對很多人來說都沒啥感覺。但是震度五級以上的地震，若發生在淺層陸地或近海，就有可能會造成災害。

## 地震新聞採訪實務

地震不容易直接對民眾造成傷害。你大概沒聽說，有人是被地震給震死的，但是你一定知道，很多地震的罹難者是被房屋給壓死的。地震造成的人類傷亡，多半是因爲人造建築物的倒塌崩潰所造成。

地震時或地震發生之後，可能導致的損害如下：

1.房屋建築物倒塌，尤其公共建築物如戲院、學校、醫院、市場等人口密集的地方，最容易引起重大傷亡。

2.水壩崩潰，水庫裂開，河堤決口，洪水氾濫引起下游水災。

3.房屋、電線桿倒塌，引起電線走火，以及瓦斯、煤氣、爐灶等失火，造成火災。

4.公路坍塌，橋樑斷裂，路面凸起或下陷，造成交通阻塞，以致消防車、救護車無法出動施救，擴大災情。

所以，在跑地震新聞之前，上面這些基本常識不可不知。實地採訪時，最要小心的則是避免二次傷害，如非絕對必要，應該盡量避免進入建築物內，因爲建築物隨時有坍塌的危險。而且要盡量避免單獨行動，拉起黃線的封鎖區絕對不可以進入，以免造成生命危險。

地震發生後，你很可能被派到倒塌的醫院、崩潰的水壩、斷裂的橋樑邊。而大地震之後往往件隨威力強大的餘震，餘震的震度雖然略小於主震，但是當建築物已經被震鬆之後，記者貿然進入危險的房屋裡就很容易發生意外。一旦採訪者變成了被採訪的對象，那情況多半都不妙。

地震新聞還有一個特色，那就是它經常是過去式。當你感覺到地震來的時候，主震差不多已經結束，除了攝影棚裡天搖地動的即時畫面可用之外，你再去找攝影機想拍的時候往往已經來不及。雖然有時候餘震的規模也不小，但這種大餘震多半是數十年才得一見，那麼，沒有畫面的時候怎麼辦？

「去調監視錄影器！」台灣的監視錄影器滿街都是，特別是超商連鎖店幾乎每一家都有錄影機，這些原本用來防搶防竊的監視錄影器，因爲二十四小時都開機，碰到地震這種突發事件，就算商家的建築硬體受損，錄影器材依然會忠實地記錄天搖地動的一刻。所以，地震發生之後，第一個動作除了趕赴災區，另一個重要的步驟就是蒐集災區超商的錄影帶。

另外，在地震新聞的畫面拍攝上特別要注意「見樹不見林」的缺點，不要只是矇著眼睛，一心只想前進災區，結果拍出來的全都是災民的特寫鏡頭。採訪地震新聞要有「全觀」的基本觀念，在撰稿上要清楚地告知災區位置；在拍攝上則一定要先關照到全景，讓觀眾看清楚災區的相關位置，先了解遭到破壞的大環境之後，然後再以中景、近景的順序，循序推近到災民的身上，敘說災區裡「人」的故事。

## 三、斷橋

之所以把斷橋歸類在天災意外，是因爲台灣的河川屬於荒溪型河流，旱季時經常乾涸，雨季時河川暴漲，再加上溪床陡峭，每逢雨季，湍急的水流沖擊橋樑，就容易使危橋變成斷橋，危及民眾的生命安全。

台灣發生斷橋意外的原因包括：

1.河川上下游盜採砂石嚴重，導致橋基、橋墩裸露。

2.橋樑所在地經常施工，改變河水主流槽的沖擊力道，危及橋墩基樁。

3.夏日多颱風暴雨，河流短淺，加速水流侵蝕橋墩。

4.橋上有過多的砂石車重壓，往往成爲壓垮駱駝的最後一根稻草。

一旦發生斷橋，對小小的台灣來說一定是驚天動地的大事，除了比照颱風新聞的處理規模派出採訪人力和SNG車之外，在採訪時他應注意如下的場景。

1.**現場**：一旦發生斷橋的墜車意外，車輛駕駛人就像被摔出雲霄飛車，非死即傷，那是非常恐怖的。這驚悚的一刻，可以向公路單位試著調閱錄影帶，有些大橋是有裝設監視器的。至於橋樑的搶通現況與替代道路的訊息告知，對多數用路人也是很重要的資訊。

2.**醫院**：除了訪問傷患、家屬，因爲醫院裡一定會有高級長官前去慰問，醫院也應布署SNG，追問傷亡者是否可以申請國家賠償。

3. **追究責任**：斷橋的調查責任，一般都會由公共工程委員會和當地的檢察官共同調查。如果初步認定是天災，那就要查看主流槽是否改道？如果和盜採砂石有關，那麼地檢署與經濟部水利司就是調查單位；如果是危橋本身的體檢有問題，那麼別忘了追究交通部官員的相關責任。

# 第二章 人禍災難

## 一、飛機意外

在災難意外的報導中，飛機意外大概是最受矚目的。這可能和飛機的造價高、飛機的乘客多、乘客的身分相對特殊等等理由相關，但還有一個重要理由是，它發生的機率比起車禍或火災要小很多，比較不常見，觀眾對於「特殊」的人事物會有收看的興趣。所以，不論是民航機、貨機、軍機，乃至噴農藥的小直升機發生意外，對電視台來說都是極重要的災難新聞。

## ⑴飛機意外的大小事，一律回報

不管你從任何管道得知「飛機出了問題」，先別顧慮它是什麼機種、機型，只要是飛機出狀況，記者一定得把當下知道的所有資訊向公司立刻回報。記者回報的快慢往往決定新聞競爭的成敗，因為這會影響採訪調度的動員時機。記者回報之後，電視台主管會啓動意外新聞處理的SOP，作爲記者的你，很可能在下列的作業程序中擔任關鍵角色，所以速度一定要「快」，內容一定要「確實」。

**第一個步驟：查證**

除了玩具遙控飛機之外，在台灣，飛機無論大小都不能隨意起飛，只要不是軍機出任務，所有民航機的起降，它一定要向交通部民航局管制中心提出飛行計畫，獲得許可才可以起飛。所以向民航局查證，我們就可以從報備的飛行計畫中知道航空公司的名稱、飛行的目的地、飛機的機種、編號、預定出發及降落的時間、機長和機員的姓名、乘客人數……。

如果是軍機咧，只要有任何意外的風吹草動，要立刻主動向空軍總部的新聞聯絡人查證，內容同樣要包括軍機機種、意外狀況、飛行起降計畫、正副駕駛名單、飛行資歷、飛行時數……。

**第二個步驟：派遣**

電視公司的主管必須一邊進行查證、一邊就要展開採訪調度，台灣就這麼一丁點大，你手上有的是記者和SNG車，管它消息是眞是假，先抽調一部分SNG車和採訪人員立刻撤出去。一旦確定飛機意外是眞的，必須立即採取如下的應變步驟：

1.採訪人員與SNG出動到意外現場、航空公司、旅行社、機場和民航局，因爲聞訊而來的家屬會陸續趕到這些地點，家屬的情緒會在機場或航空公司裡失控，所以一定要安排人。

2.要求編輯發意外事件的CG（電腦動畫），包括地點、傷亡狀況、正副機師的簡歷、飛機機種的同型機資料片（網路上也可以抓到）、盡速製作飛機意外過程的2D與3D動畫、整理過去空難意外資料……等相關訊息，播過的SOT帶也可以過濾之後，從片庫裡調出來重播應急。

3.在SNG到達之前要有電話連線，即使是從採訪中心連進攝影棚都沒有關係，可以分別從航空公司、民航局、失事現場的角度打進副控，要立刻把現階段掌握到的最新資訊全都告知觀眾。

4.一旦SNG車就定位，那麼空難意外就要當成連續劇一樣不斷更新資訊，要 update 最新的訊息，包括機師與塔台的通話、目擊民眾的訪問、民眾自行拍攝到的DV……。

**第三個步驟：追蹤**

飛機意外多半發生在起飛和降落這兩個階段，所以要盡可能找到目擊者做訪問，接下來的追蹤則分成「追人」和「追蹤失事原因」兩大部分。

追人的部分，要採訪後送到各大醫院的傷亡乘客，追查有沒有知名人士在飛機上？有沒有值得發展的乘客故事？以及航空公司打算怎麼理賠？

追蹤失事原因的部分，務必緊盯民航局和飛安委員會的動作，民航局在事發後的第一個動作一定是尋找黑盒子（飛機通話記錄器）。電視台除了追黑盒子，在災變發生的第一刻，也可以視情況請飛安專家進攝影棚，一邊關心救災，一邊讓專家談談救災和造成災難的可能原因。這時候模擬飛機意外的CG就可以派上用場了，可以反覆多次使用。如果情況許可，也可以考慮用小型遙控飛機，按照飛機失事墜毀的最後路線重飛一遍，從高空拍攝樹林傾倒、建築物毀損或者機體殘骸散落的狀況，將有助於帶領觀眾了解失事狀況的最新發展。

## ⑵挖掘墜機意外的人情故事

這是任何災難意外必須做到的採訪，這方面則包括生還者以及罹難者兩部分。生還者部分，如果有正副機師或空服員生還，就要想盡各種方法一定要找到他們，請他們談飛機意外的可能原因。而生還的乘客如果是極少數，則可以考慮每個人各做一篇白描故事，觀眾對於大難不死、與死神擦肩而過的幸運兒會有高度興趣。

至於在罹難者部分，還是得先從罹難者家屬下手，因爲只有活著的人才能講話嘛。一定有尋覓親人的悲情場面、一定得發掘出乘客的特殊故事（譬如，他是第一次出國、他們是全家出遊、他們是蜜月旅行……）、或者飛機上有知名的特殊人物……除了必要的肇事訊息之外，人的故事、人的新聞永遠是災難意外報導中的重點。但是記者在採訪的時候務必多多體諒受訪者，畢竟死者爲大，面對悲慟的家屬，記者千萬不要有強人所難的採訪舉動。

# 二、火災

火災的發生非常不幸，對受害的屋主來說，更不幸的是，火災通常要持續一段時間才會被撲滅。很多記者在火災發生的同時，可以從無線電的救災頻道就掌握到火警訊息，所以記者常常可以拍攝到大火延燒的畫面。

火災雖然天天發生，但是跑火災新聞也有如下的重點應該注意。

### ⑴重大火警，隨時請求支援

記者在採訪火災的時候，火災多半還是現在進行式，所以火勢的大小？傷亡的人數？醫院後送的多寡？甚至起火原因的初判？都應該盡速通報公司。這麼做的好處是，一方面讓公司可以做緊急電話連線，另一方面，則可以讓公司長官迅速判斷是否該增援採訪人力。因爲，一般火警發生的次數太頻繁，記者如果不「雞婆」一點多多向公司回報，很容易讓公司裡的長官誤判，以爲只是一場小火警而錯失調兵遣將的先機。

### ⑵地下室火災要特別注意

發生在密閉空間裡的火災最難測，都會區裡的密閉大樓、地下室和地下街正不斷增加，這些密閉空間一旦失火，電源很快就會切斷。黑暗中夾雜著濃煙，群眾的恐慌可想而知，就算火勢不大，濃煙與恐懼也可能造成人群相互踐踏而釀成慘劇。所以，不要因爲地下室的火看不到就懈怠，密閉空間裡的災情往往最嚴重。

在密閉空間裡，由於濃煙無處可去，所以頂樓的通風口成了濃煙唯一的出口，有毒的濃煙會循著電梯間、樓梯間往上竄，在消防救災上稱之爲「煙囪效應」。煙囪這個詞兒會給人家庭溫暖的感覺，但是在火災現場它卻是要命的效應，有太多罹難者不是被大火燒死，而是在「煙囪效應」下，因爲吸入過多的濃煙被嗆死在樓梯間裡。

所以採訪的時候千萬注意，不可以貿然進入看似沒有大火的密閉建築，更不可以搭乘電梯，以免大樓斷電之後受困其中。這些忠告都是血淚教訓，因爲就曾經多次發生救災人員誤搭電梯而命喪火場，也多次發生救災人員進入密閉空間，因爲輕忽「煙囪效應」的威力而釀成傷亡。

### (3)化學災害是長期抗戰

包括化學工廠、爆竹工廠、油料儲存場和瓦斯場，這類工廠一旦發生意外，它延燒的時間會比較長，範圍會比較大，有毒氣體對工廠周遭的危害也會比較強，所以採訪工作鐵定會有延續性。這時候要盯緊化學泡沫車，因爲它很可能會是救災場合裡的主角。在採訪的同一時間，你一定要請求公司支援採訪，這場大火除了火災現場、醫院、災區附近民眾、政府部門……你想得到的緊急應變單位，都要派人去採訪。

在救災現場的記者更要小心，由於現場的空氣可能有毒，所以絕對避免站在下風處進行採訪，免得吸入毒氣反而讓自己成了被採訪對象。而且災變現場隨時有氣爆的危險，這會要人命的，記者千萬別跑在消防隊或警方的前頭去深入火場，記者絕對要在採訪封鎖線之外，絕對要尋找到掩蔽物以躲避氣爆的發生，避免二次災害的攻擊。

如果記者在地面的採訪受限，必要時還可以出動遙控直升機從空中進行拍攝，由於遙控直升機裡無人，可以適度地進入災區搶拍最佳畫面。

### ⑷縱火，不能亂報；金額，不能亂講

記者在報導災情損失的時候，有幾點務必要小心求證。第一、損失的金額不能亂講，因爲很多受災戶有投保火災險，記者最好是引用警方的保守判斷，免得你灌水報得太多，被受災戶引用了，當作向保險公司求償的依據。最後你可能還要出庭作證，反而帶來無窮的困擾。

第二、火災發生的原因要以消防局的判斷爲準，記者若妄加推測火災是遭人縱火，很可能會惹禍上身，因爲這還是關係到火災險的問題。有些保險公司的火險理賠有排除條款，其中「縱火」這一項經常被列爲不賠的理由，記者若在報導中推測是有人縱火，導致受災戶的權益受損，那麻煩也會很大。

### ⑸尋找人情故事

水火無情，但人間有情。救災現場一定有令人感佩的英雄故事，特別是打火兄弟萬一在火場傷亡，那一定要用專題以上的規格大幅報導；罹難者的故事有時候也有可看性，譬如說，有爲了

救子女而受傷的父母，有爲了救親人而命喪火窟的悲劇……這些人情故事的可看性，經常比火災本身更能抓住觀眾的目光。

**(6)勿讓慘劇再發生**

一旦發生重大傷亡，火災現場絕對有值得挑剔的消防缺失，也許是逃生通道被阻斷，也許是業主輕忽釀成大禍，這些可受社會公評的公共安全問題，不論你從何種角度檢討都錯不了。

不過記者報導災難新聞絕不可以幸災樂禍，有些記者是天生的「人來瘋」，愈是碰到人多、他愈 high，這是很要不得的，絕對要懂得自我克制。因爲，**我們之所以讓社會事件成為新聞，是因為我們有責任不讓相同的錯誤發生第二次**。記者在災難現場不但要低調，要對受害者抱持同理心，要處處站在對方的立場著想，在報導的角度上更要融入悲憫的情懷，這樣你呈現出來的內容才會更出色。

譬如說，一起鐵皮屋失火的意外燒死五個人，這新聞當然可以播出，但是在報導這起不幸之外，我們在撰稿時候可以加入如下的思考：「我們不要再讓類似的意外發生！」所以，在大火的主新聞之外，記者可以主動去製作防火救災的專題。你可以去教導住在鐵皮屋裡的民眾培養防火常識，萬一眞的發生火災，又萬一剛巧他們看過你的報導，災民就有機會臨危不亂、死裡逃生，豈不是功德一件。

## 三、重大車禍

「重大車禍要怎麼定義？」

我們很難說要有多少人傷亡才算得上重大車禍，因此就以警政署的重大車禍定義來作參考吧。警政署的規定是，地方縣市只要有三人以上傷亡，車禍資訊就要立刻通報到警政署。對電視記者來說，車禍一旦被列爲重大級，除了要立刻趕到車禍現場，還應該爲如下的問題找答案，一邊求證，一邊要向公司回報，方便公司做調度支援。

**⑴確實的傷亡人數**？

傷亡人數萬一很多，警方的統計數字在短期內就很容易有出入，因此對於傷亡人數的確認要非常小心，不要過分誇大，報多之後再回頭減掉，給觀眾的觀感是很糗的。如果傷亡人數超過三人以上，就可以考慮請求支援，擴大採訪隊伍。

**⑵弄清楚肇事車種，是火車、公車、遊覽車、化學車、軍車、還是轎車**？

若是火車，除了要盡快確認火車的種類，還要弄清楚南下、北上，有幾節車廂？鐵路交通是否因此中斷？有多少旅客可能會在車站枯等？

若是公車或遊覽車，要了解他們是否爲旅行團，有沒有乘客清單？

若是化學車，先弄清楚它的原料、毒性和危害性，採訪時千萬小心，別受到二度傷害。

### (3)有幾家急救醫院？

重大車禍一旦發生，通常會分別送往多家醫院急救，記者要向地區的消防、警察單位查證掌握，方便後續的採訪以及傷亡人數的統計。

### (4)追查肇事的可能原因？

第一個要追究的就是駕駛，有可能是酒後駕車，有可能是公司的制度不良導致疲勞駕駛，也有可能是沒注意交通號誌。

當然，肇事原因也可能是車體本身有狀況或者道路設計不良，應該盡量運用現場的關係位置圖，畫成CG來交代肇事原因，觀眾比較容易了解。

### (5)發掘感動的人情故事

車禍發生後，很可能會有一些令人敬佩與感動的救災故事，或者叫人印象深刻的感情故事，這些故事多半比車禍本身更能感動人。譬如說，二〇〇五年一名上尉戰車連長不幸遭戰車輾斃，這原本只是一件單純的戰車意外，卻因爲連長未婚妻在鏡頭前的深情哭訴，感動了許許多多觀眾，最後連行政院長都受到感動，在眾人的努力下，幫忙上尉的未婚妻完成取精的心願，終於從連長的遺體中取出精子，讓未婚妻保留替上尉生育孩子的一線生機。

上面所列的是重大車禍處理原則，並不表示一般車禍就不必採訪，因爲很多現場如果你不去，怎麼會知道有人情故事呢？只不過，萬一只是單純的一般車禍，又沒有人情故事可描寫，那就簡單處理，或者拍攝之後連處理都不必了。

# 第三章　社會犯罪新聞

社會新聞多半是「人」的故事，若新聞有冷熱之別，我把社會新聞歸類爲「熱」新聞，因爲它多半能吸引住觀眾的目光。不過在採訪社會新聞的時候，我的建議是，採訪和撰稿的「手段」可以盡量灑狗血；但是在撰稿內容的基調與記者的「心情」上，應該是善意的，希望社會能夠更有紀律、更有秩序、更安定詳和。

## 一、犯罪新聞注意事項

### 採訪寫作的基本要求

犯罪新聞往往最扣人心弦。若是命案、性侵害案件，那表示有人遇害；若是綁架勒贖案，那表示有人即將有生命危險；若是未成年人涉及的刑案或是選舉時的賄選案件，那表示你的報導如果不謹慎小心，你，以及你所屬的電視公司就很可能吃上官司。

**前提：不可妨礙警方辦案，危及被害人安全。**

在擄人勒贖案件中，如果肉票還在歹徒手中，爲了保護人質安全，記者一定要配合警方封鎖消息。絕不可以莽撞發稿，也絕不可以讓採訪車、SNG車出現在受害者住家附近，因爲你的粗心大意或者貪功冒進，很可能會讓消息曝光而危及人質安全。

譬如民國八十六年的白曉燕命案，人質還沒獲釋咧，就已經有報紙早一步發出「藝人白冰冰獨生女遭綁架」的消息；媒體嘴上說不發新聞，但各家電視台的SNG車卻鎮日守在白冰冰家門口，就算陳進興等歹徒再白癡，他們也懂得監控被害人的家，看到那麼多電視台的SNG車，一定知道綁架案曝光了。新聞記者曝露了案情，間接造成白曉燕慘遭撕票的憾事。

在處理綁架勒贖新聞的時候，應該以被害人的生命安全爲首要考量，在被害人還沒有脫險之前，一律不予報導。台灣在經歷多次慘痛的教訓之後，刑案爆開之前的媒體自律，已經在業界有一定的共識，眞正的問題往往發生在警方採取攻堅行動的時候。因爲守候多時、「憋」了很久的記者們，一旦發現警方採取行動，在競爭的壓力下，有些媒體人的自律神經會失調，會衝動地搶先報導。

這樣的報導卻可能危及人質安全，尤其電視媒體的SNG連線往往是歹徒監視警方的第三隻眼。你無法想像，當警方在布署攻堅行動的時候，歹徒只要透過藏匿地點的電視機，看電視新聞就可以掌握警方的行動，不但警方的布署功虧一簣，更可能因此刺激歹徒傷害人質。

所以，類似的重大治安事件發生時，如果媒體知道了、盯上了，媒體圈的資深記者就應該挺身而出跟警方商量，由警方成立新聞中心，專人負責統一對外發言管道。新聞中心必須嚴格要求媒體不得發布訊息，否則將課以洩密、傷害或者過失殺人的重責，以免記者的衝動危及肉票的人身安全。

不過，自律歸自律，作爲第一線記者還是要有競爭的心理準備，碰到重大的社會案件你還是要採訪，只不過要稍微用點技巧，千萬不可讓自己的行動曝光。你可以隱密地先蒐集周邊的相關訊息與畫面，預先做好幾則新聞存檔備用。等到肉票的生死確定了，警方新聞中心解除了新聞封鎖之後，你就可以大量地發布新聞。而且這時候一定會有大量後續的影音資訊湧進來，公司可以一邊播出你預先做好的備用新聞帶，讓觀眾及早了解案情的梗概，另一方面則可以從容地處理最新的資訊與畫面，在指揮調度上不至於手忙腳亂。

相關的注意事項我採取負面表列方式，針對採訪與撰稿一一提醒。

### ⑴保護被害人，不要觸碰法律底線

有四類新聞對象在法律上是受到嚴格保護的，他們分別是：家庭暴力案件的受害人、性侵害被害人、精神病患以及未滿二十歲的嫌犯。法律規定媒體不可以刊登他們的照片，不可以公布他們的姓名、職業、住所或足以辨識的面貌。

法律的見解認爲，這些被害人不應該受到社會的二度傷害，所以在採訪家暴受害人、性侵害受害人以及精神病患的時候，你就放棄拍攝他們的正面吧；至於未成年嫌犯，法律認爲他們還有改過自新的可能，所以他們的面貌也不得曝光。

萬一不小心拍到這四類新聞當事人的正面，在剪輯的時候一定要把他們「馬賽克」處理掉。因爲電視上若出現這些被保護對象的容貌，一經發現或遭告發，電視台輕則被罰款，重則會被撤銷執照，記者和公司同仁的飯碗可能都會被砸掉。

還有一點要小心的是，對於家暴當事人，尤其是名人明星或主播，很多平面媒體會把照片給登出來，但是作爲電視記者千萬要小心，這很可能觸法。不要以爲報紙登了，電視就可以照著做，最好觀測當時社會的氣氛，這種違法邊緣的報導盡量不要爲天下先，不要搶先公布他們照片。先把名人當事人適度地「馬賽克」遮一遮，以免給自己和公司帶來困擾，等到其他電視台播出都沒事了，再考慮解除照片的馬賽克。

### (2)報導賄選案件，小心求證

台灣幾乎年年有選舉，每次選舉或多或少都會傳出賄選風波，在報導賄選新聞的時候，千千萬萬要注意，一定要引用辦案人員的資料與數據。記者盡量不要涉入賄選查察，因爲選舉的過程多變，虛虛實實的賄選傳聞很難弄清楚。

別以爲自己的線索夠強，當你還在自豪逮到候選人賄選的獨家訊息時，說不定已經掉進有心人設下的陷阱，搞不好那正是對手陣營故意栽贓。如果你貿然逕行採訪，還糊里糊塗地報導出來，那麼候選人只要祭出《選罷法》九十二條「意圖使候選人不當選」，以及與《刑法》第三一〇條「加重誹謗罪」的條文，包管你跑法院跑到死，怎麼辯白都解釋不清。

只要是涉及賄選的訊息，一定要有相關候選人的說法，做到起碼的平衡報導。如果在新聞的第一時間還沒有被指控者的回應訪問（bite），記者在SNG連線或新聞內容裡，至少也要取得當事人的反應，幫當事人做說明與平衡，以免被誤認爲是刻意打擊特定候選人。

### ⑶不要過度描述犯罪細節，也別傳播迷信

犯罪手法是會被學習模仿的。現在預謀犯罪的人，大概都懂得戴手套以免留下指紋；要打恐嚇電話的人，多半也知道要租用「王八機」以免暴露行蹤。歹徒大多有自己的一套犯罪手法，這些手法很多來自變態電影、驚悚小說，但是也有學習自媒體的犯罪報導。

媒體報導犯罪的細節愈清楚，愈容易被歹徒模仿。雖然有人說變態電影描述的犯罪情節比新聞報導還詳細，但這類影片多半是付錢才看得到，觀眾是經過主動選擇的。而電視新聞多半是闔家一同觀看，小朋友有必要知道姦殺過程嗎？小朋友需要了解雞姦男童爲什麼要抹蘆薈嗎？你家裡若有小朋友，你的答案一定是：「NO！」己所不欲，勿施於人嘛。

自殺也是會模仿的，譬如說，台北縣有一名女子在中午十二點，穿著全紅衣服上吊自殺。這原本就是不堪的社會悲劇，但就是有電視新聞還加油添醋地說：「根據傳言，女子穿著紅衣在午時上吊自殺，可能變成厲鬼，增加報仇時的力量！」這樣的文稿不只弱智還搞迷信，世間男女有情感糾葛的何其多，記者任何搧風點火的誤導都可能複製悲劇，撰稿時不得不謹慎哪。

### ⑷注意「普」級時段的限制

攝影器材日新月益，現在不只電視記者有攝影機，路口監視器、民眾的照相手機、家用攝影機也愈來愈普遍，這些影音素材非常適合電視新聞播出。不過，在運用這些素材之前，心裡應該想到電視機前有許多未成年的小孩，所以打架鬥毆的新聞不該讓觀眾看到鮮血淋漓，也不宜出現連續激烈的打架畫面；清涼有勁的畫面也不宜流於色情，至少乳溝、股溝不可以露出來。

不過上面我說不要播、不要露的鏡頭，各家電視台都播出過，而新聞局也不客氣地就是罰錢外加警告。新聞局若認定你是凸顯暴力、煽動情色，那就是違反電視新聞「普」級播出的規定，儘管公司的法律顧問再怎麼會打官司，不但數十萬的罰金跑不掉。按照新聞局的規定，年度內，播出內容若超過三次重大違規，新聞局還得撤銷准播執照，這是很嚴重的。

爲了保住自己的飯碗，也爲了顧全電視台同仁的生計，上述該做停格的畫面，該剪輯丟掉的畫面，以及該「馬賽克」的畫面一個都不能留。

### ⑸不要替嫌犯放話

警方在偵辦重大刑案的時候，多半會透過媒體放一些虛虛實實的消息，引誘嫌犯做出錯誤判斷。但是警察這招，嫌犯也學會了，有時候嫌犯抓準媒體追獨家的心態，也會故意放消息給特定媒體，達到他放話或誤導警方的企圖。

譬如說，有個「千面人」嫌犯，他要勒索一家大型食品公司，就透過 e-mail 、傳眞或電話不斷騷擾業者，但是業者不爲所動、不動聲色，總之就是不肯屈服、不肯付錢。這時「千面人」卻寄了一封信給媒體，把他勒贖的細節鉅細靡遺地當成獨家告訴媒體。而媒體咧，媒體萬一傻傻地眞把這封恐嚇信當成新聞播出，那就是幫嫌犯傳遞消息，幫忙歹徒達到煽動和恐嚇社會的目的。對播出這封恐嚇信的媒體來說，這種作爲不但傷害新聞道德，就法律的層面來說，可能還觸犯了妨害秩序罪。

### ⑹不要讚美嫌犯

台灣雖然採取「罪刑法定主義」，也就是說，嫌犯在沒有判刑確定之前，都應該視爲無罪之人。但是這不代表你就可以同情嫌犯，在撰稿報導的時候還是要符合主流價值的期待。譬如說，警方曾多次圍捕台灣頭號槍擊要犯，但每次都被槍擊犯逃走。記者在撰稿措詞的時候就得非常小心，千萬別把槍擊要犯給英雄化了，記者不能把槍擊犯形容成「聰明勇敢」勝過警方，因爲主流價值還是把槍擊要犯認定是「壞人」，警方的圍捕行動失利是可以採訪，但是記者絕不能在撰稿時鼓勵犯罪。

## 二、法官才有羈押權

跑犯罪新聞，最基本的常識是必須先搞清楚警察、檢察官和法官這三者間的差別。通常，實際辦案的是警察，檢察官是指揮警察辦案然後負責起訴案件，而法官則負責審理檢察官送來的起訴案，然後做出判決。這三者間的差異有些人可能還是搞不清楚，我舉一則小故事做進一步解釋。

在高雄有一名小偷染上毒癮，他爲了籌錢滿足毒癮，於是在六天之內多次偷車，其中有四次都被警察逮捕。前三次，警察把嫌犯送到地檢署，檢察官看看移送的卷宗就把小偷給放了。到了第四次，警察向檢察官訴苦，說他們偵辦一件竊案，從查獲、偵訊、移送到地檢署至少要折騰八個小時，檢察官卻只花了幾分鐘就放走小偷，這讓負責治安的基層警察很喪氣。

面對警察的抱怨，這一回連檢察官都看不下去了，檢察官認眞地審訊小偷，認爲小偷連續的偷竊行爲惡行重大，於是檢察官向法院聲請羈押。但是案卷送到法官手上，法官看看卷宗則是連問都沒問，馬上否決檢察官的聲押申請，立刻裁定放人。

警方四擒、法院四縱，捉小偷捉到沒力的警察很氣餒，即使檢察官後來也選擇和警察站在同一陣線，但是要不要羈押小偷？權力在法官手上。法官要放人，檢警雙方還是莫可奈何。

這就是台灣的司法現況，有些法官認爲：「依照法律的解釋，羈押嫌犯要符合羈押的四大要件，法官不能把羈押嫌犯當作是懲罰的手段，爲了保障被告人權，所以行使羈押權的時候都是考慮再三。」

何謂羈押四大要件呢？就是當嫌犯有一串證、二逃亡、三湮滅證據的企圖，或者四最輕本刑五年以上的時候，法官就可以考慮羈押嫌犯。

嫌犯有沒有串證、逃亡或湮滅證據的企圖，有時候這種判斷是蠻主觀的，當初在立法的時候，就已經給了法官相當寬闊的自由心證空間。所以，依上面的故事來看，法官要不要把六天之內連續四次偷車的嫌犯羈押起來？也許從法官的角度來看是合法，但是對檢警甚至對民眾來說卻未必合乎情理。

有一句法律諺語是這麼說的：「法之極，即不法之極。」意思是告誡司法人員，不可過分拘泥於法律條文，否則反而會產生令人失望的反效果。

那個連續偷車的竊嫌，他爲了吸毒，任何偷搶拐騙的壞事都可能做得出來，只要一離開警察局，他很可能立刻又去偷車甚至搶劫，這樣的連續犯對社會的危害性不可謂不大。身爲記者，你可以質疑法官的判決、批判法官太拘泥於法條，但法官如果還是做成當庭開釋的決定，你還是必須服從法律的規定。

## 三、遲來的正義不是正義

在辦案、起訴和審判的鏈狀關係中，還有幾項常識必須了解：

⑴調查局和憲兵隊基本上和警察的功能相似，他們負責辦案，至於起訴和判決還是得交給檢察官和法官。

⑵檢察官在檢察體系是屬於第一線人員，所以檢察官雖然可以指揮警察辦案，但是檢察官還是有上級長官的，包括主任檢察官、檢察長甚至檢察總長都可以指揮檢察官辦案，甚至更換承辦

檢察官，這叫作「檢察一體」。一方面希望檢察官能夠發揮團隊精神裨於辦案，另一方面則希望藉著行政機制，指揮並且有效監督檢察官。可惜的是，我們的檢察體系長期以來有遭受不當干預的問題，眞正有勇氣不顧一切去挖掘眞相的檢察官畢竟不多，原因也是出在太多的行政干預，光是制度面就有結案管考、考績等壓力，使得檢察官不得不成爲結案機器。

結案之後，一般來說，檢察官若認爲警方移送的案情輕微，可以逕行不起訴。但檢察官若認爲涉嫌重大加以起訴之後，全案就會送到法院去審理。

(3)檢察官要受上級長官的指揮監督，但是法官則可以憑個人的自由意志獨立審判。台灣法院的審級是一審、二審、以及只審查法律條文的三審。最高法院在三審之後如果還有意見，則可以發回高院更審，更審可以更一、更二、更三、更四，但很少更五審啦。光是看到更審很多人就受不了，因爲循司法救濟的途徑太長也太久，很多案子不斷更審，一拖十幾年，案子始終無法審結，這對被害人或加害者其實都是無盡的折磨。

雖然有人說：「法律，是最低的道德要求；司法，是正義的最後一道防線。」但是遲來的正義往往失去意義。譬如說，很多選舉官司在剛發生的時候喧騰一時，經過不斷地纏訟審理，最後雖然在司法上還給候選人清白，但是通常都是緩不濟急，選舉早已結束，選票早已開完。司法的正義對選舉爭議根本發揮不了作用，也難怪台灣民眾對司法的滿意度長期偏低，很多人根本不信任司法。

所以，記者的工作就是要補救司法的盲點，很多荒謬的事情根本就發生在司法界裡。少數涉嫌貪瀆還遭到起訴的司法官，不但領人民的薪水，還繼續辦案，這就形成「被告的司法官」審理

「一般被告」的荒謬情景。設身處地幫被告想想，如果負責審訊你的法官自己也是待罪之身，對於這種法官的判決你能夠心悅誠服嗎？

媒體就是要盯著像法官、檢察官這類有權力的人，因爲台灣媒體過去長期忽略司法這個死角。你若是司法記者，一旦你認眞發掘出司法的弊病，眞實觸碰到民眾心中的痛處，你的報導必然能夠挑起觀眾的共鳴。

## 四、孩子的意外、女人的眼淚，永遠是焦點

社會犯罪新聞不是只有殺人、放火和擄人勒贖，意外事件當中的人情故事更是社會新聞的報導重點。這其中要謹記的守則是：「女人的眼淚」和「孩子的笑靨」最容易打動人心。

特別是可愛的幼兒猝死，這對當事人家庭痛澈心扉，但是對記者來說，這樣的題材絕對值得追蹤報導。如果幼兒的猝死還另外牽涉到公共安全，那新聞更是要大做特做，因爲發生在別人家幼兒的不幸，很可能發生在任何一般家庭的孩子身上，很容易吸引觀眾的注意。

譬如說，台灣連續幾年都發生過幼兒被悶死在娃娃車裡的意外，這樣的新聞裡有不幸的孩子、有母親的眼淚、有粗心的大人、有官僚的無能……，這絕對是標準的社會話題新聞，絕對符合「女人的眼淚」和「孩子的笑靨」這兩項焦點新聞元素，也最容易打動觀眾的心。

記者可以跟著辦案人員調閱幼稚園的監視器畫面，看看孩子到底有沒有走下娃娃車？爲什麼

沒下車，幼稚園老師卻不曉得？你也可以提醒辦案人員要還原孩童被悶死的過程，找出兒童猝死的原因；你還可以去追究幼稚園老師究竟出了什麼問題，才造成小孩被烤死在娃娃車裡的意外；你更是應該採訪傷心的母親和悲慟的阿嬤，讓她們的情緒得以發洩；另外，你可以去找出小孩子的日常生活照片或DV影片，特別是那種充滿孩童笑靨的生活片段，這種畫面最容易引起觀眾的共鳴；你還可以去探究出事的幼稚園是不是合法？爲什麼娃娃車連操作的SOP都沒有？你還必須追蹤幼稚園負責人的責任，至少要追到他們向早夭的幼童道歉。

做這些衍生性的新聞不純然是爲了收視率，你必須有一個健康的心態，那就是要教導觀眾從意外中學習教訓，不要讓悲劇再重複發生。記者還可以針對「娃娃車究竟該怎麼搭才安全」做調查報導，教導幼稚園該怎麼做才能避免幼兒被忽視？同時，也給父母親觀眾有一個可供依循的參考。

# 第四章 政治新聞

## 政治內幕、槓上政府，才有收視率

政治新聞一向是主流媒體經營的重心，廣義的政治新聞包括總統府、行政院、立法院、考試院和監察院都屬於政治新聞的範疇。不過在台灣，最需要媒體監督的卻是民選總統，因爲，他代表了最大民意，擁有最大的權力，可惜漏洞百出的憲法卻無法對總統進行實質監督，所以總統更應該是政治新聞監督的核心。

這也說明了，爲什麼民選總統所到之處，所發之言，都受到媒體的大幅報導。而台灣的民選總統也深深了解媒體的需求，憑著長期與媒體交手的經驗，他們多半參透媒體追求衝突、對新聞極度飢渴的本性。所以，民選總統一直是台灣社會塑造議題的高手，不論在飛機上、在鄉鎮的大樹下或是在競選的造勢舞台中，他們經常發出驚人之語，永遠不會讓守候的媒體空手而歸，而政客們的政治生命，也透過媒體的密集曝光得到加分。

對媒體而言，開放民選總統之後，政治新聞的「量」雖然大大提高了，但是量的增加並不代表媒體第四權就此發揮。由於權力人士的放話，政治新聞被導引去報導一些莫須有的政黨競爭、權力鬥爭等等假議題，這直接稀釋了媒體監督政府的嚴肅性。理性民眾看不到政治記者的監督功能，只看到政客的道德沉淪卻又無計可施，於是觀眾愈來愈退縮，對政治愈來愈冷漠。如此看來，政治記者如果繼續讓浮濫的、臆測的以及放話的政治新聞充斥，這反而對台灣的民主造成重大傷害。

另外，從收視市場來看，一般觀眾對政治的冷漠會反映在新聞上，如果政治新聞只是報一報政治人物的日常行程，這種政治新聞當然沒人看。但如果是批評政府的政治新聞、監督政府施政缺失的政治新聞、以及報導政黨間互鬥的眞實新聞，這種「槓上政府」和「報導政黨衝突」的新聞，就能吸引觀眾的注意。所以作爲政治記者，不能只報導浮面的政治現象，更要挖掘躲藏在幕後的政治操作，這種內幕式的政治報導才會喚起共鳴。

## 一、放話的藝術

台灣官場有一種特別的放話文化，跑政治新聞的記者必須隨時保持高度敏感，經常反省自己是不是被政客當成了放話工具。因爲只要是政客就會有政敵，政客若想打擊政敵，利用媒體放話最是有效。政客會尋找氣味相投的媒體，把這些媒體當作「同路人」，相互勾串放話打擊政敵或者試探政治風向，政客放話的公式如下：

**政客丟出空氣球→政敵回應→形成輿論→做成決定**

譬如說，中央政府正在考慮一個重要職務的異動，並且開始徵詢幾個口袋人選。假設某甲有心那個重要職務，當他知道某乙也可能被徵詢，某甲就會向熟識的記者放話，給記者獨家訊息，就說某乙可能就是那個職務的人選。記者若是把謠言當成新聞來處理，謠言的散播速度最快，殺傷力卻也最大，只要某乙開口回應了這則新聞，輿論壓力一定紛至沓來，這會搞得中央還沒做成決策，被徵詢的對象就先被其他的政敵們狙殺。因爲人事案最怕的就是：見光死！

記者經常自以爲了不起的獨家，講穿了不過是幫某甲發黑函，藉著媒體放話來除掉某乙這個眼中釘，那麼某甲獲得重要職務的可能性就大增。

關於放話，有一則笑話是這麼說的：「A首長最樂意接到記者們的電話，如果記者問的都是和他主管的業務無關，那麼，A首長就會放心地談論別人的是非，因爲隔天報紙登的，都是別家部會的八卦；而A首長最怕的則是沒接到記者的電話就上了報紙，因爲這就表示，別家首長接到了記者的電話，而且還天花亂墜地說了他的八卦。」

## 「放話」是精細的政治操作

很多台灣政客都是透過放話來與媒體打交道，而且其中還有人放話的技巧已臻爐火純青。放話的公式經過巧妙變形，更輕易地就掌握話題的主導權，逼得媒體不敢不報導，成功地把媒體當成傳聲筒。

特別是位階愈高的政客，他們就像 SARS 或 H5N1 禽流感的病毒變種，熟練的放話技巧經由不斷淬鍊，輕易就可以摧毀媒體的免疫系統。譬如說，爲了達到有效轉移話題的目的，政客會運用政府的預算上電視。把電視專訪搞成個人的一言堂，讓在野黨與被指控的政治人物根本無從辯解，這套變種的放話公式就會變形成如下的流程：

**選擇不利於政敵的話題**：簡化，把需要辯論的議題，用標題式勾勒出。

←

**詮釋角度由政客支配**：強化，選擇性突出重點。

←

**操控有利於自己的例證**：同化，用烏賊戰術擾亂視聽，爭取中間民眾認同。

←

**成功地轉移話題打擊政敵**：完成打擊任務。

執政者儘管可以用權謀打擊政敵，不過，政治人物還是要遵守基本的政治戒律，那就是：「絕不可以利用自己執政的特權去打擊對手。」

因爲，政府的情治系統或多或少都掌握了政敵碰觸不到的訊息，譬如說，捐血紀錄啦、生病住院紀錄啦、或者繳稅紀錄等等個人的隱私。因此在政治上，絕不能容忍執政黨或個人，爲了自己的利益，去濫用這種公務部門蒐集來的訊息，不容許執政者利用這樣的訊息來整肅異己。身爲政治記者，如果不能悍衛私領域，反而縱容執政者利用執政特權來打擊政敵，那麼執政者的道德良知將土崩瓦解，再齷齪敗德的大罪他都做得出來。

其實，遇到上述的放話高手，一般政治記者多半無力抵抗，只能乖乖地做他們的新聞傳聲筒。只是這種口水式的議論，只不過是辯才無礙的政客在製造新聞罷了，身處在這個議題行銷與媒體操控的年代，政治記者固然不需要「逢政客必反」，但政治記者卻不能不深自反省，面對政客授予你獨家放話的誘惑，自己究竟有多少反行銷、反操控的堅持？自己有沒有足夠的能力去分析與批判？或者等著被封殺？

而在檢討政客的同時，記者也該花點時間深自反省，台灣所有的政治人物眞是如此不堪嗎？總統府只會搞宮廷鬥爭嗎？藍綠陣營的眼中是不是永遠容不下對方？事實恐非如此吧。

很多時候，媒體爲了多賣幾份報紙、多衝一點收視率，經常在撰稿的時候專注於仇恨、聳動，藉著搧風點火的手段搞衝突，用一句閩南語的成語「攏狗相咬」來形容最是貼切。政客雖然把媒體當成傳聲筒，但是部分媒體人的眼中，政客也只是一隻隻鬥狗，只需輕輕逗弄與撩撥，政客就可以在媒體上咬得滿嘴毛。

操作「攏狗相咬」，是政治記者經常使用的手段，而要把握的首要重點就是立即反應。只要A政客講出一句有爭議的話，作爲一個想生存保飯碗的記者，你就得立刻去找到相關人等做反應。即使這樣的反應是斷章取義或者加油添醋，只要能夠製造「衝突」效果，你的長官一定會要求你發出來。因爲就政治新聞來說，把小新聞變成大新聞，它就會有收視率。

雖然媒體的現況是，電視記者不常被政客當作放話工具，但電視記者卻常常追逐報紙的放話謠言，扮演「攏狗相咬」的追隨者。而現在，當平面媒體已經開始掙扎著要不要再當政客放話工具的時候，電視記者能不能維持一丁點兒對新聞的堅持與品味，不要老是抄報紙，老是跟著政客的放話系統起舞？答案其實已經很清楚。

## 樂為放話工具，但要用在正途

不過，放話並不全是壞事。人生有順境也有逆境，遇到逆境的時候，一般人會尋求宗教撫慰或心理諮商。政治人物遇到的考驗更多，遇到問題的時候，其實也可以藉著放話來了解輿情，只要心存正念，「放話」也可以是另類的民意調查。

譬如說，民國八十九年陳水扁初掌總統大權，當時有個「國家統一委員會」，按照舊例，本來就該由總統兼任「國統會」的主委，但是一直以來陳水扁總統的言論就是傾向兩岸不統一，如果陳總統接了以國家統一爲宗旨的國統會，恐怕無法對獨派人士交代。

總統面對這樣的困境，其實是可受公評的。所以陳總統就採取「高層放話」的政治動作，一下子丟出可能不接「國統會」主委的空氣球，一下子又傳聞可能要接。雖然觀眾看到這種假議題會心生厭惡，但是政治人物若誠懇地把自己的困境丟出來，讓媒體和民意公評一番，凝聚一個起碼的共識，再來做出「虛級化國統會」的決策，這樣的反彈聲浪就不至於太大。

政治人物利用放話來尋求朝野共識是好事，因為對民眾來說，最怕的就是政客蠻幹。明明自己的施政有問題，卻以為憑著意志力一意孤行就能成功，那一定比亂放話更容易出事。譬如說，民國八十九年，阿扁政權新手上路，毫無章法的財經政策被輿論批評得一無是處，高層毫無預警地要行政院成立一個政院財經小組，把財經首長全都納入小組成員。由於行政院底下已經有經建會在做類似的事情了，再搞一個政院財經小組，明顯有疊床架屋之嫌。再加上，這個可能左右經濟市場的政院財經小組，還把立場應該公平公正的央行總裁彭淮南拉來當執行秘書，倉促成軍的財經小組當然要被媒體狠批一頓。

更糟還在後頭，政府高層擋不住媒體的痛批，彭淮南這個執行秘書還沒上任咧，在第一次財經小組會議召開之前，彭淮南在陣前就被換掉了，由經建會主委陳博志取而代之。而陳博志主持的經建會本來就是個財經小內閣，本來就負責統整財經事務，政府浪費人力與時間瞎兜了一大圈，然後又回到原地踏步，這除了顯示總統對政府機器運作的大外行，也凸顯政府高層暴虎憑河的莽撞。

新總統上台想有新作為，這絕對值得肯定。但是想成立一個新的財經小組，來解決被自己捅成馬蜂窩的國家大事，事前是不是該尋求民意的共識呢？這種即興式、隨興式甚至隨便式的施政作爲，當然又會被媒體狠批一頓。

連李登輝前總統都忍不住開罵，民國九十四年十月十七日他到美國紐約訪問的時候就批評阿扁總統：「現在總統開什麼會議，要發表做什麼事情都直接講，這和憲法有違背，違背憲法規定，總統做事要依法處理才行，不能說我要怎麼樣就怎麼樣。開玩笑，這樣就變成獨裁了，所以要尊重制度，要制度化。」

一位卸任總統批評他的繼任者，雖然有前總統指導現任總統下棋的味道，但政治人物若能善用「放話」藝術早點凝聚民意共識，就不會被人指指點點，對政務的推動應當會更順遂。

不過，「放話」並非完全不可取，只要把它用在國事和正途上，政治人物誠心誠意地改變放話公式的幾個字，「放話」立刻可以澤被民眾、利益眾生。新的公式是：

**政務官丟出空氣球→民眾回應→形成輿論→協助執政者做成政策**

「放話」公式若是運用在公共政策上，電視記者倒是可以勇敢追逐，讓「放話」變成輿論討論的話題。

譬如說，環保署若是受到立委或建商的壓力，要求開放水庫的水源保護區蓋學校或者讓汽車通行，環保署若擔心水源遭污染，卻又頂不住民代的壓力。這時候，就可以透過媒體丟出空氣球，就放話說，有些立委爲了特定的少數選票向環保署施壓，等到立委、民眾和環保團體各自做出回應，經過輿論激盪形成共識，環保署就可以放心大膽地執行保護水源的既定政策。因爲，有了輿論和民意做後盾，環保署官員就不必懼怕遭受政客的壓力。

不過身爲媒體人要切記：「寧做意見的討論工具，不做黑函的傳播者。」

如果你收到不具名的黑函或錄影帶，黑函的內容不但與公共利益無關，而且明顯不實與錯誤，還刻意要傷害特定人。那麼千萬不要去散播這樣的黑函，不要阿Q地以爲你是在保護言論自由。如果惡意的栽贓都被你當作言論自由來保護，那麼以後大家就可以帶著手榴彈上街，因爲它的插銷還沒拔下來，還沒有爆炸、沒有傷到人嘛；同樣的歪理可證，非法的安毒工廠也不能遭取締，因爲它還在製作還沒拿出來賣，這樣的推論絕對不合情理法。

媒體可以被人利用，但是應該用在正途、要能夠利益眾生。「黑函」與「放話」的差異顯而易見，身爲政治記者千萬別做錯誤決定。

## 二、政治新聞的竅門：追究權力核心

跑政治新聞萬變不離其宗的核心思維就是：先弄清楚是誰擁有權力？要追究施政責任就得追到權力的眞正擁有者，而不是只找到放話的替死鬼就算了。

替主子出來放話的人，他們不是傀儡就是攀緣層峰的外圍勢力，嚴格講起來只是爲虎作倀的小鬼。要知道，權力就像蜂蜜，像蒼蠅的小鬼們就會急急忙忙趕來黏著；而權力會使人盲目，愈是擁有權力的人就愈想便宜行事。小鬼與政客其實就是共犯結構，一旦政客們擁有權力，他們就會漸漸習慣役使小鬼去爲非做歹，即使是違法的事情也漸漸會被視爲理所當然。

打蛇要打在蛇的七寸，監督權力核心，就該打中政客的七寸，請注意政客如下的七寸焦點。

## (1)權力在哪裡，責任在哪裡

媒體要盯緊權力中心，權力核心永遠都是民選總統。因爲依照一部被修改得亂七八糟的中華民國憲法，行政院長只是總統的幕僚長，是總統意志的執行者，所以，不能只是把站在幕前有責無權的閣揆當成箭靶，卻忽略了躲在幕後有權無責的總統，因爲內閣的重大政策，總統若是不同意，行政院根本推不出來。

譬如說，「高科技股實價課稅」的話題吵嚷多年，財政部和經濟部一直都認爲應該課稅，財政部長還做了課稅的政策宣示，但是總統接見工商團體代表，接受了工商大老的陳情之後說：「不課了！」財政部還不是得乖乖的，把說過的話硬生生地吞回去。

總統府若與行政院的政策不協調，媒體要盯誰？當然去盯總統府，因爲總統府才是權力中心。媒體要盯他是不是興之所至，是不是即興式施政，不然，怎麼會拿老百姓開玩笑。

其實，民眾的眼睛也不是全都被蛤仔肉糊住（台語，意謂矇蔽），早在民國八十九年，民眾就看穿了行政院長是有責無權，當時的行政院長唐飛，充其量只是陳水扁總統的執行長。所以，雖然唐飛的財經政策一團亂，但是他的民調卻遠比陳總統高，因爲老百姓看得到嘛，身體不好的唐飛三天兩頭進醫院，卻還是老驥伏櫪、拖著病體在苦撐。於是民眾同情他嘛，就不會去追究行政院亂七八糟的政策，因爲民眾知道，唐飛根本沒有實權，眞正有權力的人在總統府。

## ⑵靠管制樹立權威的人，最擔心開放

記者要勇於挑戰權威，因爲權威的擁有者經常恐嚇民眾。舉例來說，在國人眼中，國安局一向是依靠管制來樹立權威的神秘機關。就在台灣和大陸要搞三通之際，國安局高官竟然在立法院備詢的時候說：「小心，台灣還有兩千名匪諜。」

這是什麼跟什麼？台灣有匪諜，那國安局去抓呀，國安局不抓匪諜，卻拿「狼來了」來嚇唬台灣民眾。國安局是不是擔心，一旦社會開放了，他們靠著神秘建立起來的權威就會被打破，國安局的危機意識只印證了一句話：「眞正害怕開放的人，就是那些靠著管制來樹立權威的人。」

想想看，我們每年要花幾十億稅金養活國安局的人事，但是國安局卻連它的人事處長違規前往大陸都不知道，連涉嫌盜領鉅款的局內上校都可以在監控的情況下潛逃出境……。這種單位，連自家人的重要情報都掌握不到，卻放狠話恐嚇老百姓，不是荒謬至極。

這也是我一再強調的，爲什麼第四權應該挑戰威權，因爲權力使人腐化，擁有最大權力的人，愈容易腐化。而媒體咧，特別是媒體裡的政治記者就更應該扮演權力防腐劑的角色，讓眞正有權力的人被人民監督。

## 三、追官員責任絕不手軟

媒體對政策弊案的採訪習慣一向只有三分鐘熱度，譬如，高雄捷運弊案背後是不是有官商勾結的內幕？金管會的金檢局長有沒有涉及股市禿鷹案，抓賊的有沒有變成強盜？政府與財團合作的BOT案有沒有違法投資，有沒有拿老百姓的錢去塡塞財團設下的錢坑？這些疑似弊案，不管人民與媒體有多少懷疑，政府總是有辦法推、拖、拉，丟出一顆顆煙幕彈讓媒體在追蹤的過程中迷路。

而記者的責任就是追蹤眞相，儘管官員可以用盡方法做掩飾，記者則必須一層一層揭開謎底。你可以去找學者、找專家、找反對黨立委天天盯著這些弊案，就算涉案官員們的臉皮再厚，其中的少數者還是會有羞恥心，只要正義的力量鍥而不捨，總有一天會有人出面向媒體透露消息，讓爲非作歹的政客俯首認罪。

在追弊案的過程，你一定會碰到權力者利用各種理由迴避採訪，甚至可能以各種手段迫使你不要採訪。這時候你千萬不要退縮，想想台灣最會打官司的作家李敖吧，李敖提出控告的對象多半是達官巨賈，但由於李敖知法懂法，提告的對象又都是有頭有臉的大官和有錢人，李敖只要打贏官司就可以獲得名利，就算官司沒贏也可以博得名聲。其實，別看李敖在鏡頭前伶牙俐齒，得理不饒人的高傲模樣，我認識的李敖，私底下對一般民眾則是客氣得不得了，到餐廳去，服務生端杯熱開水給他，李敖都要起身謝謝人家。

跑政治新聞是在監督政府不是做政客的公關，既然要監督有權力的人，就要學習李敖打官司的精神，對人的基本尊重絕對要有，但是對政客巨賈的監督卻絕不能鬆手。一旦你盯弊案盯得愈緊，被你盯到的關係人雖然恨你，但一定是對你又敬又怕，也就是所謂的「敬畏」。

你報導的高官巨賈皆是社會公認的知名人物，你報導的事情皆是攸關眾人的公共政策。那麼，只要你不是心存惡意捏造故事，你的報導內容就會在「可受公評」之事的範疇內受到法律保護。

只可惜，許多人缺乏勇氣，都是「柿子挑軟的吃」。媒體習慣報導「有名無權」的演藝人員，只要明星藝人有一點點風吹草動就勇於扒糞拚收視率。但是碰上大官涉及的弊案，媒體則會搬出司法官僚口吻說：「證據到哪裡，就報導到哪裡！」

證據是不會從天上掉下來的，你要坐在辦公室裡等證據，還是站起來去追證據？記者若習慣坐在辦公室裡或只參加記者會，官員瀆職的證據也不會自動送到編輯台給你。你不盯著司法人員，不天天督促在野黨去監督施政，在野黨也是很懶的，那麼弊案永遠不會有水落石出的一天。

如果跑政治新聞只會每天拿麥克風追逐政客的鞋跟，那絕對跑不出什麼成就感。學學李敖吧，別挑軟柿子吃，不必害怕追蹤達官巨賈的弊案，因為即使找不到明確的涉案證據，追蹤的過程也足夠讓官僚們警惕，記者追弊案既可以贏得名聲，對社會也絕對是利多於弊。

## 四、政治新聞：掌握議題

### 政治脈動，全盤掌握

政治新聞有個特性，就是它的發展多半有跡可循，所以記者應該盡量掌握它發展的脈動，預先規畫新聞的後續發展。

譬如在民國八十九年十月底，核四停建案翻攪成國際事件時，泛藍的國、新、親三黨揚言罷免陳水扁總統。由於連署門檻很高，必須有三分之二以上的立委同意，盱衡現實，執政的民進黨估計泛藍根本無法讓罷免案成局，這時候規畫政治新聞就可以站在執政黨的角度，設想朝野政黨會如何攻防，從執政黨的角度思考新聞走向。如果政治記者想得比政治人物還要細密還要深入，搶在政治人物有動作之前就報導未來新聞的趨勢，那麼觀眾或同業一定會對你投以尊敬的眼神。

你可以假設執政黨擬出的對抗策略包括：

⑴泛藍立委要罷免阿扁總統一定功敗垂成，而執政黨若在中、南部阿扁總統的大票倉來個反罷免，號召支持者罷免在野黨立委作為反制，可能眞的會有立委被罷免掉，對於在野聯盟的氣勢絕對會有打擊。

⑵執政黨也可以模糊在野黨的罷免焦點，把在野黨窄化成是因爲支持興建核四才搞出來的政治鬥爭，執政黨可以結合全國反核團體，搞一場全國性的反核大遊行。

⑶執政黨還可以透過友好媒體，不斷發布民間擁護阿扁的最新民調，讓民眾出現另一種反罷免的聲音。

⑷執政黨也可以使用分化在野聯盟勢力的手段，透過媒體不斷放出本土派泛藍立委可能跑票的謠言。甚至還可能放話說，前總統李登輝支持國民黨的本土派副主席出走，以對抗泛藍的在野聯盟。

執政黨可以運用的策略很多，作爲政治記者若能預先設想甚至規畫，眞的碰到執政黨拋出空氣球，就可以立刻製作成新聞，等於是記者站在制高點從容以對。

## 抨擊無聊的政客，才有收視率

每位跑政治新聞的記者都認爲自己的路線很重要，這雖然是記者對自己工作的尊重，但千萬不要太過主觀。因爲對觀眾來說，政治人物或說政客吧，最是無聊。

政治人物的權力雖然很大，不過這沒什麼好驕傲的，因爲「爾食爾祿，民脂民膏」，觀眾天天都在用遙控器投票。看到無聊政客的嘴臉，觀眾一定會轉台，因爲台灣的社會亂象就是肇因於張牙舞爪的政客太多。政客們的吵鬧令人既煩且怒，小老百姓從政客身上看不到自己的未來與前途，於是對政治就會由憤怒轉爲冷漠，由冷漠轉爲放棄，既然放棄了就不會有收視率。

但是奇怪的是，觀眾若看到電視裡批判政客的新聞，多數人又都會留下來。看到貪官昏官在電視上出糗挨刮，對很多觀眾來說是最廉價的休閒，觀眾絕對有興趣爭睹達官顯要的荒唐笑話，也一定有人會聚集在電視機前笑罵政客，若有人因此而抒解沮喪，那麼罵政治人物的新聞，就成了最簡易的抗憂鬱療法。如果追擊政客能夠有益觀眾身心健康，那麼政治記者何樂不爲，不但能夠幫電視台賺到收視率，還可以順便做功德。

## 五、選舉新聞：要觀點，忌主觀

### 找出觀衆有興趣的公共話題

台灣的政治人物，很多都是令人生厭的政客，只要你有良知，相信你不會反對這樣的說法。既然政客人見人厭，那麼選舉新聞要怎麼呈現？選舉新聞其實最忌諱主觀，但需要強調的卻是觀點。你必須小心新聞的切入角度，免得被候選人說你偏袒對手，或者更嚴重地被人告上法庭，說你「意圖使人不當選」。

但是你也不能小心過了頭，你還必須盯著候選人的政見與承諾，找出觀點來檢驗政客的謊言。而不是單純當一名文抄公，只會抄襲候選人的文宣，或者複製政客們相互攻訐的口水。

候選人的選舉花招很多，不過絕大多數都是揭弊、謾罵、口水亂噴的負面文宣。這很像電視台操作收視率的法則：**知識分子愈是覺得很爛很糟的新聞，收視率往往愈高；選民愈是覺得很爛的抹黑文宣，卻愈能激起選民的情緒，提高投票率**。特別是競爭激烈的戰區，人性基於鬥爭的惡劣習氣，很難讓選舉過程從容優雅。

也許這就是民粹政治的無奈，不過在尋找選舉議題、設想選舉新聞觀點的時候，還是要注意到公眾利益。雖然負面新聞會讓人看得熱血沸騰、血壓升高，但是鎖定公眾利益的選舉話題則可以獲得更多共鳴，不至於讓觀眾一看到選舉新聞就轉台。

譬如說，有些候選人把基層村里長當成自己的樁腳，打算把村里長變成有給職，這樣的政見是會引起公憤的，試想，全台灣有七千名村里長，如果每個人要發月薪五萬元，還要增加勞健保、退職金，一年就要編七十多億元預算。天哪，村里長本來就來就是無給職，當全台灣還有幾十萬失業人口，當全台灣的平均薪資只有三萬元，政客把村里長當成樁腳，選舉時開出這樣的支票一定會遭一般選民唾罵。若能掌握這個切點窮追猛攻，你的選舉新聞一定會變成討論的話題，絕對會吸引觀眾的注目。

當然，政治圈是複雜的，政客已經可以花錢在電視台買廣告，當你在檢驗政客的同時，政客可能也正從新聞中檢驗他鈔票的效力。這時候，你的主管或老闆可能會要求你修改新聞切點，怎麼辦？

還是聽聽老人家的智慧言語吧：「飯碗重要，先顧腹肚，再顧佛祖。」如果你還年輕，千萬別暴虎馮河傻傻地去與老闆對抗，你可以聰明一點迂迴婉轉，達到「曲中求直」的目的。在可能的範圍內，不要放棄對新聞的堅持。

## 拍攝選舉新聞注意事項

採訪選舉新聞的文稿要求觀點與突出，但是選舉新聞的拍攝、剪輯卻要小心翼翼，務必做到公正公平。因爲候選人有勝負壓力，如果他勝選了一切好說，敗選的一方經常就會挑剔你報導上的毛病，包括攝影的角度、新聞的長度都有可能成爲被檢討的細節。

選舉的報導爭議，特別容易出現在候選人「一對一」的競爭上，對於勢均力敵的候選人，一定要盡可能地做到公平。第一、新聞長度要一樣長。不要因爲甲候選人跟你比較好，你就給他播個一分鐘，乙候選人和你沒交情，只給他三十秒就草草結束。第二、畫面尺寸和畫質要盡量相同。不要甲候選人的鏡頭是正面的順光特寫，乙候選人只給他大逆光、大遠景，還讓他黑著一張臉接受訪問。

關於拍攝選舉新聞，以下是文字與攝影記者必須共同注意的細節：

1. **避免仰角拍攝候選人**：通常由下往上拍攝候選人，會給觀眾一種威嚴、偉大的錯覺，容易招致爲人助選的批評。

2. **避免逆光拍攝**：沒有人喜歡黑著一張臉出現在電視上，這本來是攝影的基本要求，但是牽涉到選舉的勝負，候選人以及競選總部的人員會非常在意。

3. **避免在傘下受訪**：如果是在下雨天進行拍攝，要提醒候選人不要拿有顏色的雨傘，因爲雨傘的顏色容易改變候選人的臉部顏色。若非得用雨傘，也盡量用透明雨傘，以免影響色溫。

4.**盡量用手動收音**：許多攝影習慣自動收音，但是在選舉造勢的場合，喇叭聲、汽笛聲和鞭炮聲常常蓋過候選人受訪的聲音，所以應該盡量把麥克風靠近候選人並且改以手動收音，效果比較好。

5.**避免車輛掃過受訪者的頭**：站在街頭，以中景拍攝受訪者是採訪中常有的事，但是受訪者的後面若出現汽車跑動，不但造成畫面雜亂，對候選人來說也是大觸楣頭，應該盡量避免。

6.**受訪者不能自己拿麥克風**：這是電視新聞應該遵守的基本要求，因爲受訪者自己拿麥克風，給觀眾的感覺就是他代表電視台的立場。而在選舉新聞中，怎麼可以讓候選人代表你的立場，怎麼可以讓他拿麥克風咧，這絕對是選舉新聞的大忌。

# 第五章 生活娛樂新聞

## 觀衆看電視，多為休閒

談到生活與娛樂新聞，很多人可能會聯想到環保啦、消費啦、教育啦、文化啦，不過更多人有興趣的可能是影劇八卦新聞。沒錯，根據收視率調查公司的資料，不論是報紙還是電視，影劇新聞、明星的動態與八卦，一直都是普羅大眾的最愛。

很多讀者可以不看報紙第一落的要聞版，但是第二落的影劇新聞卻從不會遺忘。同樣的，觀眾看到政治或社會新聞也許會轉台，但是影劇八卦卻最能吸引觀眾的目光。也許觀眾是邊看邊罵，但就像看整人的綜藝節目一樣，AC尼爾森的觀眾也是邊罵邊看，卻很少轉台。

電視是做給觀眾看的，而「看電視」這個行為已經連續多年蟬聯台灣人休閒生活的第一名。讀者有沒有發現，在觀眾的認知中，「看電視」和「休閒」是緊扣在一起的，既然看電視的目的是為了休閒，那麼提供娛樂新聞給觀眾絕對是需要的，娛樂新聞曾經是新聞的旁枝，但現在，它漸漸成為報導的主流。

生活太苦悶！這是很多人選擇娛樂新聞的主因。就像經濟不景氣的年代，仕女的妝會捨棄濃眉大眼，轉而流行細薄的柳眉。生活太沉悶，大家就不愛看「沉重」的新聞，新聞台為了滿足觀眾的心理需求，現在已經把影視娛樂單獨切劃出一條路線，而且還是好幾人一起跑這條重要的路線，所以讓我們先來討論大熱門的明星與藝人新聞吧。

## 一、影劇綜藝永遠是焦點

### 明星需要曝光，緋聞最易炒作

在影視圈流行一句話：「不管是好消息、壞消息，只要能夠上報紙都是好消息。」其實，很多藝能圈的明星都是人前風光、人後淒涼。當一名藝人，沒知名度的時候，等通告的日子很難捱，餐餐吃泡麵、睡地板的落魄困窘是常有的事。一旦成名之後，不但得擔心狗仔隊跟監，還得害怕從演藝高峰掉下來，患得患失得憂鬱症的明星所在多有。

藝人需要大量的媒體曝光，因為多數藝人都相信廣告效益，「熟悉產生親切，親切產生認同，認同匯聚人氣。」為了匯聚人氣，藝人或者藝人所屬的經紀公司就會三不五時幫藝人炒炒新聞。特別是藝人有新戲要上檔，主持人要開新節目，或者歌手要發新片的時候，這些平常不見蹤影的藝人一下子全都會冒出來。

而要讓藝人冒出來最好的理由就是：「緋聞！」古今中外，最容易炒作的新聞就是緋聞，因爲觀眾愛看，後遺症也最少。

不過，最讓觀眾覺得弱智的新聞也是緋聞。聰明的你一定很容易就分辨出哪些是假緋聞，哪些是眞戀情。所以不要隨著藝人的炒作起舞，輕易就變成藝人的免費宣傳工具，省得你認眞地報導完別人的假緋聞之後，還被經紀公司笑罵：「笨！」

## 螢幕外的明星最眞實

窺視，是人性共同的弱點，很多觀眾會好奇藝人在水銀燈外的眞實模樣，這也是八卦雜誌爲什麼能夠長期大賣的原因。倒不是要你去當藝人的狗仔隊，而是建議你多去發掘藝人的眞實面，特別是知名的、故事性強的藝人，你若能長期鎖定他們的眞實生活，持續報導他們的眞實故事，一定能擄獲追星族的目光。

譬如說，你可以建議老闆開闢一個「螢光幕後」單元，專門介紹藝人的特殊收藏、嗜好以及長保青春的秘訣；開闢一個「昨夜星辰」單元，介紹一些觀眾曾經耳熟能詳，現在卻落拓江湖的老藝人近況。很多紅極一時的藝人，在星光黯淡事業走下坡之後，他們的景況其實非常值得同情，而這些老演員、老歌手在螢光幕後的眞實現況，不但會引領觀眾回到老藝人的風光年代，老明星的故事也容易緊緊扣住觀眾的眼光。

## 有名無權，媒體最愛

採訪影劇娛樂不是只有搞溫情灑狗血，觀眾愛看的還是藝人的八卦。影劇圈潔身自好的藝人雖然很多，但是個性與作風大膽的藝人更是所在多有，如果每位藝人都循規蹈矩，恐怕演藝圈也就不會那麼精采了。

藝人一旦鬧出風波、惹出事端，不論平面還是電視媒體，對於這類平時愛炒作新聞的藝人多半不會手下留情。作爲影劇記者的你恐怕也不能自外於主流，因爲炒作新聞是要講究氛圍的，你若是不跟著流行新聞去追打落水狗，那麼你的新聞恐怕就不會有人看。

別怪媒體愛打落水狗是一種墮落，我倒認爲毋寧說它是一種社會現實。媒體往往對於達官巨賈的八卦緋聞打不下手，這是因爲達官巨賈有名有權、有錢有勢，你若是追得太凶，自然有幕僚或律師向他們獻策，他們可以利用各種方式迴避採訪，甚至直接抽你的廣告預算來要脅。至於有名無權的藝人咧，他們因爲有名氣所以容易炒作，同時因爲他們沒有權勢所以容易打擊。

這也是狗仔雜誌爲什麼老愛跟拍藝人的原因，只要你做得不要太過分，小心地不要踰越法律的那條紅線，藝人就算上法院也不容易告贏。而且多數藝人的心態是息事寧人，藝人本來就是靠著曝光成名換取利益，和媒體保持良好互動絕對是上上策。所以，只要你報導的出發點不是惡意誹謗，媒體與藝人的官司多半也就不了了之。

## 明星的作品要善加利用

俗話說：「好事不出門，壞事傳千里。」當明星被電視台大幅度報導的時候，通常都不是什麼好事，不是鬧緋聞、被恐嚇就是婚外情，要不然就是像一代笑匠倪敏然一樣意外過世。

謠言的傳播速度永遠最快，明星要是碰到倒楣事，大牌藝人當然是躲起來不出面，或者根本無法出面。但是藝人的爭議話題，觀眾偏偏又特別愛看，如果找不到新聞主角怎麼辦？還好，這些大明星過去都有豐富的作品，既然觀眾愛看，電視台就找出來盡量播吧。

譬如港星張國榮、梅艷芳的猝逝，兩位天王天后的粉絲（fans）一定會守著看電視，一般民眾也會好奇。做這類明星新聞的時候，就盡量去蒐羅他們的影片、唱片，去找曾經與他們合作過的明星，找他們的唱片製作人，藉由這些圈內人的回憶，帶著觀眾走回時光隧道，重溫明星作品裡的風采。

## 即使是娛樂新聞，也不能低級

讀者也許覺得不屑，爲什麼影劇新聞要淪於八卦與扒糞？但就像台灣的報紙生態一樣，最好賣的報紙，它的內容就是緋聞加醜聞，最吸引人的照片就是裸體加屍體。你要問：「電視的影劇新聞爲什麼老愛播藝人的八卦？」

「因爲它有收視率！」這是唯一的答案。

不過，即使是採訪影劇八卦，踰越新聞尺度的內容還是要有所節制，因爲電視新聞在政府的歸類中是屬於普級節目，一定要顧慮到小孩子看新聞的感受。譬如說，就有雜誌記者曾經當眾質問偶像藝人：「你出道都十年了，到現在都沒交過女朋友，你是怎麼解決生理需求的？」

偶像藝人被問得面紅耳赤，支支吾吾說：「……這個問題，這要怎麼回答……」

作爲電視記者千萬不能問出這種蠢問題，當然，也不可以把這種限制級的問話剪輯到新聞影片裡。即使人家是影視明星，即使人家是爲了宣傳才開記者會，作爲記者你看穿了這一點，你要消費人家也得有個分寸。這牽涉到個人的極度隱私，而且對觀眾來說，人家怎麼解決「生理需求」，與你何干？

萬一藝人反唇相譏，問你：「你是怎麼解決生理需求的？」你要怎麼回答？你能告人家性騷擾嗎？你能告人家，藝人也能反控你。跑影劇新聞不能跟著墮落，縱使「無冕王」的光環漸漸褪色，甚至已被糟蹋到光芒不再，但影視娛樂新聞仍必須有所堅持，應該堅持「通俗，但不流俗」、「娛樂，但不低級」的最低原則。

## 二、生活消費新聞，小題大作

環保、醫藥、科技和消費，這幾類新聞與民眾的日常生活最密切，這些新聞雖然很重要，但是因爲缺乏畫面，而且這類新聞也缺乏立即的危機，對講究影音效果的電視媒體來說經常被歸類爲「冷新聞」。冷新聞即使在做SNG的時候，連線長度都不宜過長，那麼冷新聞要如何炒熱呢？

「冷新聞」之所以冷，就是因爲沒畫面而且沒有急迫性。要炒熱冷新聞，就是要讓它不冷而且讓觀眾感覺急迫，所以採訪時，有幾項原則必須考慮進去。

### (1)找到觀眾關切的話題

民生新聞雖然和觀眾最親近，但是人性就是「愈親近愈容易漠視，感情也就愈疏離」。一般觀眾對民生訊息的態度是，嘴巴上都說關心，但是看到冷冰冰的新聞畫面，手上的選台器還是會毫不留情地轉開。之所以有這麼大的落差，主要的原因就是找錯了話題，民生新聞最忌諱發成湯湯水水，做出來不痛不癢，給人的感覺就是可看可不看。

譬如說，有些記者喜歡發如何種花、怎麼種草，如何餵小狗、養小貓，或者大家一同關心流浪狗……說實在的，這種訊息多半搆不上新聞，除非有新聞事件發生，否則觀眾都是可看可不看，收視率自然很難抬頭。

所以，即使是民生新聞也要有強烈的話題性。每個時代、每個階段，對話題的偏好不盡相同，但是像「性」啦、「減肥」啦、哪裡可以撿到便宜貨啦、哪裡又發現了黑心食品啦，這些讓觀眾有「危機感」、「急迫感」的新聞，則是亙古不變的好話題，比較能成爲收視的賣點。

### ⑵找到切點，小題大作

有了好話題，還要找到好的新聞切點。因為多數民生新聞雖然話題性夠，但是要做到周全卻很困難，最好能找到一個角度切進去，做成由小看大，小題大作的格局，比較能夠吸引觀眾的注意。

譬如說，消基會公布市售牛奶的營養價值，調查內容包括含鈣量啦、有沒有果汁啦、有沒有色素啦、產品標識符不符合標準啦……林林總總的調查項目一大堆。作為消費路線的記者，就要找出新的或者觀眾感興趣的角度切進去，譬方說，你可以切「果汁牛奶不含果汁」這個角度。

很多人小時候都曾聽媽媽說過：「果汁牛奶裡沒有純果汁，少喝！」記者就可以鎖定媽媽的這句話來小題大作，針對果汁牛奶含奶量的比例切入。千萬別把簡單的題目想得太大太多，要不然一則一分十秒的新聞講了太多重點，既要談含鈣量、又要談是不是純奶、還要談有沒有色素，講太多反而模糊了焦點，只是把調查報告拿來唸一遍的偷懶作法，這種新聞還不如不做。

### ⑶加強企畫採訪，與雜誌合作

民生新聞往往牽涉到許多調查和檢驗資料，除了最常公布調查資訊的消基會之外，電視台其實也可以多與專業雜誌合作。因為雜誌為了建立自己的特色，它們必須經常做調查研究，電視台如果和形象清新的雜誌合作，與雜誌講好，在雜誌出刊的同一天和電視台同步報導，這樣對雜誌、對電視都是雙贏。

譬如說，冬季來臨，雜誌若要推出「台灣十大名湯大調查」，你就可以搶先與雜誌合作。先去拍攝台灣的十大名湯，然後在雜誌出刊的同一天播出，告訴觀眾全台最好的溫泉在哪裡，今冬泡湯的新玩意兒有哪些？

除了與雜誌合作，你還可以和旅行社、航空公司合作，製作「今冬日本泡湯之旅」，不但把觀眾的視野拉到日本北國，更可以拉近電視台與相關業者的互動，對日後的採訪甚或業務的推動都有直接的幫助。

這類休閒消費新聞由於沒有播出的時效性，採訪企畫就顯得更加重要。你要讓它變成像連續劇一樣，最好在固定的冷門時段播出，譬如在七點四十分左右播出，它反而能成爲冷時段的特色。讓觀眾在看完凶殺、衝突和政治口水等「重鹹」新聞之後，來一些小甜點，觀眾在固定的時間收看固定類型的新聞，情感上自然會有所期待，也比較容易經營起來。

# 第六章 財經新聞

經濟無國界，沒有工礦產業的台灣更是必須藉著貿易來和世界緊緊扣連。財經新聞與民眾息息相關，舉凡銀行存款利率波動、股市的漲跌、匯兌的波動、各類稅賦稅率的調整……只要和經濟數字相關的訊息都是財經新聞的報導內容。和財經相關的部會，像是財政部、經濟部、經建會、中央銀行、金管會、各類銀行與金控公司……只要和錢有關的機構，幾乎也都是財經記者的採訪路線。

這樣看起來，財經記者很偉大喔。當然，財經記者在財經專業台是重點中的重點路線，不過，我要大聲地說：「但是從收視率的角度來看，持平而論，在綜合新聞台裡，財經新聞經常是冷門中的冷門！」

說財經新聞重要，因爲它和你我的荷包相關；說它是冷門中的冷門，則是因爲它不符合電視這個媒材的要求。我一再強調：「電視是一個影音媒體。」不管股市大漲大跌，還是央行操作匯市的波動多麼激烈，甚至營業稅賦的調整多麼不合理……你可以想像得到嗎？這些財經訊息都只有數字，電視記者只能就著財經數字去做反應，沒有畫面的電視新聞當然做不大。

財經新聞的價值也許在3G手機普遍之後，等到民眾習慣了藉由手機看財經訊息的時候，它能為公司創造利潤的價值才會浮現。但是對於習慣做影音新聞的新聞台來說，即使大家都知道財經訊息很重要，但是採訪的則數和製播的長度都不會太多，也不可能太長。

電視台的財經記者人數本來就很少，而且經常要兼跑生活消費新聞，因此很難深入個別產業。所以財經記者要把自己的視野放大，多去注意與民眾相關的產業趨勢變化，多放點力氣去關心台灣與兩岸的經貿發展，多去注意台灣與世界的經濟扣連，特別是，多去留心政治與經濟的互動。

這些大格局的觀察，也許一時間無法在小小的電視新聞裡表現，但是碰到重大經濟事件的時候，財經記者的重要性就會凸顯出來。

## 一、政治經濟不分家

台灣的財經新聞多半與政治操作連動，所以若說財經問題就是政治問題，一點也不為過。譬如說，盤根錯節的地方派系把持地方金融，政治人物介入銀行的超貸、銀行逾放比率過高……這些都和政治相關；而「二次金改」的政令一出籠，官股銀行漸次被合併消滅，向少數的財團集中，這些也和政治操作密切相關。可以這麼說，台灣每一項經濟表現，都可以看到政府操作的痕跡。

1.**股市**：在自由經濟市場的原則下，股票的漲跌本來應該要尊重市場機制，但是台灣政府卻一向喜歡動用屬於老百姓的四大基金，以及國安基金去影響股市。每次只要因爲兩岸關係的風吹草動而造成的股市崩跌，或者因爲大環境不佳所造成的股市下跌，政府基金就會跳進去護盤。不過基金操盤手很怪，護盤通常都是護在波段的最高點，讓外資和有心人士賺走台灣百姓的退休老本。

2.**匯市**：台灣的外匯存底經常超過兩千億美金，在全世界來看，怎麼算都算是有錢國家。若是想炒作台灣匯市，要投入的資本必須非常龐大，所以中央銀行操作匯市的主控權相對也比較大。平常時候，匯市漲跌個兩毛錢就是不得了的漲跌幅，所以跑匯市新聞也只能看大趨勢，短期間內，台灣匯市還是以穩定爲前提，並且由政府在操盤。

## 不得罪巨室

解嚴以後的政治人物，在施政作爲上不約而同地都遵守古訓：「爲政，不得罪巨室。」講白了，政府就是愛和有錢人做好朋友。政策上，我們可以看到政府拿百姓的稅金來替銀行打消壞帳，藉著擴大國際競爭力的名義鼓勵銀行硬性合併，研擬取消遺產稅讓富人受益……。

作爲一個有遠景、有作爲的政府，若爲了國家長期的發展，有時候干預經濟是必須的，只不過，政府在經濟面的操作上摻雜了太多的政治考量。就好比政府擔心股市下跌，就拚命拿政府基金來護盤，結果愈是護盤，老百姓寄存在政府基金裡的退休老本就愈少。這種只會看股票指數的施政作爲，只有讓財經問題更形惡化，讓經濟問題治絲益棼。作爲一位稱職的財經記者，你可以追蹤這些政策是否適合？政府是否濫用了納稅人的錢？報導之後訴諸社會公評。

## 二、台灣與大陸經濟密合

進入二十一世紀之後，兩岸經貿已經是影響台灣經濟最重要的因素之一。大陸由於人力資源物美價廉，它已經成爲全球最重要的生產基地，再加上十三億人口的市場龐大，對全球的人才和資金都產生磁吸效應。改革開放後的中國大陸，不只是世界的代工廠，現在更是世界上重要的消費市場。隔著一條海峽的台灣，企業若想要生存，都不得不認眞面對大陸這塊超大的經濟實體。

尤其當「經濟的台灣」變成「政治的台灣」之後，台灣的國際競爭力大幅衰退。昔日的世界大港：高雄港與基隆港排名下滑；重要貨運機場：高雄小港和中正機場，港埠的貨運量排名也都大幅滑落，台灣正期待著重拾昔日旺盛的經濟活力。

在等待台灣經濟力起飛的同時，台商赴大陸投資的家數與金額卻愈來愈多，台灣對大陸的經濟依賴也愈來愈高。所以在採訪兩岸經濟新聞的時候，要特別留意台資企業的全球競力是否提升，不可一味地要求企業根留台灣。因爲，企業去不去大陸，必須由個別企業來決定，而決定企業去不去的最大因素就是：「能不能賺錢？」

如果企業是自行集資、自負盈虧，那麼「去不去大陸？」只是企業求生存的思考，這與政治人物老喜歡把政治和經濟掛勾無關，更與愛不愛台灣無關，只是企業求生存的方式而已；但是企業若是一家上市上櫃公司，那就得多考慮，把投資人的錢帶往大陸是否公平？是否正確？

不過，這也不必太過擔心啦，因爲股東是不是贊成企業投資大陸，全部會反映在公開發行的股票價格上。

## 三、財經新聞的切點看指標

股市的漲跌本來應該尊重市場機制，偏偏政府老喜歡干預。股票漲了，政府就動腦筋要徵稅；股票跌了，政府覺得施政成績沒面子，又要政府基金去護盤。要跑好財經新聞，除了應注意政治走向，還要看經濟的未來大方向，所以觀察經濟「指標」很重要，你可以從經建會每個月初發布的景氣指標進行觀察。

### ⑴領先指標

可用來早一步預測股市走勢。

1.**M2（代表「貨幣供給額年增率」）**：它會反映未來三到六個月的經濟景氣。如果M2下降就表示，半年後經濟景氣很可能轉壞，股市表現可能不佳。

2.M1B（代表「短期流動資金」）：趨勢線上升就表示，短期內股市會上漲；如果趨勢線保持下降的走勢，那就代表短期內外資會大量匯出，台股缺少資金動能，不跌也難。

**(2)落後指標**

經建會公布的「景氣對策信號」是爲代表，不過它屬於落後指標，只是反映已經發生過的經濟狀況，這個指標看看就好。

**(3)市場指標法**

電視新聞可以用市場的觀念來切入新聞。就以國人最關心的房地產新聞爲例，有很多指標的觀察可以判斷房地產的漲跌。譬如說，當房地產下跌的時候你可以觀察的指標是：

1.建商推案量與銷售量是否背離？如果推案量大，但銷售量的成數不高，記者就可以告訴觀眾，千萬別被高推案量的假相給迷惑。

2.推案名稱是不是一改再改？很多建商的銷售情況如果不好，建商就會換一家房屋代銷公司，即使是同一個建案，代銷公司也會換好幾個名稱來促銷。你若看到一再更改的建案名稱，你就可以把它視爲觀察房地產景不景氣的指標。

3.注意都市重劃區的銷售情況好不好？重劃區規畫愈多的縣市，在房地產走下坡的時候跌得就愈慘。部分有指標意義的市鎮，像台中市與台南市，部分行政首長上任的第一件事就是規畫重劃區；如果重劃區的開發停滯，也可以觀察房地產是不是價格下跌。不過，報導重劃區房地產的時候要特別小心，因爲房地產會有很多政治力介入，地方的派系鬥爭特別嚴重，千萬不要因爲一則報導而誤觸地雷。

上述的「市場指標法」是電視財經新聞最適合運用的觀察法。至於要觀察股市的漲跌，則可以把高檔餐廳的興衰起落、雙B轎車的銷售數字也列入觀察指標，並且從這些指標當中找到像餐廳老闆啦、超級汽車銷售員啦……之類的「人的故事」。只要多留心身邊的生活變化，一定可以舉一反三，把僵硬的財經數字轉化爲電視新聞。

# 第七章 大陸新聞：聚焦兩岸互動

台灣與大陸，牽涉到兩岸錯綜複雜的政治關係，所以大陸新聞究竟算不算國內新聞？不同政治立場的人有不同爭議。只是撇開難解的意識型態不論，兩岸新聞最需要觀察的重點有三個：

第一、大陸堅持的「一中原則」有沒有改變？

第二、台灣朝野對「三通」有沒有共識與實際的行動？

第三、美國在「美、中、台」三邊關係的操作上，有沒有任何傾斜？

上面的三項重點，每一項細微的改變都是撼動政情的大新聞。只不過從採訪實務來看，對台灣的新聞台來說，要想主導或說操縱兩岸新聞的進展，它的困難度遠遠超過社會新聞、生活娛樂新聞，甚至比地震、颱風等天然災害還要難以掌握。而一旦有兩岸互動的重大消息，電視新聞部能做的多半是反應與查證，所以相關查證系統的人脈一定要建立。

# 一、兩岸新聞採訪

二十一世紀初，大陸對新聞媒體的控制力還是很強的，你不要以爲兩岸同文同種，膚色相近、言語相通，兩岸媒體人的思考模式就會相同，這你就大錯特錯了。兩岸在不同的政治實體下分治了五十年，民眾的想法和作法畢竟不同，台灣的民主運動經過先賢的流血流汗奮鬥犧牲，現在的媒體批評政府已經是家常便飯。但是在大陸採訪，若是對中共政權夾議夾敘，恐怕很難通過大陸的新聞檢查。

## 同文同種，想法不同

兩岸對媒體的思考不同，就以二〇〇五年九月，台灣知名作家李敖，在鳳凰電視台的安排下到北京進行訪問演講爲例，李敖的表現就大大不同。李敖以往在台灣的狂妄言行，只不過隔了一條台灣海峽，到了大陸，連李敖都顯得相對克制。李敖在北京大學演講，儘管他讚美共產黨帶來了漢唐以來罕見的盛世，但有些言論還是超出共產黨的尺度。李敖高談言論自由，他說自由就要像歐美國家開放A片、色情片，愈是開放的國家愈沒有性侵害案件；他還引用《毛澤東文集》，指桑罵槐地聲稱：「共產黨總有一天要消滅。」

這種刺激的言論令北京當局相當尷尬，中共中宣部立刻下令，報紙與網路不准公開李敖的演講內容。這讓原本簇擁著李敖的大陸媒體，一下子全傻了眼，大家都不知道李敖的新聞該怎麼發？

北京媒體後來只好服膺政治正確，全都依照官方通訊社《新華社》的通稿，統一報導口徑。報紙只報導了李敖到北大的演講活動，至於「A片」、「共產黨會消滅」……等激烈的演講內容則是完全沒有刊登。而且刊載李敖活動的篇幅還不是很大，這與李敖一開始抵達北京的大幅報導，版面上明顯縮水了很多。

要知道，《新華社》是中共最大的宣傳工具，一般的中共高官是不看報紙的，他們多半只看《新華社》提供的內參（內部參考）文件。換言之，《新華社》的立場就是中共高層的態度，《新華社》對李敖演講內容的保留，就是中共高層官員對李敖演說內容的評價。在這樣保守的氣氛底下，甚至連邀請李敖赴大陸的單位——香港鳳凰衛視，都主動刪掉網站上李敖的演講全文。

以「罵人」著稱的作家李敖，二〇〇五年他之所以受到大陸的青睞，能夠以高規格的貴賓姿態到大陸參訪，兩岸都很清楚，其實是中共基於反台獨的統戰需要。連這麼一位貴賓在大陸的演說都能被封殺，大陸新聞管制之嚴格可見一斑。你比李敖更具統戰價值嗎？未必。所以在大陸採訪還是處處留心為宜，融入當地的採訪環境是第一要務。

中共前國家主席江澤民就不只一次強調：「新聞自由不能超越國家利益！」同時，「要限制對中國發展沒有建設性的訊息！」

很明顯的，「國家利益」就是中共新聞管制的底限，赴大陸採訪千萬要謹記。

## 大陸採訪安全第一

所以，在大陸採訪，安全第一。不要去觸碰中共「國家利益」的底限。採訪時應該注意的事項還包括：

1. **不碰爭議性話題**：爲了避免不必要的糾紛，中共的軍事演習勿去打聽、勿去拍攝，以免遭到中共逮捕；此外，集會遊行活動盡量別去拍攝，譬如「法輪功」的抗議，中共政權對集會遊行一向高度審愼，能夠不碰盡量別碰；或者像許文龍、張榮發這些所謂的綠色台商，他們遭到中共稅務單位懲罰性的查稅等這類爭議極高的新聞，如果眞的有很高的新聞性，那就把消息捎回台灣，由台灣的記者打電話到大陸去求證，由台灣的記者做成新聞都可以，盡量不要給身在大陸的記者增添人身安全上的麻煩。

2. **以善意為出發點**：到大陸採訪，應該把中國當作是一個正常發展的國家，不要把中國妖魔化，記者不能像跑台灣新聞一樣，到了大陸還去跑人家的殺人、放火、天災、意外，這些意外新聞讓大陸的電視台去拍攝就可以了。台灣方面能收到中央電視台 CCTV-4 的衛星畫面，如果需要這類大陸新聞，由台灣的記者去處理這些負面新聞即可。

在大陸採訪，可以多去關心民生趨勢。譬如說，北京新興的夜生活、青年人愛上怎樣的咖啡店、北京設立最大的購物中心、民眾最迷什麼樣的電影、最愛什麼樣的明星、減肥美容的新鮮玩意兒……等等。

與採訪對象建立良好的互動關係，並且逐漸發揮影響力，然後透過台商人脈想辦法專訪台辦、人大、甚至國務院官員，這樣的大陸新聞才會有可看性。雖然台灣媒體要專訪中共高層的困難度很高，但是就整個頻道的經營來說卻很重要，赴大陸採訪的記者應該用心體會。

另外，採訪大陸新聞，對台辦的架構要有所了解：

- 中共對台最高領導機構：「中共中央對台領導小組」
- 行政系統對台最高機構：「國務院台灣事務辦公室」（簡稱：國台辦）
- 黨務系統對台最高機構：「中共中央台灣工作事務辦公室」
- 地方政府對台機構：「××省台灣事務辦公室」（簡稱：××省台辦）

所以，千萬不要出現像「遼寧省國台辦」的錯誤。簡單講，直接叫「遼寧省台辦」即可。

## 赴大陸採訪申請流程

在大陸採訪是要被管制的，所以記者和攝影器材想進大陸正式採訪，必須先向國台辦申請許可證（簡稱批文）。有了批文還不夠，進入大陸還要有台辦人員來接機，你才能夠入關。入關以後你拍攝的畫面，還要盡量符合你申請的內容，千萬別存心跟中共搞「偷跑」。而赴大陸採訪的申請流程如下：

1. **在台灣申請批文**：出發前一週，填妥固定的表格，附上詳細的採訪行程，傳眞到直轄市以上的台辦（北京、上海、天津、重慶），再以電話告知對方你的班機時間，方便台辦人員接機。

2. **大陸記協接機**：到了機場之後，當地台辦會委託記者協會派人來接機，每位採訪人員要收費一百五十（至少）美金。台辦人員是記者採訪大陸公務部門唯一的窗口，想正式訪問大陸官員就必須找台辦。

3. **依行程內容採訪**：媒體在大陸是被管制的，雖然台辦不會時時刻刻盯在你身邊，但是除非你拍攝後不打算播出，否則不管你是在大陸傳衛星，或者帶回台灣製作，大陸看得到所有台灣媒體的內容，務必謹慎處理，以免危及自己、損害公司權益。

4. **按規定時程離陸**：結束採訪後，台辦人員會陪同檢驗出關，或者由台辦出具證明讓記者順利出關。

## 二、大陸新聞的製作

兩岸的交流雖然愈來愈密切，但是若從創造收視率著眼，大陸新聞還是應該定位成「境外新聞」，因爲觀眾對新聞的感覺是有遠近親疏的差別，隔著一條台灣海峽，觀眾對島內新聞的重視還是遠遠大於海峽對岸。所以製作大陸新聞的第一守則就是：找出與台灣觀眾的關聯性。

在大陸新聞的訊息來源方面，除了電視台派駐大陸的一、兩組記者，靠著衛星傳輸送回的新聞之外，大陸新聞的素材主要還是來自 CCTV 大陸中央電視台。由於中共的著作權觀念薄弱，加上對台統戰的需求，對於台灣使用 CCTV 的新聞素材，目前並沒有收取授權費。

不過，被歸類爲境外新聞的大陸新聞，我們在製作與編輯上，建議要把握如下的原則。

1. **政治新聞**：大陸的政策宣示與美國或日本的政治新聞屬同一等級，它也許很重要，但是對收視率不會有太大的幫忙，若眞的要播，心裡一定要認知它就是沒有收視率的政治新聞。千萬不要大頭病，以爲它能換來收視率，所以不要做太多、太長。特別是「一個中國」的議題，由於兩岸吵了太久都沒結果，除非有重大宣示，否則盡量少播，因爲沒有市場，多半觀眾也不愛看。

2. **民生新聞**：大陸的奇人異事、新鮮有趣的民生訊息，這些在台灣被認爲是「冷新聞」的類別，卻最適合在兩岸關係晦暗不明的時刻播出。不可否認的是，台灣有一部分人對彼岸仍有敵意，但是文化的、民生的，講述世界級車賽、講述如何花錢、如何減肥或者報導武俠奇人、七彩怪蛇等等新奇訊息，對多數觀眾來說，接受度還是相對比較高。只是要注意，這類冷新聞，製播的長度不宜太長。

3. **社會新聞**：雖然它被歸類爲「熱新聞」，但如果是發生在台灣境外，它的重要性就和美國、日本的一般外電沒什麼兩樣。譬如發生在瀋陽的商場大火，不幸燒死一百人，那麼它也許比美國燒死二十人重要一點點。因爲起火地點不在台灣嘛，除非有台商不幸燒死在商場裡，否則，它絕對不比台灣商場裡燒死三個人重要。因爲遠近親疏有別嘛，按照新聞的關心度，家裡若病死一隻小狗，它的重要性可能比美國車禍撞死十個人還重要。

不過，動感十足的攻堅或挾持人質的新聞卻可以擇要播出。大陸媒體和解嚴初期的台灣很像，經常可以拍到這些驚心動魄的畫面，所以，即使新聞發生在大陸，如果這些畫面的衝擊性夠大，在台灣還是有人看。

# 第八章 國外新聞：由台灣向外延伸

「國際觀」和「地球村」的概念在台灣喊了幾十年，稍有常識的人都知道國際觀的重要，但是認知與實踐經常是背離的。在台灣，眞正有世界觀的電視觀眾畢竟是少數，而且多半是金字塔頂層的菁英分子。這些菁英分子絕對需要國際訊息，但他們卻很少從電視新聞裡取得他們想要的資訊。換句話說，菁英分子是屬於聲音很大的待開發客戶群，但是容我老實說，從收視率的角度來看，他們是很難開發的一群客戶。

國際新聞當然每天都應該有，但是何時才該大做、何時需要多播？最簡易而精確的判斷就是，當股市菜籃族都開始關心這起國際事件，那就是該大做的時候。譬如，「九一一恐怖攻擊」、「美國卡崔納颶風」、「南亞大海嘯」……這些超大災難，才有大做的市場性。

即使大做，也要盡量找到與台灣的關連性。因爲，國外新聞離我們實在太遠了，如果看起來無關痛癢，那給觀眾的感覺就是可有可無，可看也可不看。所以，企畫性的國際專題，也要盡量找出台灣新聞相配合，用國際的觀點結合台灣的採訪，這才容易博取收視率。

電視台的國際中心不能只是翻譯中心，更要有新聞的企畫能力。目光不能只是鎖在翻譯外電，還要把眼界延展擴大，尋找台灣觀眾關心的話題。比方說，當台灣爲了要不要立法全面禁止在公共場合吸菸而吵得沸沸揚揚，菸商與反菸團體在立法院角力、餐廳服務業者擔心業績下跌反對聲四起之際，國際中心不能置身事外呀，你的新聞主要是給台灣觀眾看的，國際中心可以想想，國際上有哪些國家或地區已經實施公共場所全面菸煙了呢？

國際中心可以請駐紐約或洛杉磯的記者去採訪當地的禁菸情況，看看人家餐廳、pub的業績有沒有下跌？看看美國人對禁菸的接受程度。台灣不是喜歡處處向美、日等先進國家學習嗎？碰到國內發生了具有爭議性的大事，應該具備豐富國際觀的國際中心，當然要把新聞的觸角向外延伸。就算向先進國家取經吧，國際中心也應該打開國人多方位的視角。

## 一、國際新聞製作

操作國際新聞，若無法找出和台灣的關聯性，至少要嚴守「製作好看的影音新聞」原則，它必須是炫麗有趣的、新奇的、具內幕性的題材，起碼看起來要有一些知識性和娛樂性。

目前國際新聞的處理，絕大多數都是由國際中心負責供稿，國際新聞的資訊幾乎全是購自各大媒體。包括CNN、ABC、路透社、AP、TBS……其中CNN的國際性專題做得不錯畫面也好看，AP適合年輕人看的流行訊息較多。這些國際媒體的資訊至少是一年一約，平均每家外電每個月要收費台幣五十萬上下，換句話說，如果只購買四家外電，每個月的資訊費就要花台幣兩百萬元左右。這是很貴的，外電資訊實在應該善加利用。

不論綜合電視台或新聞頻道，都可以考慮開一個類似「從台北看天下」的節目或新聞時段，以台灣的觀點看世界大事，替公司賺取額外的利潤。新聞頻道更應該在非 prime-time（主時段）的時段多用外電，以補充島內新聞內容的貧乏，不必在情色與犯罪新聞中殺得你死我活。

## 二、國外新聞採訪

就全球的角度來看，台灣眞的不大。各家電視台都清楚，改革開放後的中國大陸才是華語電視台最大的市場大餅，但是受限於中國的政策，台灣沒有一家電視台能夠合法地把新聞節目送進內地，講白了，就是在台灣收不到大陸的廣告。賠錢的生意沒人做啦，所以電視台的目標市場多半還是侷限在台灣，即使部分資訊打入了美、加和東南亞的華人社區，但是經濟規模都不足以支應龐大的採訪開銷。所以，即使赴國外採訪新聞，還是必須從台灣觀眾的角度來看新聞，製作與台灣相關連的人、事、物，吸引台灣觀眾的注意。

## 駐外記者

1.平常時候，每年都有的聯合國台灣入會案、WTO、WHO，或者中共高層官員訪問美國的例行採訪。

2.採訪一些調性較軟的消費娛樂，譬如奧斯卡、柏林、坎城、威尼斯四大影展，採訪重點放在華人明星、以及出席影展的超大牌影星。

3.配合性新聞，譬如台灣的重大經濟罪犯潛逃出境，跑到美國或加拿大藏匿。在講究人權和隱私的歐美國家，不可能讓你把SNG直接開到嫌犯的家門口，駐外記者最常做的就是到門口去做個stand，訪問社區的鄰居，就得回傳台灣。

平常人單勢孤的駐外記者也不必覺得難過，眞的碰上與台灣相關的重大國際新聞，新聞部還是會以「四組半」的調度概念主導採訪（詳見〈主管必讀篇〉），不會陷駐外記者於孤軍奮戰、後繼無援的窘境。

## 出國採訪

### 1.與國人相關的境外重大意外

國人常去的旅遊勝地若發生重大的公安意外，台灣觀眾也會有興趣知道。譬如，印尼峇里島發生恐怖爆炸案，造成數百位旅客傷亡。由於峇里島是台灣旅客常去的旅遊地點，幾乎每天都有好幾個團在當地旅遊，這時候就可以考慮赴峇里島採訪。

不過採訪的角度還是要有台灣的觀點，先去了解有沒有台灣旅客受困當地？旅客是繼續旅遊行程還是急著逃離峇里島？記者盡可以自由採訪，但是千萬別忘了，你傳送衛星畫面回台灣，主要是提供給台灣觀眾看的，不是給印尼人看的，要隨時有「觀眾」的概念。

### 2.政府官員外交之行的隨團採訪

例如總統訪問友邦，或 APEC 亞太經貿會議，這類重要的政治經濟活動採訪，以往新聞台會把它視爲重要的新聞戰場，但是近年來，由於它的突破性太低，講穿了就是不具新聞性，導致台灣觀眾對這類政經議題漸趨冷漠。既然觀眾對這類新聞沒興趣，這類隨團採訪的行程，新聞台多半就是跟著政府做團體活動，隨隊採訪。有，就好，因爲衛星的傳輸費用超貴，現在很少電視台願意多花人力做規畫採訪。

未來，若要出動大兵團採訪，可能還得多觀察當時的政經局勢發展而定。

### 3.不具時效性的訪問式採訪

這類新聞公關的性質比較強，多是由電影公司、旅遊業者、或是鐘錶公司招待，所以行程經常是由業者安排做專題採訪。這類的出國採訪多半不需要立即傳送衛星畫面，通常都是帶回國內製作剪輯，採訪任務也相對輕鬆。

# 第九章　新聞剪輯&動畫製作

新聞剪輯講求時效性，當然愈快愈好，特別是報導意外事件或災難新聞，講求的是，要在最短的時間內傳達第一手消息。爲了因應新聞的快速特性，除了現場SNG連線之外，新聞類型可以粗分爲三類：

1.**現場音**BS（Background Sound）：這是一段單純的新聞畫面，多半運用於時間匆忙的情況，或者新聞價值不高的公關稿，BS只是編排次序上的調節。

2.**訪問+現場音**SO+BS（Sound + Background Sound）：這種新聞類型多半運用在搶時效上，當文字記者來不及配音，就由編輯或攝影記者先剪一段受訪者最重要的 Sound bite，再加上一些畫面先應急播出，告訴觀眾有這樁新聞事件。等到完整製作的SOT帶做好之後，就應該立刻播出，做完整的新聞陳述。

3.**配音稿**SOT（Sound on Tape）：由文字記者配音，加上受訪者的訪問所組成。SOT強調的是一則或者一段完整的故事，所以故事性與畫面性都很重要，配音稿的感情和畫面的張力比起

BS或SO＋BS都要相對精緻，這也是目前電視新聞呈現的主力格式。

配音稿的主要元素只有兩類，就是文字配音和攝影的畫面剪輯，說明如下：

## 一、文字配音

電視新聞的配音，現在並不要求京片子式的北京腔，只要普通話講得標準，大概就可以被接受了。不過，新聞配音和一般說話還是有很大的不同，最大的差別就在速度和畫面感。

沒受過配音訓練的人，即使平常說話時口齒清晰，音調的抑、揚、頓、挫也很清楚，但是一進入剪輯室配音，你會發現根本沒辦法聽。最重要的原因是「太慢」！一般電視新聞的配音速度，差不多是正常說話速度的一．五倍，也就是你平常花一分半鐘才讀完的稿子，到了電視配音，差不多只要一分鐘就唸完了。

當然，有沒有必要唸這麼快，這是可以被討論的。電視新聞的配音速度由正常到快速，這也是有一段演變過程的，電視圈裡至今還是有一小部分的資深電視人，他們的配音速度是正常的說話速度。

只是二〇〇六年的此刻，「配音速度要快而且清楚」已經是業內公認的準則，也許未來的哪一天，這個準則還會有改變，你只要跟著潮流走就對了。

配音速度加快，其實應和著生活節奏的變快。你有機會聽到廣播界前輩的播音，他們的聲音裡是有豐富表情的，通過播音員的聲音表情彷彿就可以看到新聞畫面。但是電視與廣播終究不同，電視強調的就是影音效果，觀眾看畫面就可以了解一切，所以，電視對記者聲音表情的要求就不是那麼挑剔。

除了文字記者配音的速度之外，一篇好的配音稿還應該與畫面完全應和，絕對不是文字記者寫文字的，攝影記者高興怎麼剪就怎麼剪。文字記者在撰稿前，必須很清楚自己手上有什麼畫面，特別是有那些精采的、吸引人的好畫面。文字記者的工作就是利用文稿穿針引線，把精采的畫面串連在一起，變成一則好看的電視新聞。

譬如說，一則空難後的海上招魂文稿，文字記者一定要有畫面概念，假設這已經是空難發生後的第三天，所以，你不必從盤古開天講起，因爲多數觀眾對於墜機的過程多半都已經了解，你負責的這則新聞就是描述海上招魂，毋需節外生枝再介紹墜機過程，直接寫出有畫面感的文稿就可以了。

「天色才剛剛亮，六十名××航空空難罹難者家屬手捧遺照與鮮花，他們搭船抵達失事墜機的澎湖海域，想起親人的不幸，有人忍不住悲慟放聲大哭……（剪輯家屬痛哭的畫面和BS），更多人哭喊家人的名字，進行招魂……（剪輯紙錢被海風吹散的畫面和招魂BS）……」

上面這段文字卑之無甚高論，講穿了就是文稿沒什麼文采可言，但是卻充滿了畫面張力。配音稿裡，你聽不到特別的聲音表情，但別忘了它是電視，它每一句話的空隙都有張力十足的畫面可以剪輯進去。而且這段文字還連結了兩段畫面與BS，有震撼人心的現場音襯托，你不必在文稿裡千言萬語，這一小段文字搭配上畫面，它就是非常好看而且絕對能吸引人的電視新聞。

## 二、畫面剪輯

文字記者要有畫面能力這是必須的，但是這種能力需要時間來培養。不過，台灣的電視圈有個很特殊的現象，那就是，由於文字記者的流動率高，多半的文字記者和攝影記者比起來資歷都相對比較淺，經常會出現資淺的文字搭配資深攝影記者的現象。所以，若文字記者的畫面能力還待加強，攝影記者在剪輯時就必須擔負起更重要的角色，必要的時候，攝影記者還必須對文字記者做經驗傳授。在剪輯新聞時，有如下的注意事項：

1.剪輯前最好先用 Assemble 方式鋪訊號，方便配音和做現場音的效果。用 Assemble 的好處是，你可以在處理受訪者時塞（insert）一些畫面來補強，讓畫面更生動，不過，最少要讓受訪者出現五秒鐘之後再 insert 畫面，讓觀眾知道是誰在講話；此外，Assemble 的處理方式可以讓現場音淡入淡出，讓新聞的呈現更精緻。

2.記者配音時的 opening cut 至少要留一秒，ending cut 至少要留五秒鐘。也就是說，文字記者在影帶跑一秒鐘之後才開始配音，以免記者的聲音在導播上下帶的時候被「吃」掉；而配完音之後，至少還要保留五秒鐘的安全畫面，讓副控室的導播有充分的時間可以切換畫面。

3.剪輯時最忌諱音量忽大忽小，文字記者的配音和受訪者的聲音 level 應該一樣大；而且配音配到一半時，盡量不要另外換剪輯機配音，因爲每台剪輯機的音質不盡相同，同一則SOT，若在不同的剪輯機上配音，聽起來會非常奇怪；至於BS的音量則不該太大，一般來說，現場音的音量只要達到配音音量的三分之一就夠了，千萬別主客不分、喧賓奪主，搞到伴奏的音量大過主唱，那就是失敗的配音剪輯。

4.一般畫面，三到五秒就應該跳換一個鏡頭，不過換鏡頭可不是興之所至、隨意亂換，要有「整組鏡頭」的概念。譬如說，你要呈現一個火災現場，第一、你要有大鏡頭先介紹火場環境的相關位置，然後才是中景和特寫鏡頭去描述救災的實況，以及救援的驚險過程。有了「整組鏡頭」的概念之後，你可以試試看關掉文字記者的配音，如果觀眾沒聽到文字記者的配音，也能透過畫面就知道發生了什麼樣等級的大火，以及驚險搶救過程的故事，這才算是夠格的好剪輯作品。

5.若碰上精采的動感畫面，那就不必拘泥於三到五秒鐘換鏡頭的規定。譬如說，你拍攝到土石崩塌、巨石滾落山谷的連續畫面，那就大塊大塊地剪，讓驚悚的畫面完整說故事，這絕對比零碎的剪輯更有現場感。

6.避免跳剪（jump cut），不要把類似的鏡頭剪在一起，因爲，類似的鏡頭剪在一起，在視覺上會讓人有跳動的感覺。最簡單的例子，譬如在攝影棚裡，拍攝主播的鏡頭是胸部以上的中景，接下來，如果你的SOT帶一開始就是記者胸部中景的 stand，那麼從主播跳到記者，同樣 size 的鏡頭會讓觀眾嚇一跳；同理，如果記者是以胸部中景的 stand 作爲SOT的結束，當記者跳回主播的時候也會讓觀眾覺得突兀。新聞的剪輯道理也是相同，兩個相似 size 的人物影像也要避免緊接在一起，才不會有畫面跳動的錯愕感。

## 三、電腦動畫製作

電視是影音媒體，但是當你的新聞畫面不夠，或者畫面不夠豐富，這時候你要怎麼辦？畫電腦動畫CG（Computer Graphic）是最常用的解決方式。

不過要發CG，那可是門學問，你發出來的CG必須讓觀眾一目了然。因爲電視觀眾不是「讀」電視，而是「看」電視。你讀書讀報紙，如果一遍沒讀懂，還可以回頭再讀一次。但是看電視的人多半都很隨興，他們坐在沙發、躺在床上，很少人會神精緊綳、緊盯著電視螢幕看，你若是給觀眾一張字數過多的CG，或者一張混亂不清的CG，觀眾根本看不懂，也懶得看。這不但浪費了電腦組的製作時間，更嚴重的是，你沒有站在觀眾的立場想事情，觀眾看不懂，他們就會轉台跑掉。所以發CG，還是有一些規範應該遵守。

### (1)運用時機

1.當記者的文稿需要分析性的稿子時，可以多用CG。譬如說，墜機意外發生之後，新聞一定要敘述飛機是如何墜落的，但是你拍不到墜機的過程吶，那只好運用CG來講清楚。

2.當你的畫面無法解釋新聞，那這些訊息又很重要的時候。譬如說，考試院通過了軍公教人員的優惠存款方案，方案這樣的新聞內容講的都是數字和金錢，考試院開會的畫面根本無法呈現，而且也講不清楚，這時候就要發出簡潔清晰的CG做解釋性的說明。

## (2)製作原則

1.**字數要盡量少**：用最少的關鍵字，清楚地標出重點。如果你用了CG，你的新聞還是講不清楚，那還不如不發。

2.**CG畫面停留的時間要夠長**：至少要停留個六秒鐘吧，電腦動畫小組辛苦地製作CG，你不能讓它一閃即逝，至少要給觀眾清清楚楚地看到吧。

3.**色彩要吸引人**：CG不見得要發得花花綠綠，這反而會搞得人眼花撩亂；但是切忌也不可以過度簡略，白底黑字像訃文一樣應該避免，因爲連電視機都已經是彩色的了，色彩過度單調的CG，在電視裡是很難被接受的。

電腦技術日新月異，動畫小組的專業技能也應該與時俱進。爲了讓記者和編輯清楚知道最新的電視技術能夠做出什麼CG效果，作爲主管的，應該定期請動畫組給記者和編輯上課，讓第一線打仗的人預先知道，動畫組能夠提供什麼樣的火力支援，能夠做出什麼樣的成品，而且需要花多少時間。

當然，爲了應付突發狀況，動畫組應該先存檔一些墜機、火災、重大車禍、人事協商等3D模型。一旦發生重大意外，調出來略做修改就可以立刻派上用場，這可以節省很多後製時間，提早滿足觀眾知的需求。

# 主管必讀

## 飛鳥篇

## 多做一點，做一隻一百分的老鷹

剛剛升任主管的人，特別是新聞部的主管，一般人的評語經常是：「當上主管就變了一個人，而且變得不像人。」

這是眞的，電視新聞的時間壓力大，再加上收視的競爭常常壓迫主管，的確把部分主管折磨到不成人形。新聞台主管，特別是採訪中心的主管，這些人的生活型態經常是：早上八點進公司，晚上九點離開公司。午餐，有吃沒吃無人知，最多的時候是中午兩點左右隨便吃，至於把晚餐當成宵夜吃，那更是忙碌工作的常態，即使下班回到家，手機還不能關，要二十四小時待命。所以，許多新聞台新進主管的腸胃消化系統經常有問題，時間一久，有精神躁鬱現象的人更是普遍。

年輕主管易躁鬱，老士官長級的主管則是經常憂鬱。這些老主管多半官運不順遂，不是久居低階官職就是無法攀上職場高峰。鬱鬱寡歡的主管經常會以「籠中鳥，有志難伸」自況，總以爲自己是受到爛長官的壓迫，以爲自己是一隻關在籠裡的蒼鷹，受限於牢籠裡才有志難伸、滿腹牢騷。

但是這些「籠中鳥」可得小心了，你的爛長官也許是你升官做事的障礙，不過有朝一日如果機會來了，老闆一旦把籠子拿走，你就要有鷹揚的表現。不要等老闆把籠子拿走了，你的表現還像一隻雞，一隻只會低頭覓食的飼料雞，那就隨時等著被 fire（炒魷魚）吧。

這個篇章就是要和讀者討論，怎麼樣幫老鷹找回翅膀，找回「飛翔」的技術。同時，也讓「籠中鳥」認清楚，如果你的資質眞的只是一隻雞，那至少也得是隻土雞、放山雞而不是廉價的肉雞。你起碼要讓自己的翅膀伸出去，讓自己儲備短暫飛行的能力，讓自己有別於其他待宰的飼料雞，放山雞要有能力飛上枝頭夜宿，快意勝任小主管的職務。

不過，在談技術之前我們必須了解，擁有一顆求全、求勝的心，那遠比精通技術更重要。要成爲好主管就必須砥礪自己多做一點、多付出一點，在規畫新聞的時候多想一點，在監督記者採訪的時候多盯一點。

譬如說，一個消費者糾紛的記者會通稿，大家都把記者會做好，那麼你和所有人一樣只有八十分，根本無法突出；但是，你若站在消費者的角度多想一個深入的切點，也許就可以得到九十分；你若能再用一點心，從這起消費糾紛裡努力去找出「人」的故事，那也許就可以得到一百分。請注意喲，從八十分到一百分是有程序的，電視是要給人看的，要找出「人」的故事才有機會得滿分。

你要做個一百分的老鷹？八十分的放山雞？還是六十分的籠中鳥？關鍵在於決心。多做一點，多一份付出，距離老鷹起飛就不遠矣。

## 主管高EQ，團隊往前衝

電視台主管的躁鬱和抑鬱情緒經常表現在對「豬兄狗弟」的不尊重，很多記者都見識過主管發脾氣。

「你是豬呀！」這是許多低EQ主管對記者的不雅問候，往往也造成記者、編輯的心靈受傷。由於電視是二十四小時滾動播出，電視主管每一天、每一個小時、甚至每一刻都要做決定，就是這些時間壓力讓主管失去修養，口不擇言。

你能夠想像，在指揮新聞作戰時，有些大決定像海外兵團式的調兵遣將啦，有些小決定像一則新聞要發多長啦？一個標題要怎麼下才適當啦？一個鏡面要怎樣呈現才醒目啦……這些大大小小的決定都是主管每天要做的抉擇。身為主管的人若想把團隊帶領好，一定要修鍊高EQ，如果自己都不知道該怎麼辦，老想藉著「豬兄狗弟」之名掩飾自己的心虛，那麼整個新聞團隊就會找不到方向，甚至會迷失在五里重霧之中。

有關領導統御的書籍汗牛充棟，但是我願借好萊塢的一部電影《獵殺 U571》來分享電視主管的領導之術。這部戰爭電影是描述二次大戰期間，英美盟軍有一位全海軍最優秀的副艦長，說他優秀，是因為這位副艦長是最佳的參謀，遇到任何狀況，他都能很快地擬出各種戰術供主官選擇。但副艦長最大的缺點就是自己不敢作主，即使片中他的艦長被德國海軍打死了，他還是不敢指揮部屬反擊。

電影裡，艦長殉職後，副艦長指揮的潛艦繼續遭到德國潛艦的攻擊，情況萬分緊急，眼看著副艦長的潛艦就要被擊沉，這時候，影片中有一段經典對話非常值得當主管的深思。

當德軍已經準備發射魚雷，潛艦上的一名小兵哭喪著臉問副艦長，「我們快被擊沉了，我們該怎麼辦？」

這名全海軍最優秀的副艦長，事實上已經被嚇得半死，但是他卻毫不掩飾地對小兵說：「我也不知道！」

一時間，整艘潛艦陷入恐慌，因爲大家都不想死，但是副艦長的一句「我也不知道」，卻等於宣判大家死刑，無助的官兵幾乎要鬧革命。

這時候，一名資深士官長悄悄地跟副艦長說：「長官，我了解，你可能眞的不知道該怎麼辦，但你是潛艦上唯一的領導人，你不可以說你不知道。」

副艦長這才體會到，爲什麼他一直都只能擔任最佳副艦長，因爲他的一句：「我也不知道！」充分顯示出他不具備領導人的特質，他的低EQ不但暴露出自己的恐慌，更讓官兵無所適從。體會到EQ的重要之後，副艦長克服內心的恐懼，終於下達了明確的作戰指令，他及時塡補艦長的空缺，不但在千鈞一髮之際躲過德軍的攻擊，並且成功地擊沉德軍潛艦完成任務。

這個故事告訴我們：「時時刻刻都在做決定的電視主管們，千萬不可以輕易對下屬說：『我也不知道！』要克服自己的情緒困擾，才能帶領團隊克服困境。」

就算你眞的不知道，也絕不可以兩手一攤像痞子一樣耍賴，要趕快去請求協助、去開會找出共識，盡一切可能找到答案。新聞戰雖然不像眞實的戰場會死人，但是它可能比眞實的戰場更殘酷，你的一句：「我也不知道。」很可能讓你的新聞團隊吞下敗仗，**隔天出爐的收視率就像船長的航海日誌，它會清楚記載你指揮調度所犯下的錯誤**。

接下來的章節，就是提供主管們「你應該要知道！」的巧門，希望本篇的說明能夠紓解主管們的躁鬱，讓主管們不要再拿豬兄狗弟來污辱第一線的工作人員。善用這些章節可以誘發你觸類旁通，當同仁再問你：「我們該怎麼辦？」

你可以從容地說：「我知道，我們可以這麼做……」

# 採訪中心

採訪中心是一個新聞台的任務發動機，它是新聞作戰的第一線，是執行公司戰略的首要戰術單位。採訪中心負責衝鋒陷陣，與敵人面對面廝殺。

換個文明一點的比喻，採訪中心就像大飯店的採購人員，如果採購人員懂得門路，工作勤快，一早就出門採買，那麼買回來的肯定是鮮果活魚，可以讓廚師很容易地就把新鮮的美食端上桌；退一步想，如果採買人員的速度慢、經驗差，買回來的都是死魚爛蝦，任憑大廚的手藝再棒也很難做出鮮美佳餚。就算飯店的裝潢再美，顧客還是不會上門消費。

所以囉，採訪中心的重要性不言可喻。當你從一位優秀的記者晉升採訪中心主管，即使你只是一個小組的主管，你第一件要面對的事情就是領導，帶領同仁採買最新鮮的新聞素材。你要懂得調度記者開赴前線打仗，你要懂得請長官支援，要懂得跨組協調，但是你永遠不能說：「我不知道！」

因爲你的徬徨只會加深記者的疑慮。記者就是因爲不知道，才會問你該怎麼辦。如果你還告訴記者你不知道，那不就是要你的記者坐以待斃嗎？這場仗乾脆趁早舉白旗投降，根本不必打了。

採訪中心主管面對的調度事務，最重要的當然是每日新聞（daily news）的製作，每日新聞強調的是機動性，要視畫面的精采度以及話題性做素材的拆解與組合。除了每日新聞之外，採訪中心還必須處理緊急事故、規畫重大新聞、並且企畫深度專題。這個章節，將一一做說明。

# 第一章 選擇報導題材

很多記者爲了找採訪題目傷透腦筋，其實，新聞素材就在你我周遭，可以說俯拾皆是。至於能不能把它們轉化成好看的新聞，能不能找到它的市場性，關鍵就在於你有沒有新聞鼻，能不能嗅出它是條好新聞。容我不敬地說，航警局的緝私犬與緝毒犬可以訓練，好記者的新聞鼻也可以靠著後天來培養。

觀眾愛看的新聞不見得是好新聞，但是觀眾愛看的新聞絕對是新聞台應該報導的重點。電視新聞的市場法則就是：**觀衆愛看的新聞，才是電視台應該要多做的新聞**。世界最大的車廠不是美國的福特汽車，不是歐洲的賓士或 BMW，而是以經濟型車款起家的豐田（TOYOTA）汽車。TOYOTA 之所以能夠在全球市場所向披靡的關鍵則在於：**它只製造符合市場需求的車，而不是最有個性的車**。

歐洲的車種被公認是全世界最有個性的車，它的造型優美、操控性佳，最能展現造車工匠的獨具匠心，可惜，最有個性的歐洲車，從來都沒有登過銷售量世界第一的寶座；媒體人多半也是很有個性的，但是媒體人的個性不應該表現在以大眾爲訴求的電視上，因爲電視是要滿足最大多數觀眾的需求，所以，在選擇報導題材的時候，一定要考慮到觀眾的接受度，一定要有市場性。

「電視觀眾的市場在哪裡？」

民意如流水，觀眾的品味也會隨著時間改變。不過，觀眾的喜好依然有跡可循，根據認知心理學的調查顯示，最能吸引男性觀眾的廣告內容分別是：第一是裸體女性，第二是美食，第三才是有趣的事物與可愛的動物；而最能吸引女性觀眾的廣告前三名則依序是：小孩或嬰兒，貓狗寵物，第三才是俊男。研究發現，觀眾不分男女，他們最愛的第一名廣告都與「人」相關，只要看到自己有興趣的人與故事，觀眾的眼睛就會睜大，注意力迅速移轉，就會產生情緒反應。

電視主管身爲新聞帶隊官，就應該和記者一同學習掌握觀眾的情緒。你可以先請業務部或收視率調查公司幫你找出現有的觀眾輪廓，再討論出要開發的主力觀眾。針對你要吸引的觀眾族群，找出觀眾他們可能想看的內容，然後再指揮記者採訪或編輯工作，多做一點，多一點不一樣的創意與思考，盡一切努力去符合觀眾的需求。

## 一、人的故事永遠最吸引人

好萊塢的賣座電影一定是「主角好看，故事也好看」，暢銷雜誌多半也是以「人物」作爲封面。而且銷售量愈大的雜誌，愈喜歡用美女作封面。可見得雜誌讀者與電視觀眾都一樣，永遠愛看「人」以及「人的故事」。所以電視新聞若想抓住觀眾的目光，在選擇報導題材的時候，絕對不能忘記「人」以及「人的故事」。

## 明星、名人永遠是焦點

名人的醜聞或許無恥，明星的緋聞或許無聊，明星、名人的八卦也許對整個社會的向上提升起不了作用。但是對新聞台來說，只要是知名人士鬧出來的新聞，身為創造新聞率的新聞台主管，就一定要花力氣去滿足觀眾的窺伺慾。

**「喜劇演員倪敏然自殺。」**倪敏然在宜蘭的一個偏僻山區上吊身亡，一名優秀的喜劇明星，他以自殺終結生命，那眞是對人世無常最大的反諷。倪敏然死後，劇情的發展牽涉到他的緋聞，扯出同為藝壇明星的夏禕可能和他有金錢、感情上的糾葛，導致倪敏然走上絕路。這麼一件明星自殺案，曾經被媒體持續追逐了將近一個月，明星自殺的連續劇才落幕。

**「綜藝大哥澎恰恰的自慰光碟恐嚇案。」**神情恍惚的澎恰恰，跑到女藝人盧靚家裡自慰，這個堪不雅的動作讓盧靚身心俱疲，盧靚還把澎恰恰不雅的過程拍攝下來，再透過黑道兄弟向澎恰恰討公道。結果澎恰恰付出了四千多萬台幣，讓黑道大哥、傳話小弟雨露均霑，這一段「求償、討公道」的過程誘發澎恰恰的憂鬱症，這個事件也讓媒體追逐了三個多星期。

**「名模王靜瑩被老公痛毆的家暴事件。」**王靜瑩勇敢地站出來開記者會，指控豪門老公用玻璃杯打傷她的眼角。也許讀者認為這只是名模的家務事，不過王靜瑩公眾人物的身分，的確也讓這起家暴案備受媒體關切。大家會好奇嘛，王子與公主在人人稱羡的婚禮之後，怎麼會演變成公主挨揍？是爭家產、有第三者介入，抑或是豪門本就深似海，明星藝人不能夠久待？不管眞正的原因是什麼，這則王子打公主的家務事，媒體還是追得不亦樂乎，斷斷續續地報導了兩個多星期，也算是豐富了台灣貧瘠的新聞內容。

**「藝人小S未婚懷孕。」**古靈精怪的小S，單單她未婚懷孕的新聞就鬧得全台風風雨雨，原以爲在她訂婚之後，風波就能告一段落，誰知道以她大剌剌的個性，竟然還把胎兒的超音波照片拿到自己主持的節目上討論，要她的姐妹淘們猜測生男生女。很多人也許認爲，未婚懷孕根本不値得鼓勵，不値得大聲嚷嚷，她偷偷摸摸去墮胎或者安安靜靜地當個小媽媽就好，幹嘛不斷地製造話題，引來媒體跟進炒作。不過，無厘頭的小S就是有吸引媒體的能耐，這起懷孕事件，也讓題材匱乏的媒體炒作了好幾個星期。

你看到了嗎？明星的緋聞和意外絕對是媒體焦點，雖然其他名人的八卦也能偶爾引領風騷，譬如說，像「女企業家與保鑣老公離婚啦」、「中鋼董事長年薪超高，多達四千四百萬啦」、「金管會高官炒作股票啦」、「職棒球員打假球涉嫌簽賭啦」……這些社會名流的新聞，觀眾當然也有興趣，但是和明星、名模相比，這些名流們受媒體關注的程度顯然就差多了。

這些名流們的八卦與涉及的弊案，媒體對他們的興趣是以「天」來計算，頂多三、五天，媒體就懶得再報導了；但是媒體對明星、藝人的關切則是以「星期」爲單位，只要有明星的「料」可爆，報它個十天半個月都會有收視率。

因爲爆出八卦的明星藝人們，即使他們的知名度再高，傳出了八卦醜聞之後，多半還是得出來工作賺錢養家餬口，還是得出來面對媒體。就算他們能暫時躲避風頭，明星還有他的明星朋友呀，媒體只要去採訪他的明星朋友們，觀眾還是愛看廉價娛樂，電視台還是會有收視率，還是可以輕易地讓新聞保持溫度，也很容易維持八卦醜聞的炒作壽命。

## 女人與小孩，觀眾最關心

連續劇想刺激收視率，最常使用的戲劇元素就是受虐的小孩，以及女人的眼淚。電視新聞一樣要面對普羅觀眾，報導受虐兒童的悲慘遭遇以及善良女人簌簌而下的眼淚，都會讓觀眾覺得疼惜。

女人留淚的新聞案例很多，近年來最叫人感觸良多的例子，當屬「上尉的未婚妻哭求留精生子」事件。事情發生在民國九十四年，當時有一名裝甲車的上尉連長孫吉祥，他在執勤的時候不幸被裝甲車輾斃，這原本只是軍隊中一件單純的意外，按以往的採訪慣例，它只有一天的新聞壽命。但任誰都想不到，上尉連長居然有一位美麗深情的未婚妻李幸育，這位未婚妻在得知情人猝逝之後幾近崩潰，她在媒體前無聲的啜泣，任何人看了都要動容。是上尉未婚妻的眼淚，讓這件軍車意外演變成舉國皆知的愛情悲劇。

意外發生後，李幸育天天捧著連長的軍服，口中一再說要幫未婚夫留下子嗣。她希望衛生署能夠網開一面，希望政府能夠答應她留取上尉遺體裡的精液，讓她有機會與未婚夫留下愛的結晶。

鏡頭前，我們看到李幸育對著上尉的遺照說：「你不在了，但是我知道，你會同意留下一對孩子來陪我，讓孩子陪我走完漫漫長路……」

這癡情的一幕讓多少觀眾心碎，上尉的未婚妻哭得梨花帶淚，她幾近失神地喃喃自語，她親吻殉職連長冰冷的雙唇，她對未婚夫的深情與執著，不知感動了多少鏡頭前面的觀眾。我相信，許多台灣人在那一瞬間都曾經為這個悲慘的愛情故事傷心，甚至跟著掉淚。而觀眾匯聚的人氣，也讓立法委員、甚至行政院長都願意挺身而出，眾志成城，終於突破法令的限制，醫師留下了上尉的精液，也曾為李幸育人工受孕留下了一絲希望。

連長因公殉職的新聞重點，並不在於連長多麼盡忠職守，而是他未婚妻的動人眼淚。是女人的淚水衝垮了法律建構的長城，也是女人的溫柔深情，溫暖了這冷冰冰的車禍意外。就新聞論新聞，「上尉未婚妻」的眼淚，曾經在那幾個悲傷的夜晚把台灣人緊緊繫在一起，為那幾天創造了高收視率。

女人的眼淚之外，孩子的哭聲與意外在新聞中也從未間斷，但這類新聞卻每次都能喚起觀眾的共鳴。譬如說，台北的邱小妹妹被當作醫療人球，她短短四年的生命卻命運多舛，先是遭到酒醉父親毒打，導致腦部重傷送醫；接下來，又被醫院裡白色巨塔的官僚推來推去，在首善之區的台北市竟然找不到一床可以救命的病床，而必須轉診送到兩百公里外的台中去急救，因為延誤醫治時機終至早夭。

又譬如，台中一位四歲的陳姓男童被悶死在娃娃車裡，陳小弟只不過去上個幼稚園，卻因為大人的疏忽，居然被鎖在車子裡。這間沒立案的幼稚園公然招生，經營的情況也相當草率，不但隨車老師沒發現幼童沒下車，幼稚園的導師也沒察覺學生少了一個。陳小弟就這麼一個人因爲熟睡而被鎖在高溫曝曬的車子裡，雖然後來他被熱醒、曬醒，但是任憑陳小弟怎麼拍打車窗，教室裡的大人就是聽不見。一個活潑可愛的小生命葬送在烤箱一般的娃娃車裡，這樣的兒童悲劇，由於有罹難者家屬、有失職的幼稚園和懶散的公務員，電視台很自然地足足做了兩星期的追蹤報導。

明星和小孩的新聞雖然最能吸引觀眾，但是記者在採訪的時候應該盡量中立、超然，特別是對新聞主角的稱謂上，不論是做SNG連線或者是新聞中的措詞，應該盡量不用暱稱或小名。譬如說，澎恰恰不要叫他「澎哥」，因爲很多觀眾的年紀都比他大，更重要的是，你是一位態度中立的記者，叫「澎哥」，給人的感覺很不莊重。又譬如說，四歲的陳小弟不幸悶死在娃娃車裡，陳小弟就是陳小弟，不必爲了刻意拉近距離，就叫「小昌昌」，這給觀眾的感覺很奇怪，記者本來就應該不卑不亢，更不要逢迎諂媚或者裝可愛。

## 以公義為中心，喚起共鳴

作爲主管，自己的心態要健全，在主管的聚會裡曾經聽到有人自怨自艾：「哎，眞是悲哀，我們都是靠著明星的緋聞、女人的淚水和孩子們的不幸在騙取收視率，大家都是社會亂源。」

這種不健康的情緒很容易相互感染，你會認爲電視新聞這個工作根本不値得投入。但是你想想，哪一個行業不是充滿挑戰，哪一種工作沒有情緒低潮的時候，你不能因爲指揮記者去追逐明星緋聞而自責，因爲那是你的工作。新聞追求「眞實」的核心價值雖然不能改變，但是新聞作爲「商品」已是一種趨勢，任何有利於媒體「商品」銷售的商業行爲，作爲媒體集團的一分子，其實責無旁貸應該要去執行。

只不過，在執行商業操作的時候不必悲觀，你反而應該換個角度來看待這些人情世事，你在指導記者新聞寫作的時候可以加入對「人」的關懷，把新聞的出發點糾正爲「不希望悲劇慘事一再發生」。抱持著善念來執行正義的採訪，那麼即使採訪八卦，你以及你所領導的採訪團隊也比較心安理得。

譬如說，上面陳小弟弟被悶死在娃娃車的不幸意外，你不要只是去報導單純的意外。若能抱持著同理心，設身處地站在陳小弟父母的立場來想事情，你就會發現，**媒體的責任就是藉著報導悲劇，提醒世人不要讓類似的悲劇再發生**。因爲，悶死在娃娃車的遺憾可能發生在任何一位家長身上，它是具有共通性的，這種新聞就要用最大篇幅去報導並追蹤。不但要回溯早夭幼童的生活點滴以爭取觀眾認同，更要發揮媒體的力量，非要追到幼稚園的負責人和老師出面道歉，非要追到官僚系統的公務員認錯，非要給觀眾一個交代，兒童受虐的新聞才可以善了。做這種以公義爲出發點的新聞，你就不會覺得是在炒作新聞了。

又譬如說澎恰恰的自慰光碟，如果你的出發點就是演藝大哥的八卦，那麼指揮記者去採訪的時候自己就會氣短。你一定會覺得無聊，一個中年男人的自瀆光碟跟大眾何干？但是你如果念頭一轉，從刑案的角度來切入，把整個採訪規畫定位成澎恰恰遭到恐嚇取財，可能是有人勾結黑道兄弟設下圈套要騙澎恰恰的錢，這時候再調度記者，你自己就會覺得理直氣壯。因爲這是一樁刑事案件，它攸關公共安全，新聞切入的角度都不脫離警方辦案的進度，那麼觀眾看刑案的心情就不會再那麼八卦。

即使是王靜瑩被老公打傷的家暴案，如果你認爲那是別人的家務事，那麼採訪起來就會覺得像在扒糞、揭人隱私。但是換個角度來看，王靜瑩勇敢地站出來，其實是給受暴婦女起了一個很好的帶頭作用，她丟開名人面子的矜持，願意將自己的不幸公諸於世。電視台在報導王子打公主的八卦之外，若能將重點從「名模在豪門中所受的家暴」，轉化成「一個遭遇家暴的名女人該怎麼辦？」，這對於許多躲在暗處不敢聲張的受暴者，絕對有一個正面的示範作用。經由媒體的大幅報導，若能因此而減少婦女的暗夜哭聲，那也算是功德一件。

而這種與人直接相關的新聞，作爲主管的人，爲了提醒記者要針對人物做故事，所以我建議連新聞簡稱（slug）都應該盡量利用人名。譬如在「上尉的未婚妻哭求取精」的相關新聞裡，就可以把 slug 取成「幸育求精」、「幸育遺體」、「幸育醫師」、「幸育戀情」……；又譬如「邱小妹人球事件」的相關新聞，你取的 slug 可以是「邱妹病情」、「邱妹生平」、「邱妹阿公」……。

總之，念茲在茲就是要以「人」作爲新聞的切入點，要從公義的角度作爲文稿的主軸，藉由 slug 的提醒，再次告訴自己：**「永遠都是人的故事才可以吸引觀衆。」**

## 二、選擇衝突性高的題材

### 圍捕槍擊要犯

好看的警匪電影賣座都會不錯，眞實的世界裡，警匪衝突的新聞往往也能夠吸引觀眾的目光。舉例來說，警方在二〇〇五年的一場拂曉攻擊中，圍捕台灣頭號槍擊要犯張錫銘，警方動用新式的 MP5-A5 衝鋒槍、狙擊槍、震撼彈攻堅，各類精銳武器盡出；張錫銘與黨羽的火力雖然也相當強大，拿著 AK-47 步槍、衝鋒槍、手槍、手榴彈等火力強大的武器回擊，警匪相互駁火，造成三名警官和歹徒受傷。

當時的圍捕行動驚心動魄，維安特警是在裝甲運兵車的掩護下，才得以抵擋歹徒步槍的攻擊，藉著強大火力壓制張錫銘，才瓦解這個犯罪集團。這種極具衝突性的新聞題材，如果你掌握了精采的攻堅畫面，作爲主管就要信心十足，就算連續播出一個小時也不爲過。

這是因爲張錫銘犯罪集團在台灣太有名了，這個擄人集團不但擁有超過一般警察備配的強大火力，他們多次擄人勒贖的高額贖金也令人咋舌。更叫人吃驚的是，這個犯罪集團曾經多次從警方的圍捕中免脫，不但讓警方灰頭土臉，也讓張錫銘集團成爲台灣的犯罪名人。

雖然名人有好人也有壞人，但既然是名人的新聞，如同前述對名人新聞的處理方式，電視台主管還是應該放手大做。

身爲主管，碰到衝突性這麼強的新聞，你指揮調度的重點就是盡可能多弄一些攻堅畫面。有了畫面之後，你可以參考如下的新聞規畫，分成多則來處理：

1.先從最佳的畫面開始倒敘，讓觀眾看到裝甲車突破鐵門、聽到千發子彈「噗噗噗」的槍戰聲，先抓住觀眾的目光。

2.詳述員警的攻擊經過，敘述惡龍張錫銘和同夥的受傷過程。

3.警方的攻擊布署圖，畫一、兩張清晰的CG做解釋。

4.比較警、匪雙方的火力配備。

5.詳述歹徒受傷戒護送醫的過程。

6.詳述警官受傷的救治現況，描述家屬的心情。

7.如果張錫銘和同夥歹徒的家屬願意出面，可以單獨描寫他們家人的心情。

8.描述現場指揮官和參與槍戰員警的快樂表情。

9.描述那棟被警方打得千瘡百孔的房子，解釋張錫銘爲什麼能夠選到這麼一棟易守難攻的地點。

10.拂曉攻擊之後，那棟房子成了觀光新景點，屋主要怎麼辦？政府要怎麼賠？

11.回頭去找曾被張錫銘挾持的被害人，是否不再擔心敗壞的治安？不必再憂心成爲歹徒眼中的肥羊？

## 搶救生命全紀錄

生命誠可貴，在電視新聞裡的價值更高。兩千年的時候，在嘉義「八掌溪事件」中有四條殞逝的人命可以爲此做注解，電視台直播四條人命在惡水中掙扎求生，最後還是不幸遭洪水吞噬的經過，驚悚的一幕讓顢頇的官僚付出代價。

到了二〇〇五年，則有搶救兩名鑿井工人遭土石活埋的意外，見證搶救生命的重要。這種搶救生命的過程，對觀眾來說有生死一瞬間的牽掛；對電視台來說，只要不影響救人的任務，新聞去做搶救生命的全記錄，一定會有收視率。我們就以二〇〇五年，在台中縣新社鄉發生的土石坍塌作爲討論基礎吧。

二〇〇五年，一對鑿井老工人，他們分別是六十八歲的劉敬德和六十三歲的張天賜。這對表兄弟在新社鄉進行鑿井工程的時候，不幸發生土石坍塌意外，劉敬德慘遭活埋，他的表弟張天賜見狀，準備下去救人，沒想到也遭土石掩埋。

事件發生後，鑿井工程單位沒有向警方報案，因爲工程人員自認爲他們比警方更專業，所以自行挖土救人。經過十五個小時的搶救之後，先救出了表弟張天賜，工程單位才通知警方到場支援。在救人的這段期間，兩位表兄弟的親人以及教會的弟兄姊妹都趕到現場，他們雖然不能進入坑道挖土救人，但是這群虔誠的基督徒卻以歌聲和禱告爲劉敬德祈福，這些人面對命運遽變時表現出來的勇氣，透過電視直播，讓很多人深受感動。

挖掘的行動持續著，電視的直播也持續著，在坍塌意外二十四小時之後，救難人員終於找到了老表哥劉敬德，而且難得的是劉敬德竟然還活著！又經過兩個多小時的搶救，終於救出滿面塵土但精神奕奕的劉敬德，在場的所有人員都歡聲雷動，電視機前的觀眾也報予熱情的掌聲。

事實上，這起持續二十六小時的救人行動，媒體眞正參與的時間只有救出老表弟之後的十一個小時。重點是，在救出表弟之後，做主管的你必須判斷，你要給這場救人行動多大的報導篇幅？你要不要做SNG全程直播？

當時能夠給電視台主管判斷的元素只有四個：第一、土石坍塌的坑道裡還有一個工人等待救援；第二、坑道裡的劉敬德可能還活著；第三、坑道外有近百人參與救援；第四、劉敬德的家屬親友都守在坑道外向神明祈禱。

作爲主管，有些人會懷疑直播的必要性。但是當一家新聞台開始全程直播，不到半小時之後，所有新聞台立刻全數跟進，可見得這樣的新聞自有它動人的新聞價值。土石坍塌的那一天，全台灣的電視觀眾都守在電視前，大家都在替六十八歲的鑿井老工人劉敬德祈禱。

就新聞論新聞，這起崩塌活埋事件除了可以現場直播，到了晚間新聞，你更可以規畫出完整的救人全記錄，不妨參考以下的規畫方向：

1.從搶救出劉敬德那一刻的精采片段倒敘，詳述活埋意外的發生經過。

2.二十六小時的救人過程是怎樣挨過的？劉敬德的兒子與鑿井同業是怎麼發揮自己的專業？怎樣不放棄救人的營救過程？

3.家人和教友跪求上帝與祈禱唱歌，他們從精神面鼓舞了劉敬德？

4. 劉敬德的堅毅與永不放棄，是什麼理由與技巧讓他奇蹟式地活下來？
5. 劉敬德被緊急送進醫院後，二十六小時的活埋會不會有後遺症？
6. 最後，可以再回顧一下整個救災的精采畫面。

## 三、從熟悉的角度切入

作爲現代人，廣告永遠都在你身邊。一則廣告你看多了、看久了，你就會對它產生熟悉，而熟悉會產生好感，好感就會刺激購買慾，這個小章節裡要和大家談的是「熟悉」。

一般人可以因爲熟悉產生認同，電視觀眾則會因爲熟悉產生收視興趣，而新聞主管更必須認清：「做新聞，要從觀眾熟悉的角度切入。」因爲觀眾熟悉的角度就是好角度。

### 風景區的車禍有人看

人際關係有遠近親疏的差別，觀眾對新聞的關心程度，則會因發生地點的不同而有差異。譬如說，觀眾一定最熟悉自己的家，再來是自己居住的鄰里、縣市，或者去過的地方。所以同樣是墜機意外，奈及利亞的墜機即使造成百人死亡，它受國人關注的程度，絕對比不上澎湖兩人死亡的飛機意外；同樣是五人死亡的車禍，它若是發生在雲林崙背鄉，那麼受關注的程度絕對比不上

INK PUBLISHING

# 讀者服務卡

您買的書是：____________________

生日：______年______月______日

學歷：□國中　□高中　□大專　□研究所（含以上）

職業：□軍　□公　□教育　□商　□農

□服務業　□自由業　□學生　□家管

□製造業　□銷售員　□資訊業　□大衆傳播

□醫藥業　□交通業　□貿易業　□其他__________

購買的日期：______年______月______日

購書地點：□書店　□書展　□書報攤　□郵購　□直銷　□贈閱　□其他

您從那裡得知本書：□書店　□報紙　□雜誌　□網路　□親友介紹

□DM傳單　□廣播　□電視　□其他

您對本書的評價：（請填代號 1.非常滿意 2.滿意 3.普通 4.不滿意 5.非常不滿意）

內容______　封面設計______　版面設計______

讀完本書後您覺得：

1.□非常喜歡　2.□喜歡　3.□普通　4.□不喜歡　5.□非常不喜歡

您對於本書建議：

感謝您的惠顧，為了提供更好的服務，請填妥各欄資料，將讀者服務卡直接寄回或傳真本社，我們將隨時提供最新的出版、活動等相關訊息。

讀者服務專線：（02）2228-1626　讀者傳真專線：（02）2228-1598

| | | | |
|---|---|---|---|
| 廣 | 告 | 回 | 信 |
| 台灣北區郵政管理局登記證 | | | |
| 北台字第15949號 | | | |

235-62
台北縣中和市中正路800號13樓之3

**印刻出版有限公司　　收**

讀者服務部

姓名：________________　性別：□男　□女

郵遞區號：__________

地址：______________________________

電話：（日）______________（夜）______________

傳真：________________

e-mail：______________________________

INK

陽明山國家公園。所以囉，一旦國人常去的觀光景點發生車禍，它絕對不能以一般車禍等閒視之，不管路途有多遠，主管請派出必要的採訪人力投入現場。

同時請套用名人新聞的採訪模式。名人因爲大家熟悉所以新聞台要多做；知名的旅遊景地，因爲多數觀眾可能都去過，即使沒去過，也一定看過媒體的報導，對它也會有相當程度的熟悉。譬如說，台北九份已經是台灣著名的旅遊地點，不只台灣人常去，也是許多國外旅客的必遊景點。二〇〇四年十月，一個香港旅行團在旅遊過九份風景區之後，卻在下山途中遇上大霧及下雨，遊覽車在轉彎時失控撞上山壁，車輛直插山坡，造成五名香港遊客死亡、三十二人受傷。

這種發生在風景區的車禍就一定要大做，不只因爲它是觀眾熟悉的地點，還有一點很重要的是，死傷的旅客都是香港人，後續的急救補償措施如果沒有做好，很可能會演變成台灣和香港政府的緊張。所以不必遲疑，SNG車和至少四組半的採訪人力就投下去吧，指揮記者從車禍現場、醫院、警察局做全面採訪，去追究出遊覽車到底出了什麼狀況？去追出究竟是機械故障、天候不良、還是司機的過失？因爲國人熟悉的地點，很容易讓去過九份的觀眾「觸景生情」，不管你怎麼播、播多長，觀眾都愛看。

## 不要浪費熟悉的好題材

化妝品、減肥藥永遠是觀眾注目的焦點，別以爲它們是生活小事，跟你說，觀眾注目的小事，就是電視新聞應該關心的大事，因爲電視台必須把每位觀眾當作客戶來伺候。

你若關心過台灣女人多麼會花錢，你就會知道消費新聞的重要。光是化妝品市場，台灣一年的營業額就高達六百億台幣，相當於一整座台北一〇一大樓的造價。許多無力抗拒奢華風氣的名媛，她們喜歡名牌珠寶與精緻美食，這些頂級仕女出手絕不手軟，所以時尚報導絕不可少；高單價的精緻甜點也深受女性喜愛，小小不到一個巴掌大的蛋糕，有些要價一百元，平均吃一口就要台幣三十元，價格直追「鼎泰豐」的小籠包，所以囉，這種新鮮有趣的內容不該錯過。

然而，女人不是只會寵愛自己，女人的花錢方式與景氣大有關連，景氣若是反轉直下，彩妝業者就會發現，婆婆媽媽們的荷包縮水了，她們不會再花大錢買保養品了。這時候，反而是口紅這種低單價的商品會異軍突起，花不起大錢的女生會買支口紅，來補償自己心靈的缺憾，口紅會賣得特別好。你若是能告訴觀眾哪裡可以買到物美價廉的便宜貨，這種消費趨勢也可以擄獲觀眾的目光。

上面這些題材一定會有觀眾覺得很熟悉，但是熟悉的題材也不見得完全討好。因為電視台如果播濫了，只要觀眾說：「討厭，看過了啦！」就一定會轉台，這時候你要怎麼辦？

「換個切入角度嘛！」不要忘了，觀眾熟悉的題材一定是好題材，所以媒體才會隔一段時間就拿出來再炒作一次。

面對「老」的「好」題材，身為老狗主管不要擔心變不出新把戲，你要和記者一同找到新切點，可以參考上一篇記者談消費新聞的作法，選擇「軟題目硬做」或者「小題目大做」，一定可以找到吸引人的新切點。

譬如說，洗 SPA 是個老掉牙的題目吧，很多觀眾都洗過，很多記者也都做過這種新聞，但是碰到這種「軟題目」就得「硬做」。找出醫學上的新角度是個方向，譬如沖三分鐘 SPA 會受傷嗎？容易受傷的部位在哪裡？如果它是好切點，可不可以找個醫生或教練到現場，在現場做立即說明。即使是老題目，只要找到新切點，一樣可以化腐朽爲神奇。

## 四、追蹤熱門新聞

### 媒體不要做先知

當主管的天天待在辦公室，有時候會愈坐愈笨，因爲主管從記者身上得到的訊息，多半是二手甚至三、四手的落後訊息，多讀專業雜誌可以讓主管比記者多一點常識，豐富自己的內涵。但是多讀雜誌不是要你成爲媒體先知，因爲電視畢竟是屬於普羅大眾的媒體，電視的先知先行者，多半還看不到成功，公司就賠光了收視率。

譬如說，某家新聞台曾經以電腦網頁概念來設計電視鏡面，希望趕上寬頻世代，吸引年輕的電視觀眾。這家電視台革命性的創新，一時間讓其他電視台咋舌不已，大家都認爲這家電視台做了媒體先知，一定會帶來電視革命。只不過，這家電視台沒考慮到，年輕人多半是上網找資訊，即使它的電視鏡面換成電腦網頁式的畫面，年輕人還是不會轉來看你的電視；而原本習慣電視鏡面的中老年觀眾，則不習慣網頁式的畫面。結果，媒體先知的下場竟然是賠掉收視率，賠掉廣告，最後易手讓出經營權。

媒體當然要有理想，要有願景，但是願景與理想必須建築在現實的基石上。你可以期許自己是新聞思想上的先知，但是你不能忘記，你製作的電視新聞是要給大多數人看的，觀眾不認同你，收視率當然低。就像國父孫中山先生搞革命，那也要經過十次失敗，從一次又一次的失敗中慢慢累積經驗，逐漸被民眾討論成爲話題，在民間形成共識之後才有成功的機會。

## 成立熱門新聞研考小組

有許多爭議性新聞的主角，他們在新聞熱頭上的時候都躲著媒體。這時候，當主管的要有判斷能力，你要懂得去追蹤、去 follow ，等到情緒性的新聞熱頭過去之後，這些新聞主角很可能會卸下心防接受你的專訪。

譬如說，像陳總統的女婿趙建銘醫師，成爲第一家庭的乘龍快婿之後，他的負面消息不斷，包括自己的親戚疑似特權升官、搭乘華航客機疑似特權升等，連去參觀上億豪宅都會引來負面批評……這些新聞在熱頭上時，趙建銘一定不願意出來蹚混水，不會出來面對媒體。但如果你覺得趙建銘的專訪有價值，在新聞熱潮之後，你就可以請記者鍥而不捨地邀訪，再難搞的新聞人物都可能點頭。

又譬如逃亡大陸的前屏東縣長伍澤元，在旅居大陸數年之後，他的行蹤其實不難掌握，對許多觀眾來說也還有新聞價值，大家也許想要弄清楚他是怎麼潛逃出境的？他與國民黨的三千六百二十八萬借貸關係又是怎麼回事？離開台灣多年，也許在垂暮之年，他願意解開謎團，願意和台灣媒體說清楚。若能做到伍澤元的專訪，肯定是一則大獨家新聞。

此外，影視名人的私生活是許多觀眾窺伺的焦點。譬如說，早期的玉女歌手陳淑樺，在唱紅許多膾炙人口的情歌之後淡出歌壇，如果你能專訪到陳淑樺，相信可以喚起許多歌迷的回憶；又譬如當紅的天王周杰倫，媒體對他的感情世界一直繪聲繪影，觀眾對他和多位女藝人的交往也非常感興趣，如果能做到周杰倫的專訪，也是不錯的獨家報導。

每一個時代，總有一些人會成為媒體焦點，他們也許是世家子弟、運動明星、創業典範或者影視紅星，但是由於本身的爭議性太大，總是選擇與普羅媒體保持距離。新聞部如果能夠成立一個「新聞研考小組」，把一些重大的或者熱門的新聞當作話題來 follow，一定可以給觀眾耳目一新的驚艷。

## 五、不要造假模擬

追逐「熱」新聞，創造收視率，這是電視主管的職責。但是不能只想到收視率就把社會責任拋在腦後，特別是絕對不可以讓記者製造假新聞。平常有新聞事件去跑新聞，那叫作採訪；但是沒有新聞事件、沒有新聞主角就跑去模擬，那就叫造假，就叫作「製造假新聞」。

社會新聞因爲比較能創造收視率，所以一向被公司主管當作是收視萬靈丹。有些迷信社會新聞的主管，明明沒有新聞事件，看到報紙一點點晦暗不明的訊息就要求記者發出來，這很可能就會犯下模擬造假的大忌諱。

譬如說，藝人倪敏然上吊自殺，新聞炒作了好幾個星期，炒到沒畫面可拍沒角度可寫的時候，某報突然出現一篇報導說，有一名婦人打電話爆料說：「倪敏然在自殺前曾經在海邊沉思，還曾經到宜蘭海邊的一間小廟去上香，顯然死前非常掙扎，我很後悔沒有去找他簽名跟他聊上兩句，說不定就可以阻止這場悲劇的發生。」

這則爆料的報紙新聞裡有幾個大疑點：宜蘭海岸線那麼長，倪敏然是在哪裡沉思？上香的小廟在哪裡？爆料的婦人又在哪裡？這些疑問都沒有答案，你若硬是叫記者去做這麼一條既沒有事件也沒有主角的新聞，這就叫模擬造假，萬萬不可取。

那麼，是不是報紙的訊息全部不能抄？那倒也未必。

如果報紙上的那個婦人出面了，而且還拿出她和倪敏然在海邊的合照，這就不是造假新聞。有合照的畫面爲物證，有婦人出面當人證，這雖是無用的訊息，但它是眞的，就叫作採訪新聞。也許你還是覺得這則新聞無聊，但它若是倪敏然死前的最後一幀照片，對觀眾來說還是蠻有吸引力的，那就放心去採訪、安心去播出，因爲它是新聞，沒問題。

# 第二章 突發事件急救箱

突發緊急事件一般都是指意外事故，譬如大地震啦、墜機啦、火車出軌大意外啦、超大連環車禍啦、重大公安意外啦、圍捕槍擊要犯啦、歹徒挾持公車啦……反正多半有重大傷亡，與見到鮮血的新聞相關。但政治新聞即使沒有見血，有時候也會出現緊急事故，譬如行政院長突然請辭。

碰上這類緊急重大新聞，只要確認它是眞的，採訪中心立刻要有一位熟悉調度的主管跳出來，要拿出採買鮮果活魚的精神，一切調度只講究一個字：「快！」

積累多年經驗，我給這類緊急事件歸納了幾項處理原則，我把它稱之爲「突發事件急救箱」，打開新聞急救箱，新聞部的主管只要快速地檢查有沒有疏漏，就不致手忙腳亂。急救箱裡至少包括六項藥品：上跑馬燈、派記者趕赴現場、派SNG車趕到現場、公司留記者做連線並處理帶子、變成特別節目形式、考慮延棚與提早開棚。

## 一、沒畫面前：上跑馬燈

一旦發生緊急重大事故，觀眾最關心的訊息是，多少人傷亡？多少人受困？爲什麼會發生？在哪裡發生的？

上面這些重要訊息，在記者和SNG趕到現場之前是沒有畫面的，編輯台就要負擔起提供資訊的責任。採訪中心除了要找人把相關訊息寫成文稿給主播唸之外，採訪中心還要協調編輯中心和製播中心，在現場畫面傳回公司之前，同時間至少要完成如下的工作：

1. **上跑馬燈**：言簡意賅的把緊急事件的5W1H，詳實告知觀眾。

2. **找到地圖或輔助畫面**：譬如嘉義發生爆竹工廠大爆炸，導播要調出嘉義地圖；名人空難身亡，編輯要調出名人的檔案照片。

3. **做電話連線**：譬如嘉義爆竹工廠大爆炸，可以連線消防局。當然，人家若忙於救災，家裡的記者在問明災情之後，也可以連線記者說明災情。

4. **分配人力持續注意事件最新發展**：蒐集記者的回報、其他電視台的訊息、網路、中央社、政府機關……等等資訊，去掌握最新訊息。一方面給主播播乾稿，二方面更改跑馬燈內容，三方面給現場記者做參考。

5. **考慮找必要的專家進攝影棚做訪談**。

6.**雙框作業**：如果事件重大到像墜機，死傷超過百人，必須協調業務部順延廣告時間，或者立刻調出大小框鏡面，在大框裡播廣告，在小框裡播事故畫面。

7.**延棚播出**：一般新聞台多半只播到凌晨一點就收棚，要到清晨六點才開棚。萬一緊急事件太重大，而且災害還持續在發生，那就要考慮延棚播出，或者提前開棚，把災難或重大訊息持續地提供給觀眾。

8.**宣傳小組作業**：製作關懷受難者影片、或者發新聞稿自我宣傳……。

## 二、記者調度：四組半的思考

對採訪主管來說，最難判斷的是，當我們知道一件突發事件之後，究竟要做多大？要投入多少人力採訪？我的建議是，用「記者四組半」的模式來思考緊急突發事件的調度。

**第一組半**：調度一名文字、兩名攝影趕赴現場，對整個事件進行全盤了解與拍攝，包括人事時地物，當事人的說法（如果他們還活著）。除了採訪之外，這組人還要負責SNG現場連線，攝影記者最重要的工作則是搶拍現場畫面。

**第二組**：一組文字和攝影趕赴現場，採訪細部事故，像目擊者、救災人員、肇禍疑點等等有故事性的細部情節。

**第三組**：趕赴醫院或相關場地，採訪傷者、家屬或相關人等。

**第四組**：留守公司，這組人員的寫稿速度要夠快，負責現場新聞的後製，或者利用相關資料製作分析稿。

譬如說，三個人的死亡車禍要派多少人？如果它是發生在偏遠地方的單純車禍，可能一位駐地記者就夠了，它還構不上重大突發事件的標準；但如果它是發生在台北市的公車車禍，那至少要有四組半人，兩組半人力在車禍現場，一組趕到醫院，一組得找市府官員，還要有一組記者在家裡處理新聞。

如果這個意外現場比較複雜，那就以「記者四組半」的規模往上加碼。譬如發生爆竹工廠爆炸意外，現場、醫院、罹難者家屬、公司製作，若至少有四個地點要採訪，那當然就是「記者四組半」之外，另外再加一組，變成五組半或六組半。

如果是更嚴重的墜機，可能就是在「記者四組半」之外視墜機情況另外再加上N組。只要把握「現場二組半＋醫院一組＋關係人一組＋電視公司裡一組」這四個要素，在事故的第一時間，不論你有多少記者，至少至少都要挪出四組半記者採訪和處理新聞。如果事件另外還有發展性，再迅速調派其他組去支援。

又如果事件非常重大，譬如：「警方圍捕白曉燕命案主嫌陳進興」、「九二一大地震」、「三一九槍擊案」……這些可能登上國際新聞版面的意外事故，那麼人員的調派反而單純。至少要撤出三分之二以上的人力去採訪，而且，只要有超過四組人的災難現場，盡可能要派一名現場指揮官就近指揮，以便整合之後和公司聯絡。

在現場面對重大突發事件的時候，除了掌握「快」的要訣，不要忘了「人多好辦事」，正所謂「養兵千日，用在一時」，人撒出去就對了。我知道，有些初任主管的人會覺得不好意思麻煩記者，碰上記者休假，主管就心虛，不好意思要記者銷假上班。但我奉勸各位，派遣記者的心法就是：「不要怕麻煩！」

有時候主管會疑惑，心想：「萬一沒那麼嚴重呢？大家不是瞎緊張一場。」我的建議是，「寧願緊張過度，不要神經大條。」你可以查證與派工同時進行呀！不要太客氣，不要害怕麻煩記者，因為跑緊急突發新聞就跟打火救火一樣緊急。台北市消防局每次只要接到火警通報，各個大隊都是大陣仗地出任務，雖然很多時候都只是小火警，甚至還碰到謊報烏龍，消防隊員即使嘴裡會嘮叨值班幹部：「幹嘛窮緊張。」但隊員們心裡還是肯定這趟做白工的任務。

就是這種不怕麻煩的精神，使得台北市撲滅火災的效率全國最高。消防員的這份榮譽感，在記者的身上一樣找得到，只要遇到大事件，記者都會有股衝動想要衝上第一線，至於欠假的問題，以後再補休就好了。

主管的工作就是打贏每一場新聞戰，對記者除了不要怕麻煩、不要太客氣之外，如果碰到像「九二一大地震」這類延續性的災難新聞，調兵遣將的同時，還得考慮為長期作戰做準備，要做好換班休息的規畫。盡量不要讓記者連續工作超過十八小時，長時間工作，不但記者的體力無法負荷，採訪的績效也會大打折扣。

## 三、新聞延棚莫遲疑

重大緊急事故一日發生，作爲主管，你還要決定是不是要延續攝影棚，或者提早開棚。很多新聞台雖然號稱是二十四小時播出，但實際上卻只是播到凌晨一點，早上六點以後再開棚，中間至少有五個小時是重播狀態。雖然凌晨一點以後，多數觀眾已經睡覺，但是一旦停棚，新聞的訊息就會無法播出，要不要給觀眾新訊息？這考驗主事者的智慧與決心。

遇到重大突發事故，譬如半夜發生重大的工廠大火意外，到了凌晨十二點三十分，還有幾十名員工受困火場，攝影機還拍得到受困民眾站在窗戶旁揮手求救，這要不要延棚？警方圍捕槍擊要犯，正在攻堅搶救肉票，要不要延棚？民航客機不幸起降時發生墜機，搜救工作還在進行中，要不要延棚？要延多久？

其實做延棚的決定不是太困難，你只要考慮如下的因素：

1. **有沒有畫面**：如果凌晨一點以後，重大突發事件沒有畫面，你就可以優先排除延棚，因爲電視是影音媒體，沒有畫面就喪失吸引觀眾的誘因，延棚就沒有太大的意義。

2. **觀眾關不關心**：有些主管會說：「我無法判斷觀眾關不關心。」那舉個簡單的判斷法，如果這件持續發生的意外事故，你判斷它一定會成爲隔日所有報抵的頭版頭條，像墜機啦、幾十人傷亡的惡夜狂火啦、行政院長漏夜請辭啦……就可以考慮延棚。

3. **人力能不能負荷**：這是很現實的問題，各家電視台的狀況不一。但是，一個有擔當的主管要同仁延棚一、兩個小時，從工作責任與榮譽去要求同仁，只要你下達明確的工作指令，同仁焉有不奮力向前的道理。

同樣的，作爲新聞台主管，焉有重大意外還在發生、還在進行中，你卻獨自收棚的道理？想一想，反正回家你也睡不著，你的心還是懸在重大事故上，那就延棚吧！你不必遲疑，就延棚吧，至於要延棚多久？是延到凌晨兩、三點，還是讓它名副其實地成爲二十四小時新聞台，則視事故的狀況而定。

延棚或提早開棚都屬於電視台的突發事故，一旦新聞部主管決定更改開棚時間，電視公司則必須立刻啓動標準作業程序。除了採訪中心主管一定會先知道之外，新聞部行政組必須通知到如下的人員：

1. **編輯**：就通知到編輯中心主任或責任主編就夠了。
2. **主播**：要有主播進棚才能播嘛。
3. **化妝**：幫主播梳化妝。
4. **導播**：通知到導播組長，由導播再去通知副控人員，並且通知工程部來開棚、調整燈光等事宜。

## 四、SNG調度：跟著主新聞走

基本上，碰到重大意外事件，SNG就跟著記者走吧。在記者的派遣上有「記者四組半」的原則，SNG的派遣原則就是「兩部車跟著主新聞走」。

目前台灣的六家新聞台，每一家大概都有接近十輛SNG車可供調度。究竟需不需要這麼多車？這和台灣需不需要這麼多新聞台？都是屬於大哉問的難題，這不是這個章節要討論的，作為新聞台主管只要確定，當傳出重大意外事故的時候，你在派記者的同時，也一定要派SNG車出去，而且就跟著主新聞走。

譬如說，當台北市公車發生三人死亡、十人受傷的重大車禍，兩組半記者到了車禍現場，一組半記者派往醫院，那麼SNG車當然就派到現場和醫院兩個地點，一方面做現場連場，一方面還可以傳送畫面。派遣SNG的心法與派遣記者相同：「不要怕麻煩別人！」該派就派，電視台老闆買了那麼多SNG車，你不充分利用，豈不是浪費公司資源。

你對工作認知的一念之差，可能會導致新聞吃敗仗。就以兩千年七月二十二號，發生在嘉義八掌溪底四名工人溺死的意外為例，由於發生的地點是在偏僻的嘉義縣山區，各家電視台的SNG車又多半派駐在高雄南部中心，距離事發地點大約有將近九十分鐘的車程，當時有某家電視台主管一念之仁，認為事發地點太遠，所以沒有派遣SNG車。哪裡曉得，四名工人被暴漲的溪水圍困長達三個小時，有派SNG的電視台在現場做全程轉播，拍攝到四名無助的生命從國人眼前殞逝；而沒有派SNG的電視台，收視狀況則是一路吃癟，不但讓觀眾看了笑話，也重重傷害電視台的專業形象。

這個「漏失」事件引發電視台的嚴肅檢討，容我敬告新聞主管，反正公司SNG車也買了，工程人員也聘任了，講白了，老闆已經付了SNG工程師薪水。身爲新聞部主管，碰到緊急事件你不派車，難道要讓他們坐冷板凳，看著自家電視台獨漏嗎？這些SNG的同仁也是非常有榮譽感的，各台SNG小組也會相互比較的，多數同仁都是寧願跑死累死，也不願意在家裡窮極無聊等死。

所以，新聞主管不要不好意思，該派車的時候就勇敢地派吧！至於SNG連線要如何運用，雖然沒有固定的公式，但還是有如下的原則可供參考。

### (1)主新聞時段盡量少用

一般來說，一八：〇〇～二〇：〇〇的主新聞時段，正常情況下，一般家庭的成員會陸續回到家裡。電視台一般都假設，在這段時間看電視的觀眾，都是白天在外頭上班、上課，晚上才回到家的正常人，這些觀眾的人數最多，一般電視台都認爲這段時間是所謂的「黃金時段」。不過，這個時段的收視忠誠度卻最低，也就是說，這群人是最愛挑剔節目內容、最沒有耐性的一群人。一旦你給觀眾的SNG連線不是現在進行的災難現場，而是稍早的畫面，觀眾一定會看得出來；如果你的SNG連線還又臭又長，觀眾一定會轉台，最好的連線長度是一分十秒，趁還在觀眾可以忍耐的範圍內，趕快切換其他的話題。

**(2)非主新聞時段可以多播**

一八：○○～二○：○○之外的時間，一般被認為是非主新聞時段。這段時間內，如果重大災難還是進行式，譬如火車大車禍還在搶救傷患、部長含淚正在宣布辭職、化學工廠大火還在延燒、女明星家暴記者會……碰上這種非主新聞時段，那就盡量多連線吧。給觀眾看即時播出的大災難或八卦話題，總比給觀眾看前一晚已播過N遍的舊聞更能吸引人。

**(3)SNG內容剪下來很好用**

連線的同時，要請SNG車的導播或者家裡的編輯把連線內容錄下來，方便編輯台使用。這是因為很多連線地點不見得隨時都適合連線，關鍵的新聞主角也不一定每節新聞都能配合演出，再加上記者也有可能在連完線之後要趕回公司做新聞，人力不見得能配合。所以，把精采的連線內容先錄下來，視狀況再播出，就可以填補時間差的空檔。不過，這種錄影播出的內容千萬別在鏡面上再打出「直播」的字樣，使用的頻率也不要超過兩次以上，否則所謂的直播很容易穿幫，反而招惹欺騙觀眾的譏評。

**(4)把SNG當成節目的固定單元**

新聞節目可以設計成給觀眾一種期待，讓觀眾在固定的時間看到固定的話題，培養觀眾的認同感。譬如上午股市交易，可以在固定時間播出「股市解盤」、「股市老爹」、「台股菜藍族」，在固定的時間讓股票族都可以說兩句話，吸引特定族群。到了晚間十點的節目，可以設計「今夜何處去」單元，天天在固定時間介紹不同的夜店、特色餐廳、小吃……不只豐富了節目內容，也讓觀眾有所期待，期待今夜能夠看到不一樣的東西。

**(5)遇有重大事件，全程SNG連線**

八十九年七月二十二日，有四名工人在嘉義縣八掌溪進行河床整治工程，因爲山洪爆發走避不及，受困溪中長達三小時卻遲遲得不到救援。新聞台遇到這種「持續性的」、「關係人命」的新聞，不要懷疑，立刻改成「搶救生命」的特別節目，不管此刻有沒有播出其他新聞或廣告，至少要開出大、小框來記錄搶救過程。這種與性命交關的新聞，觀眾一定會關心，你就放心大膽去做就對了。

回顧八掌溪的不幸，溪裡的四名工人在苦撐三個多小時體力耗盡之後，終於在現場百餘名救援人員的眼前，在國人的驚呼聲中被洪水沖走，這個駭人的畫面造成舉國震動。當時的陳水扁總統還對此表示震怒，要求徹底追究責任；行政院長唐飛則爲政府疏失公開向國人道歉，負責督導公共安全的行政院副院長游錫堃則負起政治責任，請辭獲准。這就是台灣新聞史上有名的「八掌溪事件」，因爲媒體的全程報導，幾乎翻攪成政治風暴，讓技術官僚更加警惕，也讓日後的救災動員更爲迅速。

## 五、重要突發新聞：深度廣度兼具

突發新聞的處理，最好能兼具深度與廣度。

在縱深方面，一件新聞最好能夠把新聞的前因後果、來龍去脈做深入報導。譬如颱風過境，水淹汐止、三重和內湖，除了報導淹水災情，尋找災區裡的人情故事，還要追蹤找出淹水原因。

在橫寬方面，應該盡量去拓寬新聞的面向。同樣是汐止、三重和內湖淹水，新聞往後看，你可以調出這些區域的淹水歷史，找出過去也淹水，但爲什麼問題總是解決不了的癥結；往前看，則要試著找出解決方法，譬如河川改道啦、加裝抽水機啦，而不是只有反覆播出淹水畫面。

對新聞台來說，當一則重要的突發新聞發生之後，其實不必擔心過度規畫而綁手綁腳，觀眾和你一樣，對新聞事件都是懵懵懂懂，都想盡快搞清楚發生了什麼事。作爲新聞主管，你最安全的處理方式就是盡量多規畫，告訴觀眾多一點訊息，因爲對觀眾來說，「只要媒體是報導眞相，發揮揭發不法的功能，那麼偶然發生的踰越行爲，是多數觀眾可以接受與忍受的必要之『惡』。」

### 政治事件──找關鍵人（keyman）

政治上的突發重大事件，除了總統親身履險的「三一九槍擊案」外，閣揆請辭獲准應該也算是極重大的事件。兩千年五月，陳水扁總統任命國民黨籍的唐飛擔任行政院長，但是唐飛卻在十月三號和陳總統晚宴之後，就因爲核四興建問題向總統遞出辭呈，而且還請辭獲准。

只當了一百三十七天閣揆的唐飛創下最短命閣揆的紀錄，而口口聲聲說要當「全民總統」的陳水扁，他爲什麼這麼快就結束所謂的「扁唐體制」？碰到這樣的大事，民眾一定極度關心，身爲電視主管，你要怎麼指揮調度？

「找人！找關鍵人！」這是處理政治突發事件的唯一要訣。

「誰是關鍵人呢？」唐飛、陳總統、經濟部長林信義、接任的揆閣人選。

「爲何請辭？」可能是爲了核四停建案，這從新聞中有跡可循。

找出新聞的主軸與關鍵人物之後，接下來就必須運用「至少四組半記者」的人力調度準則，立刻調派記者去追蹤如下的新聞：

1. **追唐飛**：他回家了嗎？去見國民黨主席？還是另外去見了誰？

2. **追陳總統**：去追總統原訂的行程，是否已經改變？

3. **守陳總統**：他是留在總統府召開緊急會議嗎？與會者有哪些人？要連夜確定新閣揆嗎？內閣閣員需要跟著總辭嗎？

4. **問總統府跟新聞局**：這等大事，發言人任何的反應都是新聞。

5. **追張俊雄**：他是最可能的新閣揆人選。

6. **追林信義**：因爲經濟部長林信義停建核四的建議，可能是唐飛請辭的導火線。

7. **追財政部**：因爲股市已經爲了核四案下跌三千點，閣揆請辭必定更會雪上加霜。財政部是否連夜開會？國安基金明天要進場護盤嗎？

8. **找立法委員**：在野黨的反應是一定要的啦，若還在審查總預算，是要等新閣揆主動撤回，還是立法院要退回政院。

9. **邀請來賓**：開「行院院長請辭特別節目」，立刻找立委、憲政學者進棚，邊播新聞邊座談。

至於隔日新聞的規畫咧，還是守住關鍵人爲主軸，至少要包括：

1. 追可能的繼任者以及舊任閣揆的活動。
2. 追陳總統的說法。去家門口堵、去守總統府、去查原訂行程是否生變……。
3. 新的人事令，內閣是否該總辭或者小幅改組的新發展。
4. 立法院的反應。
5. 股市的表現。
6. 核四廠建與不建的相關反應。

上述的規畫，就「縱」的深度來看，包括了關鍵人物的追蹤，請辭原因的掌握；就「橫」的廣度來看，包括了內閣是否總辭、股匯市的反應。一塊重大新聞，有深度與廣度，這樣的調度大概就不會離譜。

## 社會事件——去現場，找關鍵畫面（keyshot）

社會新聞當然不是只有殺人、放火與車禍，廣義的社會新聞還包括人情故事與災禍意外。譬如台灣知名的六福村遊樂區，曾發生一隻公棕熊咬死管理員的意外，碰到這種重大社會新聞，身爲電視台主管你要如何指揮調度？

「找關鍵畫面！」這是處理突發意外最重要的要訣。

「什麼是關鍵畫面呢？」去找肇禍棕熊咬人的畫面，至少要去找到管理員是在哪裡被棕熊咬死的。

找出新聞的主軸之後，同樣的，也必須發揮「至少四組半記者」的人力調度準則，身爲主管，你可以立刻調派記者去追蹤如下的新聞：

1.**找出棕熊**：命案現場在何處？管理員爲何沒有安全防護？製作受傷部位的CG，說明受傷的部位與受傷的經過。最重要的是，一定要有棕熊的畫面，即使是同型的棕熊也一定要弄到畫面，讓觀眾知道是什麼樣的熊闖禍。

2.**介紹管理員**：他做這行多久了，去找他的同事談管理員，去找這名「動物保母」與棕熊親密合影的照片。

3.**棕熊介紹**：棕熊現在被隔離在何處？平時性情和順的棕熊是因爲發情期而暴怒咬人嗎？這隻殺人凶手從哪裡進口的，牠的力量有多大？有多重？

4.**動物園善後**：描述管理員身後留下妻小的悲情故事，棕熊雖然咬死人，但是棕熊不能負擔賠償責任哪，動物園要怎麼照顧這個破碎的家庭？

5.**還原咬人過程**：介紹什麼樣的餵食動作才正確，管理員究竟有沒有違反安全的餵食程序？若徵得動物園同意，就實地做一次正確的餵食動作。

**6.咬人歷史回顧**：新竹六福村成立二十多年來，已經四度發生動物傷人事件。在棕熊咬人的前一年，有一隻公獅咬死一名誤闖獅籠的油漆工。雖然大家都很氣憤，也許還有人認爲應該殺死獅子，不過獅子屬於野生動物保育法保護的動物，既不能打也不能殺，況且《刑法》只針對人而不針對動物，因此咬死人的公獅子，在法律上屬無行爲能力的動物；這時可以去找出現在獅子在哪裡展示？

社會新聞與政治新聞最大的不同在於，政治新聞一定以「人物」爲主，若沒有關鍵人物的訪問，一定也能找到資料畫面，或者製作CG來交代。但是社會新聞最最重要的就是畫面，棕熊咬死人，你要有棕熊的畫面；幼童悶死在娃娃車裡，你也要有娃娃車和幼童的畫面；火車出軌意外，你就要有火車出軌和旅客抱怨的畫面。

從上述的規畫裡你也可以看到，每一則新聞的規畫都要求有畫面。至於新聞的縱深則包括：棕熊被關在何處？管理員家庭故事的追蹤，以及後續的理賠善後；就橫寬面來看，新聞的廣度包括：究竟該怎麼餵養棕熊才安全？六福村動物傷人的歷史回顧？以及動物傷人之後會受到什麼對待？

有深度與廣度的新聞調度，整體的呈現就會很好看。

## 藝人意外，霰彈槍怎麼打都對

不論政治新聞或者社會新聞，一旦有重大意外發生，身爲主管的你，在指揮調度的同時一定會去思考新聞的主軸，以及相關新聞的畫面要如何取得……等等專業的問題。但是明星藝人的意外，你的專業擔心可以少一點，但是你的人力調度可就得多一點，因為明星的新聞有市場，就好比對著獵物發射霰彈，你怎麼打、隨便打都會有收視率。

譬如說，紅遍兩岸三地的名模林志玲，她在中國大連拍攝保養品廣告，卻意外墜馬，挫傷六根肋骨。雖然林志玲被送進醫院的時候神智清楚，也沒有生命危險，但因為她胸前軟骨的傷勢嚴重，使得她講話、呼吸或者走路都會感覺疼痛。身為主管，面對台灣第一名模受傷，你要怎麼調度？

「想到的角度盡量做！」面對超級明星，以超高規模來對待準沒錯。身為主管可以考慮做如下的規畫。

第一天，由於林志玲在大連拍廣告，台灣沒有記者隨行，但同時間有一組記者在北京跑新黨訪問大陸。聽到林志玲受傷，不必多做考慮，就近把記者抽調到大連醫院吧，即使林志玲在大陸的畫面有限，至少也應該生產出如下的新聞：

1. **志玲墜馬**：趕快上大陸的新浪網站，把林志玲墜馬意外的照片拍下來，即使只有兩張照片和大連街道的資料畫面，也要把林志玲墜馬的過程說清楚。

2. **志玲醫院**：林志玲神情委頓、用衣服蒙頭蓋臉被推進醫院準備照X光，這則新聞裡要清楚交代林志玲的傷勢。

3. **台灣反應**：找林志玲在台灣的凱渥經紀公司，同時找林志玲的家人，問他們要不要去大陸探視，問他們有沒有更進一步的傷勢說明。

4. **新黨委屈**：明明記者是去採訪新黨大陸行的，林志玲一個墜馬，記者全拋下新黨轉去採訪林志玲，描寫新黨參訪團鬱悶錯愕的心情。

5. **志玲大陸**：由於林志玲墜馬第一天的畫面不多，可以調出她以前在大陸走秀的資料新聞，在大陸人氣紅不讓的林志玲，也曾引起粉絲（fans）的大騷動。

至於第二天以後的新聞，當然是增派採訪人力趕到大連，只要採訪到適當的題材，新聞盡量照播就對了。兩個星期後，等到林志玲從大連出院，準備透過SOS國際救援中心的醫療專機在香港轉機，把林志玲送回台灣繼續治療的時候，身爲主管的你怎麼辦？

「大做，特做！」這是處理超級明星的標準作業準則，幾乎所有新聞台都在大連醫院、大連機場、香港、中正機場、台大醫院等五個地點都布署了SNG，要捕捉林志玲離開大連醫院→在大連機場登機→香港轉機→到桃園下飛機→然後轉進台大醫院的每一個鏡頭。

除了現場直播之外，以下的新聞規畫也可以給主管們作參考：

1. **志玲大連**：林志玲在保安人員的層層戒護下，從大連醫院出發、到大連機場登機，她面對人潮粉絲的情況做完整處理。

2. **志玲現況**：把病弱的林志玲做詳細描述，包括薄施淡妝、隨身攜帶幸運毯等，記者拍到什麼就盡量發揮。

3. **志玲陣仗**：多描寫保護和採訪林志玲的陣仗，保鑣多、媒體多，台灣媒體與大陸保鑣都陷入歇斯底里的亢奮。

4. **台大準備**：台大醫院由副院長率領醫療團隊爲林志玲做診療，詳細敘述檢查項目，包括：

X光、斷層掃描、核磁共振。讓關心林志玲的觀眾知道，林志玲回台灣將受到什麼樣高規格的診治。

5. **墜馬名模**：把林志玲在大連治療的過程做一個整理，在「林志玲返台特別報導」中可以播出。

6. **華航準備**：林志玲搭乘華航專機返台，記者可以採訪專機內部的裝置，看看SOS的醫療專機到底長得什麼樣？又要花費多少錢？

藝人的緋聞八卦或者意外傷亡，嚴格算來都屬於娛樂新聞。也許讀者會覺得不屑，但台灣的娛樂新聞有個特性，那就是「人人愛看，人人愛罵」。觀眾一邊守著電視機，一邊卻又大罵：「林志玲受傷干我什麼事？」

不過就在又愛看又愛罵的矛盾中，緋聞八卦終究還是觀眾收視的焦點。

# 第三章 重大新聞的規畫與管制

新聞部主管每天忙於 daily news，工作十二小時之後，下了班經常感覺整個人被掏空，根本沒有精力去擘劃未來。事實上，人不是機器，主管也毋需把上班的情緒帶回家，規畫新聞最好的方法就是讓它制度化，讓它像 daily news 一樣自然出現，天天面對，壓力就不會壓得你喘不過氣。

首先，在會議裡設計一個任務管制表，把三個月內重大的採訪任務都填進去。比方說，重要官員的出國採訪啦、國際大事的事前預判啦、選舉投票的時程啦、政府高層的極重要行程啦……你把這些大事填入管制表裡，讓所有參與會議的主管彼此清楚近期內即將發生的大活動，隨時提醒並激發大家相互提醒拿出創意。這個管制表上平常一定會有空缺，你跟其他的主管們一起努力把任務管制表給填滿，規畫工作的壓力就會層層釋放。

# 一、選舉新聞，照表操課

台灣幾乎年年有選舉，勞民傷財不說，新聞界更是疲於奔命。所幸，選舉新聞已經漸漸公式化了，選舉新聞照表操課，在規畫上與時俱進地加入新鮮巧思，選舉新聞就不會再有太大的壓力。

## 選舉新聞找明星、找衝突

選舉新聞有個常識，但卻常常遭記者漠視，那就是有心參選的人去登記之後叫作「參選人」，等到抽籤決定號次之後才是「候選人」。不論是編輯或記者經常會弄錯，做主管的一定要時時注意並糾正。

選舉新聞的造勢多、口水多，這類口水式新聞並不討好。眞正有收視率的選舉新聞其實和正常新聞一樣，它必須好看、必須有衝突性，最好還要找到有知名度的選舉明星。身爲長官，你在指揮新聞的時候不要違逆「好看」新聞的原則，以下比照社會新聞的處理方式，鎖定「人以及人的故事」，條列出好看選舉新聞的編採順序，供作參考。

## (1)選舉暴力

流血抗議的畫面雖然不健康不值得鼓勵，但它永遠能吸引觀眾的目光。有些候選人爲了登上媒體總會想辦法走極端，下跪、痛哭的苦情牌還不夠，也可能找來演藝人員「演出」疑似遭毆打的暴力畫面。這種暴力新聞即使有爭議，還是要去採訪，而且還得擺在重點時段播出。

## (2)選舉抹黑

以往常見的選舉黑函，電視新聞根本連播都不必播。但是近年來的抹黑技倆已經升級，有心人士了解電視台需要影音畫面，於是開始製造「非常光碟」。這說穿了其實就是「影音黑函」，只不過是把過去的文字黑函透過戲劇的演出來呈現，達到抹黑對手候選人的目的。不過厲害的是，非常光碟的操作已經有愈來愈精緻的趨勢，它結合了行銷概念，往往以負面宣傳的方式出現，由於話題性十足，很能吸引一般中下階層選民注意。

電視台面對「光碟黑函」千萬要小心，不能因爲它有影音效果就被沖昏頭，要想一想，拿到黑函你能夠刊登嗎？當然不會嘛！同樣的，你拿到「光碟黑函」也不能隨意播出，除非它是在記者會中公布，你是去參加記者會，那播出片段內容還不至於涉及散播黑函。而且很重要的是，你一定要做到平衡報導，一定要請記者會中連線的記者不時地提醒觀眾：「你現在看到的畫面，是記者會的內容。」而且你一定要讓被抹黑的候選人有申辯的機會，否則就不要SNG連線，甚至不要播出。有品牌的新聞台要有格調，你漏得起，你絕對不缺一則抹黑新聞。

### ⑶選舉黑案

有些候選人在選戰後期會打出危機牌，有人搞綁架、有人搞失蹤、還有人搞送醫急救等等有別於傳統拜票的活動，這些新聞如果能夠成爲街談巷議的話題，還是可以單獨拉出來報導。只是切入的角度上要有一點觀察，要運用常識去判斷，候選人是不是爲了拉抬選情造假？

### ⑷明星、名人候選人

許多知名候選人最愛打悲情牌，有些人說自己罹患癌症、有些名人要選民還給他公道，你若把它們當成影劇新聞，也許還有一點播出的價値。

### ⑸超級天王拜票

馬英九啦、陳水扁啦……這些所謂的天王拜票，新聞台還是得派記者採訪並且連線直播，因爲天王們經常會藉著造勢場合丟出話題。但是你要小心過濾，很多話題都是口水或者假議題，報紙也許會給它大篇幅，但是很多電視觀眾會覺得無聊、受夠了，不見得要每一節都播出；而且你要檢視天王們說的話，天王們經常前言不對後語，在A場合說一套，到了B場合又會說出與前一場論調完全不同的說法，你反而應該要求文字記者針對天王的選舉場子找切點。

得要去。

### ⑹一般候選人的拜票

對新聞台來說這是最不重要的，把它擺在排序的最後一則，因爲它可有可無，連採訪都不見得要去。

## 替選民找出「最爛的蘋果」

看到電視台對選播選舉新聞的標準，相信很多讀者會不以爲然。不過，這早在意料之中，因爲讀者既然會看我的書，一定具有相當的知識水平，也一定是有相當判斷力的中間選民。看到電視裡那些選舉暴力和抹黃抹黑文宣，像讀者這樣的中間選民當然會生氣。

不過，誠心地建議讀者別生氣，因爲你只要一動氣，就上了候選人負面文宣的大當。你知道選舉選到最後，負面文宣一定會搞出割喉戰與烏賊戰，目的是要讓中間選民誤以爲「天下烏鴉一般黑」，好讓中間選民不去投票，讓自己的基本盤發揮最大的功效。

負面文宣的設計目的只有一個，就是要讓你對候選人的對手生氣，氣到不去投票，那才是負面文宣的終極目標。負面文宣的設計者都知道，媒體要的就是衝突，抹黑抹黃的文宣以及選舉暴力最能吸引媒體報導。藉著媒體傳播謊言與造謠，就可以戳破競選對手的道德形象，把對手從一個好人打成爛蘋果。

一旦競爭對手被選民視爲爛蘋果，那麼自命清高的中間選民又怎會甘心把票投給爛蘋果咧？

你們只要一動怒，激情就會轉化爲冷漠，如果你們不去投票那就更稱了惡質候選人的心意。接下來，他就可以集中火力去鞏固基本支持者，讓衝動的基本教義派出來投票，幫自己護盤。

中間選民的氣憤，中間選民的心高氣傲，中間選民的不去投票，反而讓負面文宣達到打爛戰的效果。

雖說選舉是要「選賢與能」，但是翻開台灣的經濟發展史，賢者與能者很少是經由選舉發掘出來。國內外多半的選舉，多數也只是在一群爛蘋果當中去挑選比較不爛的。沒有人要你去比爛，但只要你還生活在這塊土地，你就要去找出「比較不爛的蘋果」。爲了阻止爛蘋果當中最爛的當選，你就必須去投票，必須自己動手去挑出比較不爛的蘋果，這也算是無奈的政治活動中最有意義的積極動作。

面對選舉，中間選民若是被負面文宣給迷惑，不出來投票或者只投廢票，你的被動就等於被負面選舉的操盤手給俘虜。想想看，黑函、耳語在台灣選舉市場中一直有賣點，它的功能至少有兩點：明的，是要激發支持者的熱情；暗的，則是要中間選民不出來投票。這樣的一群特級爛蘋果，他們果眞用負面文宣逼你別投票，你就不投票，這只會造成特爛蘋果當選，形成劣幣驅逐良幣的惡性循環。

身爲媒體我們知道，報導選舉新聞的時候，媒體的責任應該是：「用放大鏡幫忙觀眾，在一堆爛蘋果當中去找出比較不爛的蘋果。」可惜，這還是停留在理想階段，因爲電視市場超現實，你乖乖地播候選人政見，收視率鐵定被觀眾關進冷凍庫。

不過幸運的是，消費者是市場最後的仲裁者，多數讀者在電視市場與選舉市場裡，同時身兼消費者與仲裁者的角色。電視市場裡，只要你打開電視，你就被動地接受了負面文宣；選舉市場裡，難道你還要再一次當個「被動人」去遠離投票箱，把自己與子孫的命運交到特級爛蘋果的手中嗎？

向讀者說明選舉負面文宣的行銷手法，只是要提醒讀者不要再被抹黑抹黃的文宣影響。身爲中間選民的讀者們，看清選舉市場的操作之後，大家不能只是獨善其身，在台灣，「沉默」，代表的不只是你不理人，更多時候是，人不理你。

身在小小的台灣，沒有人可以不受政治影響，尤其是對社會不滿的中間選民更應該去投票，因爲投票是你改變現狀的唯一機會，你經常翻攪這混濁的社會，也許每隔四年就要他「變天」一次，讓這些人民公僕每天都戰戰兢兢爲人民服務。至少，至少這可以證明一件事：證明自己還有能力從一堆爛蘋果當中，去挑選一顆比較不爛的蘋果。

## 不要只是複製選舉口水

電視新聞訴求的對象是一般普羅觀眾，選舉新聞有沒有價值？當然很重要。但是觀眾想不想看？更重要。平面媒體在處理選舉新聞的時候，最常見的編排方式就是，相對的候選人每人給他一欄題，看似平衡報導；但同樣的硬式平衡手法，你即使用「畫面雙分割」把兩個候選人擺在一起做鏡面包裝，恐怕還是沒人看。

因爲這樣的新聞多數都是無聊的政治口水，譬如說，到底有沒「九二共識」的爭議？報紙可以讓藍、綠兩邊的候選人，一人說出一大套理論。但電視台若是播這種新聞，多數觀眾根本聽不懂，聽不懂就看不懂，觀眾一定會轉台。

電視的選舉新聞要播什麼樣的切點呢？電視台最好做一個用腦袋的觀察者，選舉專題最適合拿來檢驗或者比較候選人。譬如說政黨廣告吧，每次選舉，各政黨都會推出廣告，你可以把上次的政黨廣告拿給這一次的政黨操盤人看，看他會不會臉紅？看政黨推出的廣告禁不禁得起考驗？或者說得直接一點，會不會讓人覺得荒謬？有沒有欺騙選民？

你也可以檢驗政黨訴求的議題，譬如軍公教人員的十八%優惠利率，執政者平常不思解決，每次到了選舉都要拿出來炒作一番；或者像國民黨的黨產，每次選舉都會出現檢討與改革的政見，但是何時能解決，何時能還黨產於民眾呢？太多政客都是說一套、做一套，難怪選民對政治愈來愈冷漠。

電視台的優勢在於，電視台的資料庫裡有太多政客的錄影帶，只要把他們過去講過的話調出來好好檢視一番，只要用心做觀眾的耳目，幫觀眾看清楚政客們的嘴臉，一定可以獲得觀眾的共鳴。

想製作好看的電視選舉專題，送給主管們幾句話：

**「舊報紙和舊書是政客的測謊機。」**

**「資料畫面則是檢驗政客的水晶球。」**

電視新聞的最大優勢是，政治人物過去講話的資料畫面無所遁形，電視台不但可以引用政客說過的話，也可以把他們寫過的書或者舊報紙的敘述拿來做成CG，今昔對照，或者以古諷今。

這樣的新聞都會比較好看，更重要的是比較有新聞切點。

在選舉新聞中若要評估執政黨的表現，那麼主管們應謹記：

**「實踐，是檢驗施政的唯一眞理。」**時刻發揮第四權監督政府的力量。

至於要檢視在野黨的斤兩，那麼要記住如下的檢驗標準：

**「戰鬥，是檢視在野黨決心的唯一眞理。」**戰鬥，這兩個字足以掂掂在野黨的斤兩。

上述的四句格言，主管和記者們若能細心揣摩，再搭配上新聞時事，很多選舉專題的切點就會魚貫湧出。

## 選舉造勢，審慎播出

選舉活動中，候選人很看重電視宣傳，因爲電視台有強大的宣傳力，但就因爲電視新聞的渲染力大，報導選舉活動的時候就更要小心。候選人、政府甚至一般民眾都要求強力規範電視台，就是不希望電視新聞影響選民的投票行爲。

在報導選舉造勢的時候要小心，遊行造勢的人數不要隨便評估，如果你眞的要講多少人參加，也一定要以警方的統計爲準。因爲你不管講多講少，候選人陣營都會有意見。尤其造勢的場合一定會有民眾是被「動員」來的，除非警方有證據，或者對手陣營自己站出來講，否則不要講有多少人是被動員來的。因爲你說被「動員」，他說是「自願」，媒體與候選人去爭吵是最不智的，不但講不清楚，反而會被候選人陣營給利用，說你企圖影響選情使候選人不當選，那就麻煩大了。

規範電視選舉新聞的單位是中央選委會，依據的法令則是《選舉罷免法》。《選罷法》的施行細則雖然因爲各種現實的爭議而經常修改，甚至可能因爲執政優勢而做出不同解釋，但還是有起碼的規範必須遵守。

### ⑴不可以「置入性行銷」

按照《選舉罷免法》的規定，政黨、候選人應公正、公平，不得於電視播送廣告，從事競選活動或爲候選人宣傳。說得白話一點就是，不論你所屬的電視台是出於自願，還是有其他理由爲候選人或政黨做宣傳，對外的統一說法應該都是：「我們是基於專業的新聞考量，所以邀請候選人上節目……」

如果你說溜了嘴，電視台可能就涉嫌違反《選罷法》，那……那就吃不完兜著走，有可能其他候選人或對手電視台會把你告進法院，還會損及電視台的公正形象。

另外，在投票前十天，電視台也不可以播放候選人的廣告。這雖然有點鴕鳥心態，不播廣告，那播候選人的造勢算不算廣告？播各黨主席去助選算不算廣告？在台灣，奇奇怪怪的規定一堆，雖然搞不懂政府在搞什麼，但規定還是得遵守。譬如說，政府規定政黨或候選人的造勢活動，原則上也不得全程轉播。看清楚了嗎？是不得全程「轉播」，所以這還是有灰色地帶可以遊走，新聞台若是基於新聞需要，現場連線則不在禁止之列。不過萬變不離其宗，操作選舉新聞，不要讓公司受罰是最低標準。

### ⑵不可以隨意公布民調結果

一般來說，民調的公布，大家最在意的就是總統選舉。所以在《總統選舉罷免法》中明文規定：「總統選舉投票日前十日起，至投票時間截止前，不得發布有關候選人或選舉的民意調查。」這就是害怕民調一公布，會造成選民自發性的棄保效應，或者乾脆不去投票。這一項規定，中選會抓得非常嚴，如有違法，中選會將彙整給新聞局處理，所以盡量不要去踩這條紅線。

### ⑶選舉新聞務必小心、平衡

選舉期間經常會有抹黑對手的記者會，你在做現場連線直播之前，最好先弄清楚記者會內容，不管它是真是假，都得要求記者向公司回報，然後向被抹黑的對手求證，以方便在連線的時候做平衡說明。即使在記者會之前，你不知道對手會怎麼回應，連線時也要不斷提及雙方的立場，若有澄清的說明，則一定要立刻播出；回到公司製造新聞影帶時，也務必要求平衡報導，而且在編排的時候，也要做到抹黑與澄清緊接著播出，免得予候選人話柄。

選舉的連線一定要非常非常小心，不管候選人當選的機會大不大，一定要公平對待。你如果在措詞上加入太多的主觀判斷，或者引用過期的民調數字，一定會對候選人的選情造成影響，萬一候選人陣營有人找碴，那你就會吃不完兜著走了。

## 投票前夕到開票前，注意勿影響選情

不管是什麼層級的公職選舉，候選人在投票前一夜的造勢晚會都是拚盡全力，它的渲染力最強、對選民的感染力也最大。造勢晚會那一天你還可以 live 直播，但是隔天你還拿出來反覆播放，那就很受爭議了，因爲，這種作法可能會影響選情。在台灣選舉史上，這種影響選情的造勢晚會，永遠會被後人拿出來討論的案例就是，一九九七年年底台北縣長投票前一夜，民進黨立委盧修一的驚天一跪。

一九九七年，本來極有可能代表民進黨參選台北縣長的立委盧修一，因爲受肺腺癌拖累，只好把選舉的棒子交給蘇貞昌，但是蘇貞昌面對國民黨全力拉抬的謝深山，選得非常非常辛苦。投票前，盧修一已經非常虛弱，自知將不久於人世，爲了替蘇貞昌輔選，投票前夕，他剛做完肺腺癌化療，就瞞著醫師偷偷趕到蘇貞昌的造勢大會上。

白髮蒼蒼的盧修一在友人的攙扶下，步履維艱地走上造勢舞台，虛弱地發表演說之後，盧修一突然向選民下跪說：「我在這裡誠心誠意，要跪下來向大家拜託，請大家支持……」

盧修一等於在向選民們訣別，這辭別人間、悲愴激情的一幕令人動容，他這一跪，不但感動了現場的選民；更重要的是，隔天就是投票日，媒體卻反覆播出這個畫面。對多數台北縣民來說，在出門投下自己神聖的一票之前，都可能想到盧修一訣別前的請託，而影響了自己的投票意願。很多人相信，是盧修一穩固了蘇貞昌的選票，最終，還將蘇貞昌送上台北縣的縣長寶座。

直到今天，沒有人會否認是盧修一這驚天一跪扭轉選情，對媒體人來說，大家也很清楚，是電視台幫盧修一下跪的動作加溫加熱，放大了他悲情下跪的效果。「重播盧修一下跪畫面」的例子裡證明，投票日當天，重播前一夜的造勢活動對選民的影響太大太大。

不過，媒體人並不是眞的想幫任何人踢開縣政府的大門，只是當時對於報導投票前一夜的造勢活動沒有嚴格規範，媒體人也應該從這個事件中汲取教訓與經驗。雖然目前法令上沒有規定，投票日當天不可以播前一夜的造勢活動，不過，新聞媒體必須自律，至少在隔天清晨六點開棚之後，前一天的任何造勢活動都應該盡可能不要播出，要記取「盧修一驚天一跪」的教訓，以免影響選情。

媒體的自律應緊扣法律的規定，由於中選會規定，投票前夕的所有競選活動必須在晚上十點前結束。所以晚上十點以後，一直到隔天投票結束前，編輯採訪與播出應該遵守如下的工作原則：

**⑴原則**

一、**選戰之夜平衡報導**：最後一夜，候選人拚場，在十點之前，應該多連線熱鬧的競選場子，觀眾絕對愛看。但十點之後，若要連線，一定要先確定「造勢」與「新聞」是區隔開來的；十點以後盡可能不播SNG連線違規的造勢活動。不過造勢活動一旦變質爲意外衝突，那就是新聞了。報導新聞是媒體的天職，但唯一的要求是務必平衡。

二、**不要繼續SNG連線造勢活動**：如果十點以後，造勢晚會的人潮還沒散，電視台站在報導新聞的立場，還是可以連線。但是主播和連線記者必須不斷提醒觀眾：「法定的競選活動已經結束，××候選人把造勢大會改爲聯歡晚會，選監人員正在勸導……」別忘了，記者是報導新聞不是幫違規者造勢，媒體不但要自律，別忘了，還要監督違法的候選人。因爲，候選人若還是違法繼續競選活動或舉行「守夜」晚會，自然會有選監人員來開單罰款。

**(2)操作**

一、**守住造勢場合，研判狀況**：只要人群沒散，記者就要守在現場，以防失控意外。若候選人違法繼續開晚會，選監人員自然會去開單。這時候若不能做到平衡，就不連線；若有暴力衝突，成爲新聞事件則連線報導。「造勢」與「新聞」的判斷標準如下：

〈狀況A〉：候選人都準時停止競選活動。

由於多數新聞台在九點五十五分就已經進新聞，藍綠兩軍主帥也必定都在現場，那就開雙框做新聞平衡。到了十點，若雙方都合法結束晚會，可連線至人潮漸漸散去，然後再排播稍早雙方陣營的熱鬧畫面，以維持收視率。

〈狀況B〉：違法造勢，不連線只做新聞。

1.有任何一陣營改爲晚會，還是可以連線至十點半，並且以雙框對比作平衡。

2.雙方都有晚會，若新聞可以做到平衡，就可以繼續連線，但要謹守「不得升高衝突對立情緒，造成檢警執法困擾」的SNG準則，不要因爲電視台的SNG鼓勵了候選人的違法。

3.十點半以後，絕不連線造勢以免鼓勵違法，但可以播出稍早的熱鬧畫面。

〈狀況C〉：候選人徹夜不散或查賄行動有重大進展。

若有激烈的「選舉暴力」或檢調人員「查賄」的重大進展，那就是意外新聞，當然要播出，但是務必力求平衡。「查賄」行動的新聞處理，除非有競選總部自己跳出來澄清，或者檢察官的正式說明，否則不可以講出候選人的名字；「選舉暴力」則必須達到嚴重的程度，如果只是小衝突、名不見經傳的賄選，投票前夕根本連播都不必播，以免被候選人惡意利用。

**二、SOT帶**：編輯中心除了要列出「勿播帶」的檔案外，晚上十點以後，所有關於負面文宣的選舉新聞，特別是有關「棄保」的新聞一律不可播出。除了重播精采的造勢晚會之外，可以排播一些生活和國際資訊，因為隔天就是星期六投票日了，十點以後的深夜新聞，播一些生活消費資訊也不錯。

**三、重播帶**：多半的電視台都只播到凌晨一點，所以凌晨兩點到六點的重播時段，只要安全地反覆重播二三〇〇與一四〇〇的兩節新聞即可。

**四、投票日上午六點開棚，依舊小心**：首先，清晨六點開棚，前一夜的造勢新聞與選舉話題新聞還是可播出，但是務必做到平衡。譬如說，排了A候選人後，就要緊接著播他對手的新聞；而且注意，有利於特定候選人的新聞（譬如像「盧修一的驚天一跪」）若做不到平衡，就不要播出。其次。七點之前，應該開始SNG連線與採訪了，電視台一定要去拍知名政治人物與明星候選人的投票情況。但此刻最重要的是，投票若發生小衝突，只要有選監人員的說法就可以視狀況播出。

**五、八點以後的新聞，勿影響選情**：大量投開票的相關新聞開始了，八點以後盡可能不再排播前一天的選舉新聞，盡量用新的連線投票或少許的民生消費、國際新聞等沒有爭議的新聞。八點以後的重點是，投票的人不應該亮出他們投給誰，如果有人故意亮票，那就是違反《選罷法》，一定要追問違法意圖並追縱現場選監人員的執法作爲。若是記者不小心拍到政治明星的選票，也千萬不能播出，因爲這涉及洩密罪與違反《選罷法》，這是不受言論自由保護的，應避免引發爭議甚至影響選情。除非，除非你的電視台準備要藉著打官司來製造話題。

## 開票速度決定勝負

開票當天，觀眾永遠只關心誰當選？得了多少票？

不過很多媒體人卻存有一種迷思，有人以爲「數大便是美」，認爲連線地點愈多就是愈好。其實，這錯了！

因爲對觀眾來說，他們最關心的是自己支持的候選人選上了沒有？競爭激烈的一級戰區戰況如何？明星候選人誰當選？誰又意外落馬？至於你們電視台有多少連線地點，你的鏡面有多炫，對觀眾來說都沒有意義。

舉例來說，某次立委和縣市長選舉，有某家新聞台編列大筆經費，拚了老命地在全台搞出二十七個連線點，而且還設計出色彩鮮艷、圖表超炫的鏡面。當時這家新聞台的主管就認爲，他們擁有全台最多的SNG連線地點，那可是新聞界的創舉，還大大地宣傳了一番。

可惜這種大投資並沒有博得觀眾的好感，這家新聞台拚命搞連線，二十七個連線地點跑一遍就超過一小時。不過，電視台專注於展示通訊技術，卻忽略開票的結果，結果就是收視率慘兮兮。這家花大錢搞選舉連線的電視台，居然成了所有新聞台的最後一名。

電視台報導開票，當然要以中央選委會的數字爲準。不過，電視台基於競爭的壓力，在「絕不作假灌票」的前提下，應該擬定一套屬於自己的計票系統。可以視不同的選舉層級訂定不同的報票機制，不論是派人到候選人的競選總部、區公所、北高兩市的市警局、還是政黨的縣市黨部去計票，總之，報票的速度愈快，再搭配清楚的鏡面，就愈有可能在收視上取得領先。不過，最終的票數還是要以中央選委會的票數爲準。

究竟開票當天的節目還要注意什麼？以下作分類提醒。

## ⑴五點前，外島報票要迅速

下午四點鐘結束投票之後，各投開票所會立刻進行計票作業。外島的金門和馬祖由於公民數少，分別只有三萬人和六千人，所以票開得很快，金、馬通常在四點半就會有票數開出來。對新聞台來說，這是做氣勢的，不管派SNG或是用電話連線報票都會有收視率。

對編排來說，由於五點之前還不會有選舉結果出爐，所以四到五點之間，主播還可以播一播票數，把氣氛帶起來。不過觀眾眞正關心的是票數，主播唸票數的同時間，鏡面上就應該出現簡潔的票數比例，讓觀眾對各選區票數能夠一目了然。

不過，到了下午五點以後，主播就不必一個縣市一個縣市去唸票數了，主播只要去連線當選、落選人的感言，以及進行棚內的選情訪談即可，所有的票數都應該在鏡面上主動而且快速地呈現。

### ⑵觀衆不看無謂的SNG連線

外島的票因爲有明確結果，所以觀眾會看。但是外島的票開完，你就必須減少各地無謂的連線。不必刻意去連投開票所啦、競選總部的氣氛啦，這些畫面當作是座談的背景即可，因爲鐵定沒人看。如果要吸引觀眾的目光，也應該把鏡面做成有衝突性，兩個或三個候選人壓成雙框或三框做對比。

不過，開票有結果之後，一些重要的或者超人氣的候選人則可以連線。因爲觀眾要看的是票數與結果，選票一旦開出來，明星候選人不論當選或落選，觀眾都會想看。但是票開完後，候選人競選總部的音響和鞭炮的噪音可能會很大，在聯繫前一定要溝通好，若是極重要的候選人，也許連線訊號根本就一直連線 on 在上面，由副控導播視狀況自行切入。

### ⑶五到七點，開票數字與資訊最重要

觀眾看「開票特別節目」就是要看票數，在票數沒有開出來之前，可以請一、兩位政治觀察員分析選情，分析明星候選人的選情，或者分析特殊的選舉現象。人數不必多，因爲在開票的過程中，觀眾有興趣的還是開票，所以座談的部分盡量使用小框，把最大的畫面空間留給開票數字。

目前的開票作業都是從下午四點開始，人數最少的連江、金門縣大概在五點二十左右就會有

結果出現，這時候，外場就是連線熱鬧畫面與候選人當選、落選。由於現場的噪音分貝都很高，外場記者的聯繫上十分不方便，記者盡量不要出來露臉，直接把熱鬧的現場當背景或切入候選人的感言即可，免得因爲聯繫的漏失而影響播出品質。

要知道晚間五點到七點是開票的黃金時期，這時候觀眾最關心的只有票數，其他的連線、座談嚴格說來都只是陪襯。除了票數之外，觀眾也要看當選資訊，除了鏡面上明顯的數字之外，還有一個重要的資訊框（bar）也可以利用。由於觀眾要看的是當選、落選的資訊，所以不必拘泥現場的訪談內容，只要是開票期間（一般是五點二十到七點二十之間），就應該盡量在資訊框裡公告當選、落選的新訊息，以及簡單整理過的當選訊息。等到票數底定之後，資訊框才去服務座談的內容。

### ⑷畫面簡潔，要讓老人家看得懂

選舉鏡面的設計千萬不能想太多，簡單、乾淨，能夠讓老人家一看就懂，才是最好的設計。電視公司的鏡面設計人員都是年輕的電腦專才，但是電腦專才的想法是電視觀眾想看的嗎？恐怕不見得吧。

我請問：「誰是電視政論性節目的主要觀眾？」

「當然是中老年人嘛！」既然中老年人最關心政治，也就最可能關心選情，鏡面的設計者當然要滿足以中老年人爲主的客戶。而中老年人視茫茫、髮蒼蒼，開票鏡面當然不能太複雜，千萬別以電腦螢幕的概念去設計電視鏡面。

你想想看，平常要求記者做新聞一定要簡單清楚，發CG也務求簡潔，同樣的標準也應該運用在選舉的鏡面設計上，不能因爲設計人員不是新聞部的人，你的標準就放鬆。反正簡單、醒目就是開票鏡面的唯一原則，它是電視不是電腦，千萬不可想太多，鏡面單純就是報票數，不能給它太多額外的任務。

即使到了廣告時間，鏡面上還是要有明顯的票數，讓中老年人或國中程度的觀眾都能一目了然。而且票開出來之後，票數的鏡面還是應該繼續呈現，一直到晚間收播爲止。

### ⑸留意爭議與衝突

開票的過程若發生意外衝突，就必須把它當作重大新聞來處理。譬如說，票數的差距太小，候選人率領支持者包圍選委會，要求查封票匭，那就趕緊調派SNG去連線報導。因爲開完票了，除了座談分析選情，觀眾對於選舉意外新聞也會極有興趣。不過，如果在五點到七點之間的開票黃金期裡發生小爭議，倒不見得一定要立刻連線，這時還是票數最重要，小爭議就留待開完票之後再播出。

### ⑹預排開票 rundown

即使是最單純的直轄市長、市議員選舉，開票時間至少也需要兩到三小時，應該預先排出節目的 rundown。除了找學者進棚座談，最重要的開票元素還包括：票數，當選、落選人的感言，也可以偶爾找選舉的操盤人做連線對談。雖然開票過程會有許多突發狀況，但預排 rundown 作爲參考，起碼節目的進行有所本，就不會抓瞎。

**(7)開票結束後要有分析座談**

開票結束之後雖然勝負已定，但是觀眾的情緒還是需要渲洩的出口，請政治評論員繼續坐鎮座談是必須的，觀眾會有興趣知道這場選舉對未來政局的影響。節目進行中還可以穿插重量級候選人的當選或落選感言，可以穿插選舉意外的報導，也可以視狀況開放觀眾 call-in……總之，熱熱鬧鬧的選舉結束之後，選民的情緒不會那麼快冷卻，他們激昂的情緒需要渲洩的出口，所以，分析選舉結果的座談一定會有收視率，最好播到當晚十二點。

## 二、重大的出國採訪規畫

出國採訪本來就應該列在重大任務管制表裡，譬如二〇〇五年四月國民黨主席連戰到大陸訪問，新聞部從規畫、執行到播出，這一系列的操作程序就是最好的範例。

中國國民黨主席連戰在二〇〇五年四月二十六日至五月三日，率領了一支龐大的訪問團到大陸進行了八天七夜的訪問。連戰的大陸之行，是六十年來國共兩黨領導人的第一次見面，也是海峽兩岸的頭等大事，非常具有歷史意義。

連戰把他的這次訪問定位爲「和平之旅」，而中共則安排他在北京大學發表一場「化刀劍爲犁鋤、化干戈為玉帛」的和平演說。

以二〇〇五年的台灣氣氛，泛藍民眾會認為這是兩岸的和平契機，泛綠民眾則擔心連戰會搞所謂的賣台。既然藍綠民眾都對這場大陸行有高度興趣，電視台當然要把它當作重大事件來處理與規畫。

對電視台來說，只要確認連戰的大陸行有收視率，而且國外的採訪經費也負擔得起，新聞部就應該鋪天蓋地去做。從連戰出發前，採訪規畫就要先暖身，包括連戰去南京、北京坐什麼飛機？住在哪裡？要去哪裡？有哪些人接待他們？都可以事先報導。

但是要注意，這只是暖身採訪，因為還沒有真正的行動，所以基本上是屬於「冷新聞」，稿量與長度千萬都不可太多。

等到連戰出發當天就可以擴大報導的分量了，內容可以包括：兩岸媒體記者在機場的推擠與布署，連戰過境香港受到的禮遇，記者在包機上的貼身觀察，以及連戰到了南京機場的 live 連線。

連戰抵達大陸之後，採訪陣仗就要有前一個章節所提到的「記者四組半」規格，至少要有四組半記者處理相關新聞。把南京、北京每一個參訪地點都當作報導重點，連戰出現的地點一定要有兩組半記者做重點採訪，在台灣，還要有記者協助製作帶子。至於下一個即將參訪的地點北京、西安等地，也要有事前準備狀況的報導。

此外，連戰的北大演說，以及他與中共國家主席胡錦濤的會面，這些歷史性鏡頭也應該當成特別節目完整播出。到了非主新聞時段，這些早先播過的SNG連線，還是可以整段剪下來當成特別節目重播。

重大事件的規畫，不是用大砲打小鳥，如果你判斷不會有收視率，那就不值得動員太多人力做白工。不過一旦決定要做，就必須全力以赴，要把採訪團隊當成獵人部隊，部隊裡一定得有兩把槍，那就是狙擊槍和霰彈槍。不但要針對主角做主題式採訪，就像狙擊槍一樣瞄準目標，把重點新聞吃乾抹盡；至於遊走於周邊的記者也要多所觀察，就像霰彈槍打鳥，打的雖然不是主角新聞，但這種配菜新聞的比重只要不是太大，觀眾還是有興趣看，不會輕易轉台。

就像連戰夫婦在大陸的一舉一動，他們和什麼人會面？他們的重要談話？他們對彼此的感受是什麼？這些是新聞狙擊手必須命中的目標；至於連戰周遭的環境和現象也要觀察，譬如，連戰的子女連勝文、連惠心，他們對大陸行的感受，他們被人群包圍的體會，甚至大陸派出來護衛連戰的御林軍也值得報導，而這些周邊新聞就是霰彈槍射擊的範圍。

## 碰上重大新聞，完整播出

規畫的重大新聞應該播多長？這其實見仁見智。但是有一個準則可以當參考。那就是，如果一個新聞事件，連麵攤老闆娘和機車行老闆都關心，那就別懷疑，趕快指揮記者和編輯大做特做，而且只要這則重大新聞的話題性、畫面性俱佳，你全天新聞都只播這一則新聞，收視率一樣很棒。

譬如說，兩千年三月十八日總統大選開票，陳水扁跌破許多人的眼鏡當選總統，而代表國民黨參選的連戰則是慘敗。當時很多國民黨員認爲，這是時任國民黨主席的李登輝「暗助」陳水扁，才導致國民黨丟掉五十年的政權。許多激憤的國民黨員包圍了國民黨中央黨部，他們高喊：「李登輝下台！」

以三月十八日當晚來說，當天晚上其實只有一條新聞，那就是「總統大選開票」。現在又加入了上萬名國民黨員包圍國民黨中央黨部抗爭，聲嘶力竭地要求李登輝下台，這絕對是好看的電視影音新聞，全台灣的觀眾都會關心。

作爲主管，你必須當機立斷，台灣都已經改朝換代了，而且上萬人陸續走上街頭抗議總統李登輝，你不是開大小框一直 live 下去，就是乾脆抽掉廣告來記錄這段珍貴歷史，千萬不可以遷就廣告斷斷續續播出。當時某新聞S台因爲有一輛SNG車陷入國民黨中央黨部的人潮裡開不出來，因緣際會地讓它取得最動感的抗議畫面，S台也很果斷，既然SNG無法離開國民黨中央黨部，它乾脆延棚徹夜播放中央黨部的抗議事件。

S台把「要李登輝下台」當作是最重要的新聞來處理，這有別於其他新聞台一段一段的播出形式，結果意外地衝高了S台的收視率，S台當天晚上的收視率大幅成長。

一直以來，電視人都有個共識，認爲政治新聞在收視率上不容易討好，但如果政治新聞的話題性夠強，強到連國中程度的小市民都感興趣，那又另當別論。譬如：兩千年宋楚瑜的興票案，造成總統選情丕變；二〇〇四年陳水扁總統肚皮上挨了兩顆子彈，大選結果豬羊變色；二〇〇五年連戰在北京的國共會談，這都是歷史性的一刻。

上述這些極重要的歷史事件，新聞主管必須清楚地判斷它的重要性以及可看性，你可以去街上逛一逛，當你發現檳榔西施和機車行老闆都在看的時候，這絕對是重大事件，就像「九二一地震」一樣，你整天新聞都只播這一件大事，那絕對是正確的決定。

再拿國民黨主席連戰二〇〇五年四月三十日在北京爲例，連戰上午是在北京大學辦公樓發表演說，北大辦公樓曾經是美國總統柯林頓、俄羅斯總統蒲京等十多國元首發表演說的指標地點，中共特意安排連戰在北大辦公樓演說，對連戰的尊重，以及這場演說的重要性不言可喻。連戰下午則會見了中共總書記胡錦濤，「連胡會」的見面更是重要的歷史事件，因爲這是國共對抗、國民黨離開大陸五十六年之後，兩黨領導人首度見面。

這兩個重要新聞雖然是典型的政治新聞，不過它們不但重要，觀眾也會想看。所以「連戰的北大演說」、「國共的會面過程」不但要全程播出，而且還應該錄影重播，就把它當作是特別節目吧，讓白天看不到直播的觀眾，有機會在晚上十點鐘再看一遍。

## 三、颱風新聞的準備

颱風，究竟該歸類爲意外？還是列爲可規畫的重大新聞？站在觀眾和記者的角度來看，颱風災情當然是意外災害；但是對新聞台的主管來說，颱風並不是完全不可測，因爲颱風從成形、逼近、可能登陸的地點……等等，它的動態及行經路線都有預報資料可作參考，主管們可以事先布署採訪人力。所以，在〈主管篇〉裡，我把它歸納進重大新聞。

久病都能成良醫，台灣年年有颱風，記者這行幹久了，颱風新聞見多了，當然也能預估哪裡可能有災情。規畫颱風新聞，不但要把人、車撤出去待命，而且拍颱風夜的大夜班記者也要預先排出班表，這是主管們必做的第一要務。

颱風登陸前，根據氣象局的預報，我們就可以判斷颱風可能登陸的地點。若在北台灣，就把車子派到汐止、員山仔出水口、宜蘭、花蓮和肯定缺水的桃園石門水庫；中台灣咧，谷關和豐丘兩個山區每颱颱風必有災情，先把記者和SNG車投進去再說；至於南台灣咧，高速公路麻豆段、美濃與墾丁一定要有SNG。之所以有這樣的反應，只因爲我們都相信，颱風災情多半會歷史重演。

如果天佑台灣，颱風沒有登陸，那麼就把颱風新聞當作重大新聞即可，其他的新聞還是得播出。而派出去的記者、撤出去的SNG咧，還是可以挑重點直播一下，只是連線的次數不要過多，長度也不宜過長。

如果確定颱風要登陸，而且還宣布要放颱風假，那待在家裡的觀眾肯定會十分關心颱風動態，收視率至少會比平常多出二到三倍。這時候你甚至可以考慮，全天都播出颱風新聞，不斷地連線，不斷地給觀眾新訊息。

颱風新聞的特色就是，它像一齣戲，你可以把颱風看作是電影的三部曲，分成颱風登陸前，颱風侵襲中，以及解除颱風警報三個階段來規畫。

## 颱風登陸前

關心颱風要像關心連續劇情，特別是颱風登陸之前，電視台可以從預計登陸前十二小時開始倒數，提醒觀眾做好防颱準備。颱風來襲前，還有一個重點，多數觀眾都會關心明天要不要上班上課，所以各縣市政府一有新訊息就要立刻告知。

**〈跑馬燈〉**

颱風登陸前，要把跑馬燈當作是公眾服務，包括明天要不要上班上課的訊息、各項活動是否取消、水門幾時關閉、高架道路能否停車、鐵公路航空交通是不是正常運行……等。

**〈規畫新聞〉**

颱風新聞年年有，但是每一次的颱風路徑都不盡相同，在規畫上也要因地制宜，以下僅列出slug摘要敘述，提供主管們舉一反三、觸類旁通。

1. **颱風快報**：颱風的路徑圖和動態圖、預估雨量、要不要上班上課……這些相關訊息不但要以跑馬燈形式隨時提醒觀眾，還要製作成完整的配音新聞，讓觀眾充分了解颱風訊息。

2. **災區防颱**：北部的汐止、中部的谷關、南部的新園，這些經常淹水的地點，民眾的防颱工作很有代表性，有人會把機車抬到餐桌上，有人會載運擋水沙包袋，還有民眾做自製擋水牆。至於官方的抽水站有沒有故障，施工中的河道會不會阻礙行水……等等，這些都是風災前可以採訪的題材。

3. **水庫濁度**：石門水庫上游只要下大雨，水庫集水區得到的就是滾滾濁流，經常是老天爺下大雨，桃園民眾卻無水可用。

4. **防颱蔬果**：預期心理會導致蔬果價格上漲，派記者去大賣場與市場採訪。此外，蔬果產地的搶收情形也可以列入採訪內容。

5. **颱風不怕死**：颱風期間就是會有愛冒險的民眾不聽勸告擅闖禁區，跑去觀潮、戲水、釣魚、登山，一旦發生危難還要浪費救難資源，媒體應該予以譴責。媒體同時還應該宣導，若有民眾擅闖禁區，依照違反《災害防救法》可裁處五到二十五萬元罰金，若因此導致傷亡，除了必須支付搜救費用，政府也不會發給天災慰助金。告誡民眾，盡一些媒體該有的社會責任。

## 颱風侵襲中

**〈跑馬燈〉**

災情報導要不斷更新（update），特別是傷亡名單、累積雨量、風災中的災情……等。

〈規畫新聞〉

1.**颱風災情**：包括街道強風、斷橋、道路坍方、電力、電信……，在颱風侵襲的當天，各地的災情絕對是報導重點，如果有災害畫面，就應該盡可能地多發。盡量不要合併文稿，讓每一個災害地點能夠單獨呈現，因爲災情報導緊扣人心，做得再多也會有人看。

2.**驚悚颱風夜**：把颱風夜裡風強雨大的畫面整理起來，做成數則精采新聞。

3.**颱風犯罪**：颱風夜曾發生歹徒打劫銀樓、超商，甚至還有受刑人利用颱風夜逃獄成功，新聞規畫時要預留採訪人力。

4.**颱風KTV**：如果碰上無風無雨的颱風假，KTV、電影院以及百貨公司一定人潮滿滿。

## 解除警報後

〈跑馬燈〉

颱風離開，氣象局解除颱風警報之後，跑馬燈的訊息可以減少一些，改跑災情快訊，告知觀眾最新的災情。

〈規畫新聞〉

1.**災情後續**：不論是斷橋、沉船還是淹大水，前一天災情慘重的地區，第二天還是要調度記者繼續盯著，因爲救災與清理的工作多半還在進行。

此外，如果失蹤民眾在前一晚的新聞裡是下落不明，第二天上午如果還是問不到更新後的資訊，還是保守一點好，一定要提醒主播補充一句：「最新的情況，我們會隨時爲您做查證補充。」以免播出舊訊息誤導了觀眾，徒然讓電視台鬧笑話。

2.**水庫洩洪**：特別注意幾個指標性的大水庫，譬如石門水庫。

3.**颱風損失**：要做一個完整的重大災情統計，包括傷亡人數、道路坍方……等，讓觀眾清楚了解這次颱風造成的損失。

4.**颱風豪雨**：受到颱風外旋氣流的影響，颱風過後經常會引進旺盛的西南氣流並且帶來豪雨。而豪雨過後還是得小心，因爲淹水而導致的衛生狀況不佳，很可能會讓災區民眾罹患腸胃炎。

5.**蔬果價揚**：要求記者清楚地寫出漲了多少錢，譬如波菜一斤一百元啦、小白菜一斤一百六十元啦……不過要提醒記者，「公斤」和「台斤」差很多，一台斤只等於○．六公斤，不要誤導了觀眾徒留笑柄。

### 製作宣傳短片

如果颱風造成重大災情，公司應該製作兩類宣傳片，第一類當然是撫慰災民、體恤孤苦的影片；第二類就是自我宣傳的影片，不但要突出記者採訪的艱苦，若有特別的獨家最好能夠藉著報紙宣傳一番。

## 四、主動出擊，爭取獨家播出權

有很多新聞活動是主辦單位要求你去採訪，它要付你宣傳費的，譬如像「高雄愛河晚會」、「彰化花卉博覽會」、「屏東墾丁風鈴節」……等等政府活動。這些主辦單位都有編列預算，讓商業電視台去採訪、報導或轉播，這些活動是人家要付錢給你電視台的。但也有很多活動是電視台要付錢給主辦單位的，像「亞洲盃成棒錦標賽」、「奧運」、「世界盃足球賽」，以及「李敖神州行」。

對公司來說，有錢賺的活動當然要爭取，但是要付錢的活動也不能完全踢到一邊。只要你判斷得準，只須花一點小錢，付錢購得的轉播權不但能賺到口碑，更能賺到收視率和廣告費，「李敖神州行」就是最好的例子。

在大陸擁有高知名度的台灣作家李敖，二〇〇五年九月傳出要在大陸展開為期十二天的「神州文化之旅」。以「罵人」著稱的李敖，將在北京大學、清華大學和上海復旦大學舉行三場演講。由於李敖在共產黨的土地上很可能談到言論自由，對兩岸的讀者和中共政權來說，將是強烈的挑戰。

碰到這種情況，電視台當然是派出記者採訪。但問題是，李敖的三場演都是由香港鳳凰衛視獨家轉播，身爲主管，台灣的獨家播映權你要不要去爭取？

據了解，鳳凰衛視曾洽詢台灣幾家電視台播映李敖大陸行的事宜。很多電視台都對李敖有興趣，但是一談到錢就表示：「要考慮、考慮，要向公司高層請示。」而TVBS雖然不是唯一被徵詢的對象，但是TVBS的操作很靈活，一聽到是李敖的獨家播映權，很快做成簽約的決定，擋掉其他競爭對手反悔的機會。

拿到轉播權的TVBS，把李敖訪問大陸當作重大新聞處理，以「四組半記者」的思考方式做重點調度。至於效果咧?自詡為「五百年來中文寫作第一」的李敖沒有讓得標公司失望。

狂妄的李敖數落了台灣的名流與政客，但是在大陸，他自己也表現出一種政客的精明。他大膽地暢談言論自由，預言共產黨終有消滅的一天；同時，他也吹捧共產黨創造了漢唐以來少見的盛世。李敖的癲狂並非目空一切，雖然他在北大的放言高論，讓台灣觀眾爲他捏了一把冷汗，但是老於世故的李敖到了清大和復旦大學，他又精準地玩弄辭藻技巧，時而溫柔敦厚，時而語帶媚腔，偶有批評卻又避重就輕。

李敖的大陸之行，揪住很多台灣觀眾的心，雖然是靜態的校園演說，但是三場大學演講的整體收視率成長了兩成，TVBS當時的處理原則就是：「白天現場直播，晚上錄影重播。」而且在晚間新聞裡還要製作成新聞，大段大段地重點播出。這些新聞至少發成了九則，試舉例說明於後：

1.李敖北大演講被消音，大陸一般觀眾根本看不到。
2.李敖大膽地拿《毛澤東文集》大談共產黨終將消滅。
3.李敖摸老虎屁股的行爲，讓邀請單位鳳凰電視台和北大校長冷汗直流。
4.李敖的道具運用很豐富，又是長條幅字條、又是書本，還有北大的畢業證書。
5.李敖諷刺台灣觀眾極熟悉的連戰和馬英九，說他們只會說冷笑話和跑步，台灣還可以找人做反應咧。
6.李敖把演講會場變成了認親大會，還說自己差點成了大陸知名歌手王菲的舅舅……。
7.演講完之後，可以問問北大學生對李敖的評價。
8.李敖的超高人氣，讓很多北大學生擠不進會場，鐵定爆發衝突。
9.李敖在主辦單位的安排下展示柔性的一面，他跑到醫院裡去探視一名罹患癌症的青年作家。

儘管李敖私底下的態度謙和，但是他在北京大學的演說卻引起兩岸新聞圈極大的震撼。雖然共產黨不敢刊載他的演說內容，但是台灣咧，大陸愈是不敢報導的，台灣就報導得愈多愈大，對標得獨家播映權的電視台來說，這等於是做了一次免費宣傳。TVBS電視台不但賺了面子（氣勢），也贏得裡子（廣告），轉播金不但很快打平，廣告費還大賺一筆，再加上李敖的三場演講還可以被製成DVD販售，更讓電視台的荷包滿滿。

不厭其煩地講述重大事件規畫的必要性，就是要提醒做電視台主管的朋友，事前的規畫太重要了，這不但展示電視台泱泱大台的氣勢，也是吸引觀眾、建立起「重大事件必看××新聞」品牌形象的大好機會。

## 五、新聞專題規畫，爭取觀衆共鳴

作爲主管，你必須要求記者在固定的時間交出規畫的題目，如同本書第一篇所述：「記者『口袋題目』的深度，決定電視新聞的精采度。」只要你領導的團隊裡，記者的口袋愈深愈多，做出來的節目就愈會讓人印象深刻。

不過要提醒主管的是，很多人離開採訪第一線之後，對新聞會感到陌生，這時候更不能固執己見，對於記者提出的題材反而更要給予正面肯定。因爲，新聞是有生命的，記者既然提出他的想法，他就必須找出新聞的生命活力，你在審核題目的時候只是一個提醒者的角色，你的工作只是幫忙記者找出切點，幫助記者做得更好、更有生命力，只有記者自己感興趣的題材，他才會用心做得好看。

監督考核記者的口袋題目，是盡責主管的首要工作。不過，做主管的也不能只談形而上的創意，口袋題目也必須量化，除了專題記者之外，每一位跑線的記者，每星期至少要交出一到兩則

「獨家」。這些「獨家」新聞不見得都要驚天動地啦，但它必須有獨特性，以便讓你的新聞和別人有區隔。

組員們在你的督促卜一定會有壓力，但是有壓力才容易成長，更容易把關心的眼界放大。更重要的是，每一位記者若都能做出有獨特性的新聞，你的電視台就可以與其他電視台拉開差異性。區隔市場之後，在大同小異的新聞內容中，你就可以做到同中求異，讓自己的新聞更具競爭力。

至於要如何監督記者的題目？其實這也不是特別困難，記者總有自己的採訪路線吧，做主管的有屬於主管自己的任務管制表，做記者的也應該有自己路線上的任務管制表。你先從記者的任務管制表下手，有些新聞在截稿期限（deadline）之前可以預先做節目，這就是專題規畫的第一步。把自己採訪路線的大事都顧好了，然後再把觸角打開，發揮記者的好奇心去觸類旁通，那麼新聞專題就會一則一則地浮現出來。

除了要求記者，身為主管更應該開發多面向的新聞來源。

### (1)每日要有創意發想會議

每家電視台，每天都會有新聞編採會，各新聞台卻經常在編採會上檢討收視率，只聽到採訪主管在罵人，常常把編採會議的氣氛弄得很僵。這時候新聞部的大主管應該站出來營造輕鬆氣氛，先要求會議在一定的時間內開完，然後設定當日的話題與議題做腦力激盪。讓主管們勇於丟出對新聞的看法，一則新聞要不要做？要做多長？要不要多做衍生性報導？做什麼樣的角度？發想會議中應該讓主管們閒聊，讓主管們暢所欲言。只不過，一定要針對新聞議題發言，並且控制會議時間，以免開會變成瞎扯淡。

電視新聞是要給觀眾看的，但是記者關心的話題往往不見得是觀眾想看的內容。當我們沒有辦法每天去問觀眾意見的時候，最好的方法就是把每天的編採會議擴大功能，把它經營成新聞部內部的「焦點群體訪談」（focus group interview）。把每一個參與會議的主管當作是觀眾，聽聽彼此對當天新聞的想法與看法，從中去揣摩觀眾的意見，然後反映在每天的新聞裡，這種創意會議，也許會比較貼近一般觀眾的看法。

**⑵注意別人在做什麼？**

電視新聞的競爭是很激烈的，你時時刻刻都要清楚你的同業在做什麼？有值得學習的地方就要立刻跟進，簡單說，就是要有人去盯著其他同業的動向。

1. **要盯住其他電視台**：不論是採訪還是編輯主管，大家都是在同一陣線打團體戰的夥伴，三不五時就要抬頭看看別家電視台的動向。別人若是報導了好看的獨家或是有價值的新訊息，不管誰先看到，都應該扯開嗓門相互通報，並且立刻決定漏掉的訊息要不要跟進？

2. **留意電子報與廣播**：特別是《中時》和《聯合》兩家電子報，主管應該得空就花兩分鐘上網瀏覽，往往會發現許多不錯的新聞切點，以及讓人眼睛一亮的新聞標題。至於廣播，因爲它的訊息快，也有值得參考的地方。

## 六、成立新聞爆料專線

一般人碰到不平之事，本來應該尋求法律途徑解決，但是愈來愈多民眾對司法失去信心，有人認爲找媒體比走法律途徑更有效。對電視台來說咧，電視台強調要跟觀眾互動，也會樂於報導民眾的爆料內容。

在爆料新聞裡，電視新聞中最愛使用的哭聲、罵聲、尖叫聲，幾乎每種聲音都有；流血、哭叫和掉眼淚的畫面，爆料新聞也幾乎一個不缺。這種影音效果極強的民眾投訴，有時候蠻符合電視台的需求，若要求記者詳加查證甚至追蹤，其實也是不錯的獨家新聞來源。

### 以認真的心情，追蹤爆料新聞

譬如香港《東方日報》有一個很有名的例子，香港某國小校校長，他老喜歡把私人的豪華轎車違規停在學校的籃球場邊，小朋友下課打球時經常受到影響。你也許覺得這只是芝蔴綠豆小事，但是《東方日報》接到民眾投訴後，就派出記者去蒐證，結果記者眞的拍攝到校長違規停車，記者還找來小朋友指控校長違規，並且找家長會出來聲討校長。搞到最後，逼著校長出來認錯，要校長承諾，今後不再把籃球場當作是自己私人的停車場。

夠絕了吧，這才是有用的（useful）生活爆料新聞。基本上，它把民眾的投訴認眞地當成新聞去追蹤，而且還詳加查證，發揮打破砂鍋問到底的精神，等於替觀眾出了口怨氣，這樣的認眞態度，觀眾才會喜歡看。

爆料新聞要成功，主管的心態一定要健康。由於民眾投訴的內容多半是生活裡的小事，你若把它當作小新聞隨便找個記者去採訪，萬一記者大爺也以高姿態隨便處理，不但一般觀眾看了無趣，你草率的處理方式，其他想投訴的人看了也不會有信心，這種爆料新聞就會難以爲繼。

在講究新聞互動的年代，這種認眞製作的爆料新聞，只要你做好求證與平衡，給它夠長的篇幅，夠好的時段播出，而且持續報導，很容易就成爲新聞特色。一旦你的爆料形象建立起來，它的邊際效應就會浮現，因爲不只校長亂停車這種小事會找你投訴，將來有可能連「總統座車危險駕駛」這類大獨家都會找上你。

## 爆料新聞，貼近觀衆

民眾之所以會爆料，基本上都是爲了抒發不平，如果你能夠站在弱勢的一方，以同理心去貼近觀眾、去體會爆料者的無奈，很容易引起共鳴。

譬如說，政府因爲財政困難，在中央，社會救助金預算被大幅刪減，到了地方政府，更開始調高低收戶認定的門檻。在資格審核時，新增的要求導致很多低收入戶的資格被取消，不但補助金領不到，連子女的清寒獎學金也無法再領取。

你若是接到這種窮人的投訴，不能單純地當它是「哭窮」新聞來處理，你必須看到政策背後的普遍性，沿著爆料者這條線索往上追，順藤摸瓜，不但要採訪爆料者的生活困境，還要追蹤政府的緊縮政策可能把貧戶們逼進死路。

我們可以輕易地找到低收入家庭，譬如林先生是住在新竹的一名投訴個案，林先生本身是一名脊髓損傷的重殘患者，他有一名嫁出去的女兒和一名還在就學的兒子。林先生原本每個月可以領到政府補助的低收入戶暨身心障礙津貼七千元，但是新的政策一實施，他嫁出去女兒的收入也要列入林先生家的收入，這不但導致林先生七千元的津貼飛了，連兒子就學的清寒獎學金也沒了，一家人的生活因爲新政策將更加清苦。

這樣的爆料故事値得同情吧，我們不但要做林先生這一家人，還應該多做幾個類似的個案，去強調新政策欺侮了窮人。除了設身處地幫忙窮人出氣，我們還可以找政策的制定者，那些官員一定會搬出《民法》來解釋：「根據〈民法．親屬編〉第一一一四條的規定，『直系血親相互間互負扶養之義務』，所以嫁出去的女兒只要有收入，也應該扶養貧窮的父母。」

這聽起來合法，但是卻不合情也不合理。這時候你就可以質疑官員啦，國人傳統的觀念總是將嫁出去的女兒視爲潑出去的水，本來就處在貧窮線以下的女兒，她們嫁出去之後也許能夠返回娘家探視父母，但未必有能力提供娘家經濟幫助。官員用腦袋想想看，女兒的婆家會同意嗎？政策與社會現實是有落差的，這絕不是坐在辦公室裡吹冷氣的官員能想像得到。

從爆料個案去追蹤普遍現象，想要成功，重點在於堅持。你不斷地採訪貧窮個案就已經會有收視率了，若是更貼近貧民去質疑官僚，那更容易贏得好評。若能結合立委民代從中央聲援，說不定就可以扭轉不近情理的政策，解救貧民於苦厄。

只要多發揮這樣的媒體力量，多搞幾次貼近觀眾的媒體運動，一定可以打造電視台爲民喉舌的品牌形象，以後，只要哪裡有災情、哪裡發生不公不義的事情，或者觀眾有任何的不平之鳴，觀眾一定會第一個想到你的電視台。你的爆料題材不虞匱乏，甚至連爆料式的新聞節目都可以同步開闢，整個新聞內容也會更加豐富。

## 爆料新聞更要查證

名門正派的媒體和電視公司，在新聞編採手冊裡都會強調：「最好的消息來源，必須能明確指出消息來源者的姓名」。對於不具名的消息來源，大媒體的規範也非常嚴謹，除了要求記者必須確實查證做到平衡，在報導中，也不得加入臆測、惡意指控和侮辱性的字眼。

但是台灣社會一直習慣「放話」與「爆料」，上自總統、下至各級民代甚或市井小民，每天都有多組不同人馬在爆料。而媒體則喜歡起鬨、酷愛「爆料」，所以不管是誰爆的料？爆料的內容是什麼？大家爭先恐後搶著報導，很少有媒體去做查證，因爲一查證，時效上就慢人家一步。你A台還在考慮要不要播，其他B、C、D……X、Y、Z台可能已經播翻天了。

說實在的，爆料新聞雖然可以換來收視率，但是很多「爆料」都是憑空杜撰、空穴來風。做主管的人雖不是白癡低能，但多半都只能閉著眼睛指揮記者：「唉呀，你就抄吧！」

台灣就是這麼怪，老百姓雖然痛恨官商勾結和社會的不公不義，但這些弊案從來沒有敉平過。而司法單位又少具公信力，偵辦的腳步經常是既慢且亂，而且還是追著媒體「爆料」的內容跑，跟著匿名爆料者在邯鄲學步。所以爆料新聞雖然可信度不高，爆料者也多半拿不出實際證據，內容甚至還有錯誤和偏頗，但爆料新聞就是有市場，觀眾就是愛看。

深思觀眾這種又愛又恨的心結，也許是人民不信任威權的另一種反制，觀眾只不過是藉著手上的搖控器進行信任投票。不過作爲新聞主管，現實的市場機制是一回事，用來度量是非對錯的心底那把尺，卻絲毫不容混淆。

我們應該堅定：『新聞報導的最低標準，就是不能『指鹿爲馬』誤導觀眾。」媒體即使沒有能力查證爆料內容的眞僞，也盡量不要傷害當事人的名譽和權益，特別要小心不要成爲有心人的放話工具。

國際間，因爲錯用爆料資訊而掀起波瀾的例子很多。譬如說，英國BBC曾經因爲報導了匿名的不實新聞，導致董事長及總經理下台；全美發行量第一的《今日美國報》也曾經因爲刊登未具名新聞出了大錯而撤換總編輯；《新聞週刊》也以匿名方式報導了美軍在古巴褻瀆《可蘭經》，引發回教世界嚴重的抗議。

台灣媒體的爆料新聞儘管錯誤百出，但近年來除了某無線台的主管，在「衛生署長舔耳案」中誤信藥商的匿名指控而下台之外，好像還沒有媒體主管因爲錯誤報導而去職。但是主管們絕不能心存僥倖，如果新聞丟開了追求「眞實」和「公正」的基本原則，那爆料新聞豈不成爲無的放失的新聞審判。電視台通過的准播執照，只不過是取得謊言與欺騙的合法權而已。

作爲主管，千萬不能丟棄媒體仗義執言的公義形象，否則就會變成了人人喊打的全民公敵。

## 七、獨漏新聞的緊急應變

跑新聞有獨家，相對的，漏新聞也是在所難免。如果是主要競爭對手獨漏了一則重大新聞，那不好意思了，操作策略上可能得耍一點小手段。

### 別台獨漏，替競爭對手反宣傳

譬如說，A台是你的主要競爭對手，當消防署在曾文溪演練沙洲救援時，除了A台之外，各新聞台都派出SNG去連線直播。而好巧不巧的是，各家電視台都拍到演習直昇機意外墜機的畫面，於是A台獨漏。做主管的你這時候站在競爭的立場上，你可能得不顧情面替對手反宣傳，步驟如下：

1. 自家電視台必須不斷播出這個驚悚的墜機畫面。
2. 嚴令自家記者不准拷貝帶子給A台，同時聯繫各個友台統一步調，全部不准拷帶給A台，讓A台獨漏到底。
3. 更毒的作法是，打電話告訴平面報紙，就說A台獨漏，藉著反宣傳打擊A台的新聞招牌。

至於獨漏的A台怎麼辦？唯一能做的就是端出更好的新聞菜色來迎戰。

## 自家補漏，唯有自立自強

身為A台主管，你還是可以透過各種管道去拷貝墜機畫面，但是自己要有心理準備，平常的「友台」這時可能都會成為「敵台」。因為你鄙視這場演習，連記者都不肯派，那麼獨漏其實是活該，其他新聞台如果還傻到拷貝影帶給你，那只是反證他們的鄉愿。所以囉，你要有借不到帶子的準備。

最好的應戰模式就是端出更好的新聞菜色。別家新聞台大家都有墜機畫面，你就更要拿出平常扣著不發的大獨家來吸引觀眾，觀眾是很容易被帶著走的，他們才不管你漏了什麼，他們只在乎自己看到什麼。你若是拿出吸引人的大獨家，不但可以扭轉觀眾的注意，更可以有效掩飾你的獨漏。

# 第四章　避免法律責任

## 一、誹謗罪的要件

記者最容易觸犯的法條就是誹謗罪，根據《刑法》第三一〇條第一項規定：「意圖散布於眾，而指謫或傳述足以毀損他人名譽者，為誹謗罪，處一年以下有期徒刑、拘役或五百元以下罰金。」同條第二項規定：「散布文字、圖畫犯前項之罪者，處二年以下有期徒刑，拘役或一千元以下罰金。」

記者因為是使用文字、圖畫，所以若被判定觸犯誹謗罪，那就是二年以下有期徒刑。不過，在審判實務上，台灣法律對於誹謗罪的認定其實蠻嚴格的，只要你能夠證明你不是故意的，或者你報導的是攸關社會公益，是「可受公評之事」的範圍，一般都受到言論免責的保護。

新聞誹謗罪的認定有多寬鬆？我們再看看大法官的見解。依據大法官第五〇九號解釋：「對誹謗之事，能證明其爲眞實者不罰，……非謂指摘或傳述誹謗事項之行爲人，必須自行證明其言論內容確屬眞實，始能免於刑責。唯行爲人……依其所提證據資料，認爲行爲人有相當理由確信其爲眞實者，即不能以誹謗罪之刑責相繩。」

上面這些深奧的法律條文，我們用最簡單說法就是，散布謠言的人不必提出證據，卻只要提出他自認爲有理由的說法，讓他足以相信是眞的，那麼他就不會被以誹謗罪來判刑。有些八卦媒體，就是在大法官的解釋下享有過度的言論自由，有些八卦媒體的記者說，他是根據可靠的「消息來源」才做的報導，至於這消息來源是誰？記者可以不說，因爲記者只要撐開言論自由的大傘，說要保護消息來源，保護匿名的受訪者，法院基本上是可以接受的。

但是，我要跟讀者們講的是，法律是我們這個社會最低的道德要求。我絕不是要教記者去造謠或者規避誹謗罪，相反的，我認爲記者即使聽到一些謠言與傳聞，就算想要報導，最起碼也要做到查證的工作，要不然就變成捕風捉影或無中生有的假新聞了。

萬一眞的涉及誹謗官司，建議你盡早諮詢公司法律顧問的意見，尋求律師的專業協助；如果魯莽地想要私了，反而會危及你自己和公司的權益。有關記者採訪新聞的自律規範，以及如何避免被告上法院，在本章末的〈新聞自律公約〉中會詳細條列，請認眞詳閱。

## 二、負面新聞，安全第一

### 會遭天下唾罵者，千萬別搶第一

當被害人死生未明或者還沒有脫離歹徒掌握之前，千萬不可先發布新聞。譬如，轟動一時的白曉燕綁架案，儘管記者們早在兩星期前就知道白曉燕被綁，但是白曉燕當時生死不明，所以媒體記者都按住不發。可惜，某家南部報紙按捺不住，竟然先公布了白曉燕被擄走的消息。殊不知，可能就因爲記者的魯莽行事，導致肉票因此喪命，而這家沒有新聞道德的報紙，當時也被全台灣的同業唾罵。

又譬如，某影星的兒子在香港遭綁架，新聞也不可以搶過頭，在人質生死未明之前絕對不可以見報。如果貿然搶先報導，不但被害人家屬可以向電視台請求賠償，連警察局都可以控告電視台涉嫌殺人，逕行提起告訴。所以你別以爲綁票新聞可以愛搶先就搶先，亂搞，搞不好你就得進監牢。

儘管綁票新聞不能見光，但是，作爲主管一定要事先規畫預做準備。你一定要做好幾則背景新聞預備著，只要司法人員一宣布案情解禁，你一定要比別人報導得更快更詳盡，至少播個十分鐘吧！因爲碰上這種超級重大的社會新聞，連報紙都會預做版面等著出刊，電視台也應該做好萬全準備。

至於在被害者的人名和稱謂部分，爲了保護被害人，即使警方宣布肉票慘遭撕票，若是警方沒有講出肉票的名字，第一時間還是稍作保留，別說出罹難者的名字。譬如說，可以視狀況稱「藝人白冰冰的女兒×××」，而不要明確講出「白曉燕」這三個字。這樣的隱匿與保護不會損及電視台的專業，反而可以因爲你的體貼與尊重，讓你的電視台贏取社會的尊重。等到稍後或第二天以後，再視警方的態度和媒體的報導情況做調整，也許這時候就可以要求警方公布被害人的姓名與照片，讓媒體來協助警方破案，也就不會有洩密的問題。

## 爭議話題，小心為上

法律的模糊邊緣，有很多狀況會讓你掉進被告陷阱，以下的狀況千萬小心。

台灣年年有選舉，選舉期間記者最容易被依「違反選罷法」挨告。譬如你得到一個獨家消息說某立委候選人涉嫌賄選，說調查局在某個老人會裡查獲電風扇、電磁爐等禮品，上面還有「××人敬賀」等字樣，這時候千萬別太高興。因爲，假若辦案人員沒召開記者會，你就逕行發稿指稱某某候選人涉嫌賄選，那很可能會惹禍上身，候選人只要端出「意圖使人不當選」的指控，法院就會讓你跑不完。

另外，也不要違反當地社會的主流價值。譬如說，根據《醫師法》的規定，醫生有責任與義務保守病人的病情。萬一有心人拿著名人政客的病例資料給你，你千萬別以爲這是獨家訊息就傻傻地報出來，因爲記者雖然不是醫生，但是也絕不能隨便公布病人的病情，否則就會遭社會唾罵。

又譬如說，同性戀雖然已經不是禁忌話題，但是除非同性戀者宣布出櫃，出面承認自己的性取向，否則新聞中應盡量避免使用他們正面的鏡頭，也不宜播出他們的眞實姓名。因爲，當事人的親友可能不能接受這種事實，屆時以「侵犯肖像權」提起訴訟，三不五時要跑法院還是很麻煩的。

## 三、記者挨告，多因畫面惹禍

還有，警方查獲一夜情或性交易的當事人，電視新聞也盡量不要用當事人的臉部特寫畫面。因爲，很多當事人都是有家有眷的，如果你播出當事人的臉，而被當事人的配偶或親友看到，一旦人家要提起離婚訴訟，還跑來要求你公司提供新聞影片當佐證，那就麻煩大了。其他的畫面禁忌還包括：

### ⑴商業產品，勿牽涉金錢糾紛

電視台經常接獲民眾商品瑕疵糾紛的投訴，部分民意代表也喜歡幫消費者打抱不平。但是這類的商品指控往往不具公信力，你如果挑明了講出商品名稱，或者拍攝到產品的品名，那鐵定會影響商品的聲譽，不但廣告商很可能會撤下廣告預算，搞不好你還會被告上法院。所以，除非有一定公信力的單位（像是消費者文教基金會或是消保會）召開記者會公布問題消費品，不然若是民代、民眾投訴的消費糾紛，處理時還是謹慎一點兒好。至少，至少要讓被指控的廠商有回應的機會，做到起碼的平衡報導。

### (2)普級畫面，要老少咸宜

一般對新聞畫面的要求，除了眞實之外，鏡頭最好還要有感染性與渲染力，讓新聞事件透過畫面能「放大」主題，因爲，優秀的鏡頭語言經常勝過文字記者的千言萬語。譬如說，你要表現淹水的慘況，那麼就該把鏡頭放低，當汽車經過時濺起水花，記者不必多說，觀眾就能感受到淹水的深度。

不過，要弄鏡頭也不宜過度，你可以拍攝模特兒清涼性感的畫面，卻不可過分猥褻。有些攝影鏡頭不但刻意拍成斜角度，還以伸縮鏡頭 zoom-in 、 zoom-out 來表現，這種不尊重模特兒的鏡頭就非常不恰當，對女性觀眾來說也很不尊重。

另外，鏡頭也不要嚇到老人與小孩。不要拍屍體，即使是一隻腳、一隻手也不可以，除非它是這則新聞裡的關鍵畫面（keyshot），或者文字一定要提到的關鍵詞句（keyword），否則絕不允許拍攝屍體；血跡畫面的處理也是相同，即使非用不可，也必須「馬賽克」處理，因爲電視新聞是屬於普級內容，播出的內容一定要老少咸宜，否則被新聞監管單位罰錢事小，嚴重的，可能連電視台的准播執照都會被撤除。

### ⑶拍攝隱私畫面，非請勿入

一些名人、明星在街頭被記者堵到甚至偷拍，雖然被拍攝的人會很不高興，但是這些公眾人物平常就享有媒體曝光的利益，他們的私生活受大眾媒體檢驗好像也還說得過去，很少人是因爲在街頭拍攝明星而被判決有罪的。但是你若是不請自來，跑進別人家裡去偷拍、甚至強拍，那很可能就侵犯了他人的隱私權。根據《刑法》三〇六條的規定：「無故侵入他人住宅、建築物或附連圍繞之土地，處一年以下有期徒刑。」

這項規定還包括別人的私產。曾經有位記者在採訪海軍上校尹清楓命案的時候，獨家追蹤到一名汪姓軍火商的私人轎車，並且打開了軍火商未上鎖的車門進行拍攝，結果這則獨家新聞卻讓記者吃上官司，記者就被軍火商提出侵權告訴。試想，只是打開別人沒上鎖的車門逕行拍攝，這種行爲就得吃上官司，如果未經允許跑進別人家裡拍照，那官司肯定打不完。

也曾經有八卦雜誌在一群影星們聚會的游泳池外，隔著圍牆向裡面偷拍，由於這種行爲屬於「無故侵入他人建築物附連之土地」，當然會起訴判刑。所以，不要以爲狗仔隊有公司的法律顧問作後台就一定會勝訴，先搞清楚法律的規定，免得整天上法庭。

### ⑷資料片的使用宜謹慎

電視新聞是影音媒體，使用畫面是必須的，不過，在使用資料片的時候千萬小心。資料片要與文稿吻合是基本要求，你不能文稿在講網咖電玩，畫面卻跑出兒童樂園；時令季節也要注意，經常被忽略的就是季節不符，千萬不要在冬季時出現短袖的畫面，也不可以到了夏天還把冬衣的畫面塞進新聞。

此外，新聞畫面應該避免傷害無辜的第三人。譬如說，文稿在講述禿頭的最新調查報告，盡量不要用舊資料片的禿頭患者正面，因爲你的萬年資料片裡，那裡面的患者不見得現在還是禿頭呀，說不定他已經植完髮變成大帥哥，或者人家早被你一再重複的禿頭畫面，氣得駕鶴西歸、遠離人間。

除了人物要嚴選，也不要影響特定產業。譬如說，你的文稿在敘述房地產市況不好，結果你選用了特定建商的招牌，那不就是影射人家房產賣得很差，對建商的打擊一定很大，搞不好它還是公司重要的廣告客戶咧，弄得不好，還會抽公司的廣告預算。與其傷害公司的業務，還不如一開始就別選用特定建築的 logo ，眞要用，至少要用三家以上，以免被批評爲打擊特定廠商。

## 四、炒作綜藝天王街頭擁吻

電視台和記者最容易被告上法院的兩項罪名，分別是「妨害秘密罪」和「誹謗罪」。面對這兩項可能的法律官司，身爲主管，你在不踩到地雷的前提下，如何兼顧新聞炒作以創造收視率呢？請看以下的舉例說明。

一九九九年底，我轉戰到環球電視台，當時的環球電視台是一個以政治新聞為主的新聞台，它的收視率不高，社會大眾對它也不太注意。有一天，一名攝影記者神神秘秘地拿了一捲錄影帶給我看。

在一段鏡頭失焦、影片搖晃的偷拍過程之後，我們清楚地看到讓人驚訝的內容：擁有高知名度的本土綜藝巨星W君，他在光天化日之下，和一名面容姣好的女子，兩個人坐在路旁的行道椅上當街擁吻，而且還連續擁吻了三分多鐘。

記者問：「長官，這則新聞要不要發？」

「先不要發！」那是我當下的判斷。

「我就知道，我們只要政治新聞，不屑這種偷拍。」記者無奈地說。

我緊接著問：「別家電視台有嗎？」

攝影記者搖搖頭，「是我的獨家，一個朋友在街頭『巧遇』偷拍到的，這是他給我的母帶。」

「要大做，要大大炒作！」我說：「靠這則新聞，環球的收視率要翻兩翻。」

其實對我來說，當下我是如獲至寶，這樣寶貝的影片我當然要扣著不發，因為，我怎麼可以讓這樣珍貴的新聞輕易被浪費掉。

接下來，我請來採訪主任和最好的記者一起觀看這捲拍攝帶。經過討論，我們決定朝著五大方向來炒作這則新聞：

1. **完整重現擁吻影帶**：我們用定格、用特效，用好看多元的包裝，強化這則巨星街頭擁吻的過程。

2.**還原擁吻現場**：按著錄影帶中拍攝到的門牌號碼，我們找到事發地點，並且以「重建現場」的方式，訪問了附近商家，描述當天他們的所見所聞。

3.**訪問男女主角**：女主角其實是巨星W君美麗的助理小姐，她不接受訪問。而男主角則是氣急敗壞，要脅環球電視如果敢播出影片，就要提出侵權告訴。

4.**訪問藝人反應**：據記者了解，花心的巨星W君，他還同時劈腿另一位知名女星，我們不但做了女明星驚訝的訪問，還收錄了其他明星對巨星W君緋聞曝光的反應。

5.**整理W君情史**：其實與W君傳出緋聞的女明星很多，稍做整理就發現四、五位女明星曾和W君交往過，只是從沒有被這樣清楚地拍攝到。

這些新聞影片在一天內陸續製作完成，不過我還是扣住不發，因爲我擔心的是，以當時環球電視居於弱勢的情況，這樣的新聞在環球播出一定會石沉大海，觀眾根本看不到也引不起注意。於是我們訂下的宣傳策略是：藉著報紙來宣傳環球電視。

我們把W君街頭擁吻的鏡頭，請電腦組去定格、放大，然後用照片的形式列印出來。當天早上我邀請三家晚報的記者，到環球電視來「觀賞」我們製作好的五則新聞，不但讓晚報記者先睹爲快，還讓他們把照片帶走，而環球電視則在午間十二點的新聞時段首播。

這樣的題材果眞搶佔了晚報的版面，報紙圖文並茂地報導環球電視的獨家新聞，藉著晚報的炒作，炒高了當晚的新聞收視。而日報咧，日報當然也得跟進，我們把不同組的照片送給日報去發揮，接連兩天，這則新聞搶佔了各報綜藝版的重要版面。

爲了維持這則新聞的溫度，環球電視台繼續炒作藝人的話題，我們就是等著W君來挑戰，甚至公司的法律顧問也來關切，其實我們早做好一切準備就等著W君來告。W君在後續的訪問中不斷抱怨他的隱私遭侵犯，並且也放話要告環球電視「妨害秘密」。

雖然W君後來沒有提出告訴，但就環球電視的利益來說，這則新聞己經滿足觀眾的窺伺慾望，也替低迷的環球電視賺到免費宣傳。當年「壹傳媒」還沒有進入台灣市場，這種操作模式也算是驚天創舉，報紙和電視紛紛跟進宣傳，連續炒作了三天。

也許有人質疑這種狗仔作法，會不會替自己惹禍上身？但是就法論法，炒作W君街頭擁吻的新聞，這在法律上還是站得住腳的。

W君若要告電視台「妨害秘密罪」，根據《刑法》第三一五條之一，妨害秘密罪若成立，最高得處三年以下有期徒刑；如果環球電視是付錢給跟拍攝這段影片的「街頭朋友」，那可能還另外涉及《刑法》第三一五條之二的「圖利爲妨害秘密罪」，最高得處五年以下有期徒刑。

不過《刑法》的處罰對象是，「無故」利用工具竊錄他人「非公開之活動、言論或談話」。所以，這段街頭「巧遇」雖然有損拍攝倫理，但是對於知名影星在公共場所進行的拍攝，算不算觸法？這其實有很大的討論空間。

媒體是在公共場合進行採訪與拍攝，他並沒有偷偷潛入受訪者的家裡。所以，即使報導的內容涉及隱私，這種行爲也不能算是「無故」，就法律實務上，很難認定它是屬於秘密的範疇。

雖然有少數法界人士認爲，對狗仔的偷拍行爲要嚴格限制，凡是藝人非公開的行程都應視爲「非公開之活動」，要受《刑法》的保護；但是多數的法律人士還是主張：狗仔隊也要受言論自由的保護。更何況藝人和公眾人物，平常享受媒體曝光所帶來的名聲和財富，他們的私生活本來就應該接受公眾的檢驗，不該再享有媒體前百分之百的隱私權。

所以W君若想提告訴，那拜託他快點告吧，因爲，知名藝人在公眾場合當街擁吻，這絕對是可訴公評之事。不怕W君告、只怕他不告，還錯失爲電視台宣傳的機會咧！

至於一般非名人明星，如果他沒有涉入新聞事件而遭到媒體惡意曝光，他當然可以視影響個人隱私的情節輕重向法院提起告訴。但一旦他捲入了攸關公眾利益的新聞事件裡，譬如像政府弊案啦、酒醉肇禍啦……等等，這時候他的身分就等同於公眾人物。

基於尊重新聞言論自由的精神，當這些人被約談或者被調查的過程中遭到媒體拍攝，這很難適用隱私權和肖像權。新聞記者當然可以適度地拍攝採訪，因爲，《刑法》對處分誹謗罪和妨害秘密罪是有但書的：「可受公評之事，而爲適當評論者，不罰。」

## 五、無心之過，勇於認錯

媒體在追逐眞相的過程難免會犯錯，一般觀眾也可以接受媒體有犯錯的空間，但犯錯就要認錯，媒體應該自律而不是讓人家指著鼻子罵。若有任何錯誤報導，必須在最快的時間內暫停播出，並且展開更正程序，以避免錯誤資訊擴大。

一旦發現立即而明顯的錯誤，新聞部應該立即啓動錯誤更正程序。因爲君子之過，如日月之蝕，毋需矯飾；只有小人才文過飾非，像痞子一樣死不認錯。而媒體的認錯也是有程序的，它的標準作業流程如下：1.記者修改內容。2.主播乾稿報導。3.通知觀眾服務中心。4.重新澄清，播出平衡新聞。5.更新網路新聞並逐字檢視。

如果是觀眾對新聞的申訴案件，甚至要求公司道歉，那就要經過討論程序了，我們拿最嚴謹的公共電視台作例子。公視針對爭議性的申訴案件成立了「新聞申訴處理小組」，小組的委員有五人，人選是由新聞部經理諮詢各方意見之後，提名報請總經理核定。委員爲無給職，任期一年，期滿得連任。其中兩人爲新聞部經理、新聞部資深員工，另三人爲部外的公正人士，包括傳播學者、資深新聞工作者及其他領域專業人士各一名。觀眾若是對新聞有重大爭議，就召開申訴處理會議，不但給觀眾合理的說明，還要把處理過程存查。

近年來，台灣最有名的新聞錯誤，當屬台北市議員炒作的「腳尾飯」事件。一名兼任電視節目主持人的市議員，他聽聞殯儀館裡祭拜死人的「腳尾飯」，被不肖餐廳業者蒐集去製成滷肉飯，然後透過小吃店賣給一般消費大眾。這種活人吃「腳尾飯」的噁心劇情非常有渲染力，一時間，被影射的近百家小吃攤都受牽連，生意一落千丈。

不過，市議員其實並沒有找到傳聞中的實際證據，他爲了圓自己的謊言，竟然用拍戲的方式聘請演員擔綱演出「祭品蟑螂」，到殯儀館去模擬演出偷腳尾飯的過程，然後再以強勢問政的姿態一方面質詢市府官員，一方面提供給電視媒體做聳動播出。這種交叉宣傳的方式，經過電視新聞的反覆重播，造成社會極大的震撼與不安。

市政府一開始吃了啞巴虧，官員被議員以幾近羞辱的方式臭罵。直到市政府找到做假影帶的人證、物證，才證實根本沒有所謂的「祭品蟑螂」，市立殯儀館的腳尾飯也沒有外流到餐館，整個社會根本被戲弄，大家都瞎緊張了一場。在這場造假事件中找不到祭品蟑螂，反而是讓「政治蟑螂」和「議員蟑螂」現出了原形。

近年來，國際大媒體也連續刊載了多起不實的新聞，連聲名卓著的《紐約時報》都遭到波及。《紐時》發行人沙茲伯格曾經來台北演講，針對《紐時》記者撰寫的假新聞事件，沙茲伯格說：「迄今爲止，假新聞仍是令我最痛苦的事。」與《紐時》記者的假新聞相比，台北市議員的造假錄影帶可算是更有「創意」，說它的仿冒造詣是「超英趕美」，可能一點都不誇張。

但《紐約時報》是怎麼善後的呢？沙茲伯格說：「因爲我們誠實地面對讀者，迅速承認錯誤，說明如何改正，最後終能站起來重新開始。」

但是在台灣，造假市議員和媒體的態度卻是推三阻四、死不認錯，議員把造假的責任推給助理，只說自己是督導不周；至於播出市議員造假錄影帶的各大電視台，在造假影帶被揭穿之後，壓根兒忘了自己曾經播過「腳尾飯」影帶，船過水無痕，好像從未發生這件事一樣，只跟著市府官員的腳步臭罵市議員，卻忘了自己也曾是擾亂社會視聽的幫凶。

本文最前端所提出的媒體認錯公式，現在沒有人拿它當眞。但我相信，會有人把它放在心上，終有一天，台灣會出現勇於認錯的成功媒體。

## 六、新聞自律公約

很多電視台爲了約束記者的採訪紀律，同時，也爲了不讓外部的政治或商業勢力影響到採訪，多半都會訂定〈新聞部自律公約〉。這份公約是新聞部每一位記者和編輯都要看過簽名的，公約內容大同小異，不外乎是報導要公正客觀，記者要尊重被採訪者……等等。

媒體自律公約人人有，問題出在有沒有落實？這份公約很多人都只是簽名畫押，內容根本連看都沒看。但是作爲主管和記者其實應該要詳讀，因爲公約裡有很多規範，你若能確實遵守，不但新聞能夠跑得好，最重要的是，它還可以讓你保命，讓你免於挨告。

綜合幾家新聞台的〈新聞部自律公約〉條文，值得從業人員好好看一看。

一、新聞部全體同仁，誓言以無黨無私、不偏不倚、公正客觀的從業精神和態度，完成每一則新聞的採訪和製作。

二、爲忠實完整呈現每一則新聞，採訪同仁將盡可能親赴每一處新聞現場，提供觀眾需要的新聞資訊；但在遇到不確定的危險時，請謹記我們的原則是：生命安全第一，新聞採訪第二。

三、尊重每一位新聞當事人（採訪對象）的人權，絕不以譁眾取寵的手段來呈現資訊；絕不能虛僞作假，更不能誤導觀眾。每一則新聞，都要經過各級主管的審核把關才能夠播出。

四、尊重所有閱聽觀眾的感受和權利，不凸顯暴力、低俗和煽情的新聞；尊重新聞分級制度的普級精神，製作適合全家共同觀賞的新聞。

五、處理社會新聞時，要將心比心，尊重受害者家屬不被打擾的權利，不要造成受害者及其家屬的二次傷害；處理救災救難新聞時，絕不妨礙或延誤警消醫護執行公務；使用隱藏式攝影機，僅限於揭發傷害公眾利益，或是違法犯罪的行爲。

六、處理未成年人相關新聞時，以《兒童福利法》爲最高準則；處理精神耗弱病人時，以《精神衛生法》爲最高準則；處理任何文字、畫面有情色聯想之新聞時，以《性侵害防治法》爲最高準則，不得報導性侵害事件被害人的姓名或其他足以識別被害人身分的資訊，但經被害人同意或檢警因偵查犯罪之必要者，不在此限。新聞部全體同仁，皆應清楚了解法令對上述人等保護的精神與規定。

七、絕不在任何報導中，傳播對性取向及身心障礙者的歧視，新聞部同仁絕不得因個人觀點影響新聞的公正性，更不可因刻板印象傷害弱勢團體。

八、尊重各族群、宗教、文化的價值觀和多元性，新聞內容絕不涉及怪力亂神、宣導迷信或違反善良風俗。

九、絕不利用新聞媒體第四權的身分，謀取個人利益；不接受任何個人或機關過當的招待及饋贈，以避免新聞的採訪製作受到不當的外力影響。

十、尊重智慧財產權，翻拍之新聞必定注明出處，重製之新聞，若涉及他人智慧財產權，必定取得原製單位的授權。

十一、堅守只「報導」新聞，絕不「製造」新聞的守則；絕不爲了強化效果，刻意以戲劇、模擬等手法造假新聞，或要求受訪者做出配合演出的動作。

十二、保護消息來源，保護匿名受訪者。但在播出前，必定做最審愼的查證，絕不讓捕風捉影或無中生有的新聞出現在頻道裡。

十三、萬一有任何錯誤的報導，必定在最快時間內予以澄清更正。

十四、SNG的使用，主要目的是帶領觀眾進入最即時的新聞現場，以掌握第一手資訊。任何血腥、暴力、不雅，或者可能升高衝突對立情緒，造成檢警執法困擾的新聞現場，須經新聞部相關主管會商後，再決定是否播出。

上述的公約請注意第二、第七、第十一條和第十二條。希望我輩媒體人能夠拿出做「人」的最低度良知，不要去傷害弱勢的當事人。

其中第二條的規定絕對是重點中的重點，永遠要記住：「生命安全第一，新聞採訪第二。」若爲了一、兩個鏡頭而冒生命危險，那就非常非常不値得。

第七條，是要你在製作新聞的時候能夠發揮「同理心」，不要因爲你的採訪，造成被採訪者遭到外界的排擠，讓當事人暴露於憎恨、嘲弄或蔑視之中，這樣就是斷了別人的生路，你的良心會一輩子不安。

第十一條則是希望你不要虛僞造假，不要付費給犯罪嫌疑人去套取證詞，更不要潛入別人的私人領域裡去偷拍，以免觸犯《刑法》。

第十二條強調的是保護消息來源，記者當然不可以造假，記者更不可以隨意洩漏消息來源。你若是一個密告者，那以後誰還敢把新聞訊息告訴你？就好比醫生，你不可洩漏病人的病情。所謂「盜亦有道」嘛，做妓女的也不能洩漏嫖客的身分，你看看，醫生、強盜和妓女都有職業道德。那麼不洩漏消息來源，就是記者這一行的行規與職業道德。

## 七、負面新聞處理準則

對記者和媒體主管來說，上述公約的第六條，是對被害人的最低保護原則，要謹記千萬不要去侵犯被害人的人權，否則不但違背社會主流價值，更可能因此觸犯法令，爲公司和個人帶來不可測的麻煩與危機。但是，犯罪案件愈來愈多，這麼多綁手綁腳的限制，記者還怎麼採訪？以下是實際執行編採任務時可供參酌的事項。

### 鏡頭與文稿處理要點

(1)「裸露」的內容，電視鏡頭可保留下列不涉及猥褻或性行爲的鏡頭：

1.六歲以下之兒童全裸。

2.以裸露上半身爲常習者，比方說晨泳者、揮汗工作者。

3.不具色情意味之背面上半身裸露鏡頭，比方說人體模特兒的背面。

(2)「性行爲」內容之處理原則（包括姦淫暨妨害風化之色慾行爲）：不得有任何性行爲、色慾動作或對白。

1.不得誤導兒童對性之正確認知。

2.爲避免對少年在「性」方面產生誤導，不得有強暴過程的細節描述，不得有強烈性暗示的對白、聲音或動作。

3.劇中人雖穿著衣服，但從其動作中若可以看出涉及暴力、凌辱、猥褻或變態等性行爲，均不得播出。

4.脫離常軌的性行爲鏡頭，如：雞姦、輪姦、屍姦、獸姦、使用荒誕淫具等均不得播出。

5.明顯渲染性行爲，屬於猥褻的鏡頭或情節也應避免，如：誇張的性行爲、性行爲過程之具體描述或生殖器之撫摸等，均不得播出。

6.不得播出描寫施加或接受折磨、羞辱而獲得性歡愉的情節，以免誤導孩童對性行爲的認知。

(3)「暴力、血腥、恐怖」內容之處理原則：

1.不得有任何對兒童發生不良影響的暴力、血腥、靈異、恐怖等鏡頭或情節。

2.容易引起兒童模仿，以致傷害自己或別人之鏡頭，如玩火試驗、製作炸彈、閉氣潛水、自縊、自我綑綁或反鎖嘗試等，均不得播出。

3.暴力、血腥、恐怖程度足以影響兒童身心健康或引發模仿者，均不得播出。

4.重複加諸於身體或心理上之連續暴力動作，均不得播出。

5.暴力、血腥、恐怖程度足以影響少年身心健康及引發模仿者，如殺人或跳樓自殺過程的細節描述、肢體傷殘之細節過程等，均不得播出。

6.過度描述殺人或虐待動物等嚴重違反人道精神者，均不得播出。

7.不得播出強調血腥、暴力、恐怖之情節，如：利器刺（割）入肌膚畫面、身體腐溶蝕、血腥等近距離鏡頭。

8.不得播出令人驚恐不安的天災、意外、戰爭或社會暴力事件之細節。

9.有引發模仿之虞的危險行爲，或有傷害他人之虞的惡作劇行爲，均不得播出。

## 報導性侵害案件避免觸法要點

1.媒體報導性侵害犯罪事件，應嚴格遵守《性侵害犯罪防治法》第十條有關規定，不得報導或記載性侵害事件被害人之姓名或其他足以識別被害人身分之資訊，即使被害人已死亡者亦同。但經被害人同意或檢警因偵查犯罪之必要者，不在此限。

所以，並不是任何性侵案件都不能報導，只要是有利於破案，進入公眾事務的範疇，就可以適度播出。換言之，只要是檢警辦案人員公布的資訊，就可以報導。

2.所謂「足以識別被害人身分之資訊」，包含被害人的照片或影像、聲音、住址、親屬姓名及其就讀學校、服務機關等詳細之個人基本資料，或其他讓人足以辨識被害人身分之資訊。

一般記者以爲不報導被害者的全名就可以避免觸法，但還是有例外的情況，應該小心。曾經有記者說：「台北市××國中三年級的傅姓女學生慘遭輪暴……」由於「傅」姓並不多見，倒楣的是，××國中只有一名女學生姓傅，所以違反了「足以識別被害人身分之資訊」的規定，媒體還是受到處分。

3.連續報導同一犯罪事件，「若先前報導因未涉及性侵害而有揭露被害人身分之情形，自知悉該案件爲性侵害犯罪事件之後，亦應注意其後續有關被害人身分之報導，以保護被害人。」這段法條的規定講白了就是，在報導的時候，如果不知道被害人是性侵害的受害者，那麼不知者無罪，可以報導他的姓名。但是，報導後如果知道他是性侵害的被害者，而你認爲還有繼續報導的價值，那麼就必須「知錯能改」，不能再報導人家的名字了。

4.性侵害犯罪事件，若被害人與加害人有親屬關係，報導該案件時應隱去加害人之相關資訊，以免被害人的身分被辨識出來。

5.媒體訪問案件之外的第三人，也應避免透露被害人身分。若要直接訪問被害人，應該取得被害人同意。

6.性侵害犯罪之案件審判，不得公開。但經被害人同意，或被害人已死亡，但經其配偶及直系血親之同意者，不在此限。

編輯中心

# 第一章　編輯台基本功

編輯群的戰鬥位置，目前在各新聞台裡都是第二線，但是觀察媒體發展的新趨勢顯示，未來的編輯們很可能會衝上第一線。電視台將來很可能與電信、網路做垂直整合，編輯不只是下下標題，更可能要肩負製作新聞短片與製作新聞的角色。未來的編輯中心，要吸收更多更有經驗的好記者擔任主力，而要做好一名稱職的編輯，至少要做好如下的工作。

## 一、下標題：簡潔有力

電視台的新聞標題，就是鏡面下方粗粗大大的那行字，通常在十二到十四個字之間要寫完。而好的標題應該盡量使用肯定句，不要刻意打個問號或疑問句來模糊焦點，而且應該要能夠一針見血，完整呈現新聞內容。最好還要能畫龍點眼，把整則新聞的精髓挑出來。

### (1)兩句話，畫龍點眼

標題下得好不好？我們來看看報紙編輯的表現，就以碧利斯颱風侵襲台灣爲例，有些報紙編輯的功力深厚值得學習。

A報紙：「強颱狂襲　全台進入暴風圈」
「碧利斯發飆台東首當其衝風大雨也大　全台大警戒」
「中部嚴防海水倒灌　土石流」

B報紙：「強颱入侵　已知一死一失蹤」
「碧利斯中午登陸東部　暴風入夜後肆虐全台雨勢驚人」
「中部震災區恐難逃浩劫」

C報紙：「強颱碧利斯橫行一死一失蹤」
「醫生攀奇萊山走失　土石崩活埋承包商」

你可以看到A、B兩報的表現是各有所長，但A報紙的標題比較有震憾力，「強颱狂襲　全台進入暴風圈」，給人的感覺很震撼，好像颱風就要吞沒全島一樣。至於C報紙的標題則顯得想像力不足，根本就是把颱風當成了社會新聞。

### (2)切勿過度引申

編輯下新聞標題或者審核標題，第一要務是眞實反映新聞內容。如果能夠爲新聞畫龍點睛，那當然是編輯的功力，但是最忌諱的卻是編輯過度引申，反而弄巧成拙。先來看看這幾則標題：

「向下沉淪？李遠哲：對民進黨有點失望」

「向上提昇？李：對政治人物操守失望」

上面這兩則標題，你看到什麼？最直接的反應就是：「中央研究院的院長李遠哲，他對民進黨有點失望，對民進黨政治人物的操守失望。」

但眞實的情況似乎不是這樣。李遠哲是在立法院被立委李敖質詢的時候表示，他覺得失望，因爲他認爲民進黨可以做得更好；他也覺得民進黨的政策粗糙，執政績效不佳。所以若是改成下面的標題，請看看，是不是比較接近李遠哲這則新聞的本意？

「李：民進黨還可做得更好　有些失望」

「李：政府政策粗糙　有些人操守不好」

新聞台的標題經常有過度引申的問題，有時候記者的內文稿並沒有刻意臧否人事，但是一則引喻失當的標題，輕則遭到當事人抗議，嚴重一點的，還可能被告上法庭。

雖然在新聞台裡，很多標題都是記者自己下標，但卻是由編輯負責審核，也就是說，編、採兩個中心都有責任。編輯若是對標題有疑問，就先看完記者的文稿，若還是不清楚，就應該主動跟記者查證核對，以免發生錯誤。

## 二、拿出主動的精神

編輯在公司是擔任新聞守門人的角色，而不是被動地接受採訪中心指令，編輯也可以主動提供新聞訊息，跳上新聞第一線。

### (1)主動找連線方式

譬如說颱風登陸，花蓮風大雨大並且造成災情。而不巧的是，派赴花蓮採訪的記者拍攝不到畫面，無法掌握確實的災情。這時候，編輯可以主動打電話 call-out 給當地的防颱中心，也可以 call-out 給當地的警察電台，甚至可以打電話給遭受風災的村里長或民意代表，請他們在風雨中描述災情。

### (2)主動剪輯帶子

爲了豐富畫面，編輯應該去剪 roll 帶。譬如說，捷運工程若發生弊案，經過數星期的行政調查之後，當市長出面召開記者會宣布調查結果時，身爲編輯，你可以事前想像到，這種記者會的畫面絕對很單調，所以一定要盡快調出捷運的相關資料畫面來，請導播開出大小框或雙框。因爲捷運的畫面有說明性，可以彌補市長記者會畫面單調的缺點。

### (3)多開框，製造鏡面的衝突性

電視新聞最常報導的就是爭議，但是爭議的人與事卻經常出現在不同空間，若是有不同現場的隔空對質或選舉時的競爭，編輯可以開雙框做對比。譬如說，A民代指控B市長涉嫌瀆職，A民代的畫面之前已經播過了，所以當B市長出面說明時，主編就可以開出雙框，讓A與B同時出面在鏡面上，給觀眾的感覺就會有衝突性。又譬如說，台北縣長的競選活動，藍綠候選人拚選舉場，最好也要開出雙框做對比，一方面可以做到新聞平衡，另外一方面也比較有衝突性，方便觀眾收看。

### (4)主動設計特殊鏡面，吸引注意

遇到突發的特殊事件，或者預先知道的重大事件，編輯中心可以配合後製中心預先設計特別的鏡面或框板，特殊的設計有助於吸引觀眾的注意。

譬如說，年年都會發生的颱風啦、耶誕啦、跨年夜、農曆除夕當天啦，這些早就預見會發生的大事，可以早兩個星期就製作精緻的電視框版。比方說，可以有耶誕老人在鏡面一隅，可以有「二〇〇六夢想前進」、「歲歲平安」……之類的簡短文字呈現於鏡面上添加喜氣。

又譬如說，執政黨或在野黨主席的選舉投票，重要政治領袖赴大陸採訪，貓熊要來台灣，經典棒球賽開打……這些足以吸引觀眾目光的新聞都有一定的長度，所以也必須預先設計出特殊鏡面。

另外，突發事件也可以製作特殊框版，比方說「圍捕槍擊要犯」、「搶救受困沙洲民眾」……，當這些緊扣人心的新聞事件被要求變成特別節目的同時，新聞部也必須立即製作特殊鏡面，吸引觀眾注意。

# 第二章 編排，是說故事的邏輯

## 一、編輯思考：觀衆第一

若把採訪中心比喻成餐廳的採買兼大廚，那麼編輯中心就是餐廳的外場經理，負責安排菜單與飲料的上桌順序。雖然採買與烹調很重要，但是菜單的安排與出菜順序也會影響客人食慾。菜單若是過度偏頗，客人容易頭暈、貧血、營養不良；新聞若是過分獨沽一味，也容易讓觀眾心煩，看了就想轉台。

餐廳外場經理的責任是要讓客人大啖主菜，讓他們留下來吃完每一道餐點。不過要小心的是，不能讓客人過分偏食，多油多鹽重口味，對客人的身體不好，相對地就會影響餐廳的口碑。

新聞的操作也是一樣，當採訪中心好不容易挖掘到觀眾感興趣的新聞素材，採訪中心二話不說，一定就是：「多做！」

就好比採訪中心捕到一條上等活魚吧，只要廚師確認這條魚是新鮮的、觀眾愛吃的，那麼一尾活魚單是紅燒太浪費了，可以拿來「三吃」、「五吃」，只要好吃，拿來蒸、煮、炒、炸……活魚十吃都是應該的。

就譬如綜藝大哥澎恰恰被人偷拍了自慰光碟，還被黑道和女藝人聯合勒索了四千六百萬。這種大哥涉入腥羶色的影劇八卦並不多見，觀眾一定想了解究竟發生了什麼事？一定有興趣知道澎恰恰爲何被偷拍？是誰偷拍他？誰向他勒索？以及總是帶給觀眾歡樂的澎恰恰，爲何會得了憂鬱症？

澎恰恰新聞就像一條難得的活魚，它的賣相夠好，大廚當然要拿來做成十吃。但是作爲餐廳的外場經理，你不會只給客人吃這條活魚吧？同樣的，作爲編輯中心主任，你整個晚上只給觀眾「十吃活魚」，一定也會讓人生厭。所以，除了澎恰恰，你一定還得搭配其他的新聞；而且，就算澎恰恰的新聞做了十則，你也不必一口氣全部播出，你可以分開來穿插著播。就像活魚十吃，出菜的順序也不必一道緊接著一道，免得客人看到魚就倒胃口。

新聞台是以收視率高低來評估你工作的成效，所以像澎恰恰這種「熱」新聞，你不能因爲它有吸引力就十則新聞一路播到底，那會讓觀眾麻痺轉台的。在新聞的編排上，你的編輯思維必須時時校正並做調整，在六點、七點晚間新聞的主時段裡，澎恰恰可以是你的頭條新聞；但是晚間的八點、九點、十點、十一點，甚至到了十二點，你還能把自慰光碟當頭條嗎？

安排菜色最怕偏食，編輯新聞最怕偏頗，你不能只是迷信澎恰恰，甚至遺忘了當天其他的重要新聞，譬如像教育部決定了「五年五百億」重點大學的補助方案，台大、成大、政大、清大和交大等十二所大學共同獲得五百億元的補助。你也許認爲它是一則冷新聞，但是你卻不能連播都不播呀！

它也許是大筵席裡的小菜，但起碼每隔一小時得播一次吧。想想看，全台灣的大學生、研究生加起來超過五十萬人，如果每個大學生去乘以四位親友家屬，全台灣就有超過兩百萬人和這項方案扯上關係，作爲編輯，你不能因爲這則新聞太「冷」而完全不播。

此外，編輯新聞的時候，你必須時時刻刻去體會觀眾的感受。有些新聞的調性是會改變的，它也許原來是「熱」新聞，但播過兩次之後，它就可能變「冷」。千萬要注意，觀眾對於「看了就討厭的新聞」，會毫不留情地立刻轉台，所以這種令人討厭的新聞不要做太多、太長，更不要反覆地一播再播，免得觀眾看了生氣憤而轉台。

譬如，觀眾對「凱子外交」是厭惡的，當多數國人還在勒緊褲帶艱苦度日，政客卻拿錢出國當凱子去買外交，觀眾一定痛恨政客拿著自己的膏脂出國去亂花。若發生這樣的新聞，採訪中心當然要發，編排上也一定要排進去，不過這種叫人看了就生氣的新聞，你第一次排播的時候可以當頭條，但是觀眾看多了就會生氣。我跟你保證，播到第三次，觀眾一定會火大轉台，所以編排的時候要特別小心。

舉例來說，二〇〇五年九月，台灣的總統到邦交小國聖文森訪問，總人口數十二萬人的聖文森政府安排了美女走秀、小孩唱歌，幾乎「舉國」都出來歡迎台灣總統的訪問團，還唱起台灣民謠《思慕的人》。這種熱情的表現，有可能是阿勒比海的熱情民族性使然，更可能是接受台灣金援之後的回報；但是台灣總統可能受到現場熱烈氣氛的感染，居然脫稿演說：「我在想，當我二〇〇八年不做台灣總統以後，我是不是可以移民來聖國，乾脆就出來競選，因爲有這麼多人的支持。」看到總統這樣忘情的演說，記者當然要發新聞。

不過，你在編排新聞的時候要想想觀眾的感受，觀眾第一次看到台灣總統卸任後要到其他國家選總統，一定會感到震撼，所以你把它當作熱新聞排在頭條沒問題；但第二次再看到總統口無遮攔，觀眾心裡會很不爽；第三次再看，可能就會轉台。

所以編排時就要非常小心，到了第三次播出，它就應該歸類爲無聊的冷新聞，少排一點，排在最不顯眼的時段。不要妄想挑戰觀眾的收視底限，觀眾看到不爽的新聞就會轉台，因爲用拇指按按選台器就能展現民意，這比拿錢到聖文森小國選舉還要簡單。

## 二、時段不同，編排邏輯不同

一般來說，晚間六點到八點被電視台認定是主新聞時段，要把民眾生活上最關心的消息留在這個時段播出。這個時段看新聞的人最多，不過這段時間的觀眾卻比較希望看到整理過的訊息，所以主時段的內容與編排，要的是「精緻」；至於主時段以外的時間，觀眾要的是訊息，這段時間比的是「速度」。

### ⑴晚間新聞比精緻，一般時段比「快」、「多」

譬如說，白天有一架民航機在空中故障了，飛機的起落架不能正常放下。這時候，新聞台一定要立刻派出SNG車，到機場以及飛機跑道附近做全程 live 直播。舉凡民航機在空中盤旋的畫面啦、消防車和救護車在現場待命啦、航空公司的應變啦、家屬的焦急啦……這些訊息新聞台統統都要，一直要播到飛機平安落地。講穿了，只要和民航機相關的訊息都要快快告訴觀眾，就是求快、求速度，以及最多的資訊。在一般的時段裡，你連線的速度夠不夠快，決定觀眾轉不轉台。

但是到了晚間新聞，觀眾可能只關心到底發生了什麼事。觀眾看的新聞是要經過整理的，你只要告訴觀眾什麼時間？什麼地點？什麼人？發生了什麼事？爲什麼發生的？若能加上一些人情故事就夠了，不必講太多瑣事。

又譬如說，沒有特別新聞事故的白天，立法院如果還在開議，對新聞台來說立法院就是標準的議題製造場所，有人吵、有人罵、有人要放話、有人要澄清、還有人要開記者會陳情或指控……新聞台就把SNG開去連線，反正國會議員就是有辦法製造新聞，白天就是多多連線報導，給守在電視機前的觀眾最多最快的資訊，即使是一些無用的口水資訊，也總比重播前一天的舊聞有收視率。

可是晚間新聞就不能這樣操作了，立法院白天的資訊必須經過篩選，只能挑選眞正有內容的話題播出。因爲晚間新聞強調的是節奏明快，所以，在編排上就得把有故事性、有畫面性的新聞擺在頭條，或者盡量往前放來吸引觀眾；至於沒有影音電視元素的新聞，在晚間時段應該往後放，甚至乾脆抽掉，交由其餘較冷門的時段播出即可。

### ⑵新聞勿拖，控制長度

晚間新聞的長度也和白天時段也不同，晚間新聞以外的時段比較強調即時性，所以SNG連線的時候只要有重點有內容，再長的連線都可以被接受。不過在講求精緻的晚間新聞時段，每一則新聞最好能夠以「一分十秒」為原則，讓每一則新聞的主旨和場景盡量單純而清楚。

### ⑶「主題式編排」加快節奏

晚間主新聞時段最適合「主題式編排法」，整節新聞裡重點安排三、四個主題，但是則數很多的主題新聞，你不必讓觀眾一口氣全都看完，可以穿插著播出。因為一次播完，主播播得很累，觀眾看得也累，很容易就轉台。

就以倪敏然的自殺事件為例，編排的觀念上，要把「倪敏然自殺」的新聞當主軸，至於其他的重要新聞就圍繞著主軸做穿插。比方說，倪敏然的新聞總共有十則，你可以切成三大塊，每塊時段播出三到四則。其他的新聞咧，像是大車禍意外啦、政治新聞啦、生活醫藥和科學新知啦……這些不屬於當日主題的新聞，就用穿插的方式播出，讓觀眾感覺隔一段時間又看到當日主題，那每次看就會有新鮮的感覺，還以為我們的主題新聞很多咧。

而且要把冷、熱新聞交錯，就像吃大餐，不同的菜色要輪番上桌，掌握好播出的節奏，也有助於穩住收視。一小時新聞扣掉廣告時間，大約還有四十八分鐘可以播新聞，如果能有三、四塊新聞當主軸，那就容易編排出好看的新聞。

**(4)新聞重播，切忌頻繁**

新聞反覆重播雖是新聞台最被詬病的問題，但是在新聞台太多，小小的台灣新聞又太少的原罪下，這個大問題不是這個篇章能夠解決的。編輯台既然免不了要重複排播新聞，前後節的新聞主編務必當心檢視。

第一要注意的就是，同一則新聞的播出間隔至少要在半小時以上，免得觀眾大罵：「又來了，這不是剛剛才播過嗎？」

第二、除非是「九二一地震」那樣天大地大的新聞，要不然，同一個話題的新聞盡量不要一次連播超過四則以上，要不然，觀眾可能也會不耐煩地罵：「怎麼都是一樣的話題，難道沒新聞可播了嗎？」

第三、若是深夜十一、二點的新聞，觀眾在十一點之前多半已經看過新聞了，這時候要給觀眾更多資訊，更豐富的內容。有一些在晚間八、九、十點沒播過的有趣話題新聞，就可以穿插式地在這兩節深夜新聞裡播出，免得讓觀眾老是看重播新聞，會倒胃口。

**(5)廣告前的「預告」不能放「軟」**

很多編輯在播廣告前都習慣放些調性較軟的新聞，編輯的心裡也許覺得：「要進廣告了，輕鬆一下。」但是你打算輕鬆一下的企圖，觀眾也會感覺到的，還沒進廣告，觀眾就可能轉台。所以軟新聞盡量不要放在進廣告前的最後一則，因爲一進廣告，觀眾至少跑掉三成，軟新聞再加上廣告時間，這樣的編排就等於叫觀眾不要回來，應該避免。

進廣告前，主播預告的內容也不可以放鬆，一定要把吸引人的新聞拿來當預告。一般編輯習慣放軟新聞當預告內容，這個觀念也是大錯特錯，既然是要吸引觀眾來看，當然還是要預告熱門話題，免得觀眾趁著廣告轉台了，廣告之後也不再回來，這樣的預告豈不是浪費？

## 三、錯開廣告，致勝先機

廣告是電視台的生存命脈，按照新聞局的規定，一小時節目最多可以安排十分鐘廣告，大多數的電視台當然會把十分鐘廣告給塡滿，以賺取最多的廣告收入。但弔詭的是，電視公司愛廣告，觀眾卻討厭得要命，節目一進廣告，很多觀眾就會轉台。

根據統計，一般節目在進廣告的時候，收視率大約會掉個三成。新聞台更嚴重，一進廣告，收視跌掉五成更是常態。爲了贏得這場收視率遊戲，除了做出豐富好看的新聞內容之外，如何閃避廣告這個收視率的「必要之惡」，也是主管們必須琢磨的課題。

一些預知的狀況就可以將廣告預作規畫，譬如每年都有的元旦跨年倒數、譬如選舉開票結果出爐、又譬如政治領袖極重要的聲明、或者警方圍捕槍擊要犯的攻堅行動……你只要判斷它是收視率的關鍵點，能預先消化廣告的就先消化；若是事出突然不能消化的，爲了收視率，就只好把廣告往後壓，等到下一節新聞（或節目）再補。做主管的必須清楚：**你若是沒有收視率，即使上廣告也沒有用**。

譬如說，元旦跨年倒數，最重要的就是倒數的那六十秒。想看跨年節目的觀眾，多半會從晚上十一點三十分就守在電視機前。作爲主管，你十一點鐘這一個小時內的十分鐘廣告，最好在十一點三十分以前就把廣告全部消耗掉，最遲最遲在十一點三十五分之前也要把廣告走光，然後把時間保留下來播精采的跨年晚會，這樣子，觀眾就不容易轉台走人。跨過整點之後，廣告最好壓到凌晨零點二十五分以後再進，讓觀眾歡樂的氣氛得以延續，收視率絕對比進廣告好很多。

特別値得一提的是，年末的最後一天跨年，如果判斷當天晚上各地有卡司極強的晚會，全台都會是歡樂的氣氛，那麼，晚上八點以後就可以考慮全部連線熱鬧的晚會現場，而且以最重要的地標「台北一〇一大樓」當作連線的重點，讓除夕夜變成綜藝之夜，因爲當晚很少人會看新聞。

又譬如說，政治領袖臨時的重大宣布，如果你來不及先把廣告消耗掉，那就大膽地把廣告往後壓，以後再補給業務部就是了。雖然業務部會反對，但是你要和業務部取得共識，如果在關鍵時刻進廣告，觀眾轉台的機率更高，你的新聞招牌不但受影響，收視率也會跟著掉；而收視率一掉，業務部賣廣告的基礎 **CPRP**（每一個「收視點」的費用）就不値錢了。

所以，新聞部應該提醒業務部，廣告收視率的計算，多數是以「播放廣告時間的收視率」作爲計算標準。如果你在關鍵時間進了廣告，觀眾轉台了，新聞（節目）的收視率滑落，那麼就算進了廣告，業務部能夠賣出的 **CPRP** 也會跟著降低。所以，業務部和節目單位應該同心一志，先衝新聞（節目）收視率再安排廣告。

除了消耗廣告之外，要搶收視率還有如下的幾招可供參考：

## ⑴贏家第一步：找出廣告破口

你若是電視台的總經理，想了解全天營收狀況，那就攤開全天收視率表。

你若是特定時段編輯，想了解自己主編時段的收視好壞，那就比對三到四家競爭對手的新聞破口。因爲台灣的現況是，新聞一進廣告，收視率至少掉三成，跑掉的三成，多半流到相鄰的頻道，所以我們若聽到有人說：「哎喲，你好棒喔，你播的那節新聞，『某一分鐘』的收視率超級高……」

這樣的讚美聽聽就算了，因爲如果只是某一分鐘的收視率超高，沒那麼偉大啦！你去調出隔壁新聞台的監看紀錄，很可能就會發現，只是因爲別家新聞台進了廣告，而你正好接收了它們的觀眾。

從廣告的破口導致觀眾的流動可以證明，廣告編排也是影響收視的重要利器。撇開公司最重要的品牌形象不說，一般來講，影響收視率的好壞至少取決於三件事：新聞內容的可看性、主播的表現，以及廣告的編排。身爲編輯，前兩項因素不在你的掌握之中，你也不可能不進廣告，但是如何減低自己進廣告的殺傷力？如何閃避友台的廣告破口，達到吸收友台觀眾的目的？卻是編輯應該學會控制的。

身爲編輯人員，了解今天新聞的重點，並且站在觀眾的角度，預判觀眾會關心什麼？是編排新聞的必要功課。另外，你還得了解你的觀眾是什麼樣的類型，是男的多？女的多？還是老的多？小的多？住在什麼地方？收入是多少？

譬如你是晚上十點新聞的主編，你就要了解你這段時間的觀眾客戶都是些什麼人？這些人可能會喜歡哪一類的新聞？了解客戶的脾胃之後，就可以作爲編排 rundown 的參考。此外，你還可以要求公司的業務部門在每天收視率之外，另外提供兩種收視分析數字：

1.**觀眾輪廓**：數字會告訴你，在十點鐘的這一個小時內，多半是什麼樣的人在看新聞，是都會區裡的老男人居多？還是年輕的上班族居多？你可以根據觀眾收視輪廓發現收看你新聞的究竟是些什麼樣的人？找出觀眾輪廓的樣貌，將有利於你編排特定的新聞給這些客戶看。

比方說，你跑出來的收視數字顯示，晚上十點的收視主力是住在都會區的中年男子。中年人愛看什麼，你也許不那麼確定，但是你一定能確定那些網路的、手機的、夜店的……屬於年輕人的新聞根本就不必排，甚至連採訪都可以省了，因爲你排了也沒人看。

就像在台北市的辦公大樓區裡開餐廳，你的目標客戶就是中午覓食的上班族，當然是以簡餐、自助餐爲主。如果你中午還以麻辣火鍋爲主食，那根本就是逆勢而爲，就算你店裡的火鍋做得再好吃，也不會有顧客上門。

2.**收視重疊分析**：特別是鎖定進廣告的前後三分鐘，看看你一進廣告，你們電視台的觀眾都跑到哪一台去了。只要查出來這些收視漏洞，就可以試著運用閃避廣告時間、編排特別誘人的預告……等方法，盡量來防堵收視漏洞，提升整體收視率。

上述錯開廣告的方法是用在平常時候，一旦碰到突發重大事件像墜機啦、大地震啦……，連電視台都得延棚來播出的重大事件，或者像選舉之類的重大新聞時，你必須明瞭，只要一進廣告，觀眾還是會跑的。這時候，新聞部和業務部就得運用平常建立起來的機制處理重大事件，立刻開出「大小框」來留住觀眾，在大框裡播廣告、小框裡播重大新聞的畫面或選舉票數。要讓業務部知道，如果不採用「大小框」的作業，觀眾百分之百會流失；而就算採用「大小框」進廣告，也不能保證觀眾不跑，一旦觀眾跑了，沒有了收視率，廣告的畫面再大也收不到錢，整個公司就等於在做白工。

這時候爲了收視率，只要和廣告客戶談攏，「大小框」的運用可以逆轉，在大框裡播新聞畫面或選票數字，廣告反而放到小框裡。你可以告訴客戶：「發生這麼重大的事件，觀眾只對新聞有興趣，廣告片雖然被放在小框，但還是可以收邊際效應。你要觀眾看到你的廣告就厭惡地轉台，還是發揮道德良知，屈就在小框裡，給觀眾更多的新聞訊息？」

相信，很多廣告商都會被你的說詞唬住。

### (2)編排要靈活，懂得權變

**「最重要的時段，要保留給民衆最關心的生活消息。」**這是編輯策略上顛仆不破的眞理。但是當所有編輯都用相同的角度看新聞，大家的編排方式就大同小異，你跳不出編輯的框框，也就排不出有創意和差異性的新聞，這時候就要懂得靈活與改變。

譬如二〇〇三年三月二十一日美軍進兵伊拉克，有可能從區域戰爭演變成世界大戰，你連續四天都以美伊戰爭當頭條，而且是唯一的頭條。

「這麼做對不對？」

「當然對！」所有的編輯都會這麼想吧！

但是到了第五天，你還要用美伊戰爭做頭條嗎？不只你的編輯同業已經猜到你的編排方式，最重要的是，可能連觀眾都猜到你想幹什麼。你可以有一個創意編排方式呀，有人就出奇不意地拿 SARS 在香港傳染的最新情況當頭條，結果在收視上獲得很大的勝利。

想想看，香港離台灣這麼近，台灣還有人從香港染煞回台接受隔離，它是不是也符合「最重要的時段，要保留給民眾最關心的生活消息。」這則編輯鐵律咧。美伊戰爭是很重要，而且採訪中心依舊是包山包海地做了很多報導，但是美伊戰爭已經連續報了整整四天，而且伊拉克距離台灣畢竟很遠，第五天了，是可以給觀眾一些不同的民生消息。

而事後也證明這項選擇是正確的，電視台不但贏得收視率，隔天台灣的重要報紙也改弦易轍，大家都把 SARS 放在頭版頭條。至於遠在天邊的美伊戰爭，則從頭版悄然退位。

所以，編輯思考的靈活性非常重要，雖然每家電視台每天的菜單都大同小異，每位主編對重要新聞的判斷也差不多，這時候靈活就更顯重要。跳脫所有主編共同的思維窠臼，你就可能「不一樣」，更有成功的機會。

**⑶編排「片尾」是一門藝術**

讀者可能不知道新聞「片尾」是什麼？「片尾」就是主播跟觀眾說再見的時候，螢幕上跑來跑去的那些畫面。一般編輯總習慣把一些車展啦、花卉展啦、可愛動物啦、或戶外美景……等等沒有新聞性，但畫面還算優美的小新聞當片尾，一邊播畫面、一邊就把工作人員名單和服飾贊助廠商的字幕趁機跑一跑。

在了解「片尾」是啥之後，你想，觀眾看到片尾的反應是什麼？「轉台嘛！」這是絕大多數觀眾的共同想法吧。既然看到片尾會轉台，那爲什麼一定還要有片尾呢？因爲服裝的贊助廠商要公關一下，要不然人家爲何免費提供你服飾？show一下工作人員的名字，這也表示對工作同仁的尊重。總之，在電視生態沒有改變之前，片尾還是有保留的必要，只不過，把片尾當作是新聞結束的前奏，這種傳統的操作方式必須從根本顚覆掉。

因爲「看到片尾就想轉台」，這已經是觀眾的慣性反應，它對收視率的破壞性跟廣告簡直不相上下。一般觀眾看到廣告會有三到五成的人轉台；那麼，一般長度三十秒的片尾，它的作用根本也就在驅逐觀眾。廣告，在電視台是不得不播；但是片尾根本收不到錢，當然應該愈短愈好。在編排新聞的時候，甚至應該把片尾和廣告的時間加在一起，它們的總長度就是驅趕觀眾的長度。

所以啦，沒有人規定你片尾得播三十秒，播十秒可行，播七秒當然也可以。做編輯的千萬要注意，播片尾只是你這位主編的這一節新聞即將結束，新聞台的新聞並沒有結束。你自己可以稍稍喘口氣，但是觀眾一定感受得到，一旦讓觀眾感覺到你想休息，觀眾就會毫不留情地轉台。

想要有好收視率，除了要注意片尾的長度，更要留心片尾之前你播了多長的新聞。一般來說，在片尾之前，多數編輯都不會排太多新聞，就是要把當節新聞給結束掉。但是反向思考，如果你在片尾前多播一些新聞，那一段的收視率絕對會比較好；然後，再從觀眾會「接著往下看」

的角度來思考，那麼多播一些新聞，就將有助於拉抬下一段節目的收視。

不過，這樣的概念要如何來實用呢？

最有效的作法就是由落後頻道來實行。譬如說，A頻道的七點鐘黃金時段長期落後於B頻道，在使盡各種方法之後A還是贏不了B，這時候B就可以打破遊戲規則，在片尾之前多播幾則新聞。即使A在七點贏不了B，起碼在接下來的八點鐘節目，A可以把比較高的收視延續下去，那麼八點鐘就可能贏過B。

這樣的說法，也許觀眾還是聽得霧煞煞，不過你可以想想「下駟對上駟」的作戰觀念，不去硬拚而以智取。反正就是為了吸引更多的觀眾嘛，以迂迴的方式曲中求直，也許可以拚到更好的收視率。

### ⑷設計不同小片頭，吸引觀衆目光

「小片頭」，對主編排新聞來說是非常好用的工具，它是包裝新聞的利器。只要是你規畫的塊狀新聞，甚至只是單一的獨家新聞，都可以用小片頭來包裝。雖然小片頭的長度多數都在五到六秒之間，但是好好利用，可以收到吸引觀眾目光的效果。以下簡述幾項小片頭的形式，希望可以作為讀者舉一反三的參考。

1.「星期×檔案」：適用於人物特寫和新聞追踪，一星期七天，你天天都可以製作一個人物故事，觀眾看到你特別製作的小片頭，他會有新鮮感，會增加收看的慾望。

2.「新聞特蒐隊」：適用於調查報導或重大的獨家社會新聞。

3.「火線話題」：適用於激烈的吵架新聞，譬如立法院的重大口水爭議。
4.「事事關心」：適用於民生消費新聞。
5.「你應該要關心」：適用於弱勢關懷的人情故事。
6.「你必須要知道」：適用於正經八百的政府政策。
7.「選舉最前線」：每逢選舉，投票前系列的選舉專題適用。
8.「一個台灣．兩個世界」：貧民的無奈 vs. 權貴的奢華，台灣的貧富差距愈來愈大，相關新聞用小片頭稍做包裝，這類新聞很容易引起共鳴。
9.「是誰偷了你的荷包」：錯誤的政策遠比貪污還可怕，許多錯誤的政策已對台灣造成難以彌補的傷害，各種錯誤的政策卻依舊不斷在台灣產生。更重要的是，我們要爲錯誤的政策買單，這不就等於政府公僕在浪費你我辛苦繳交的納稅金！

簡單條列上述小片頭的名稱，希望給讀者觸類旁通的誘因。事實上，小片頭就像禮盒的包裝紙，雖然重點還是在於禮盒（新聞）的內容，但有了它，在編排的時候會比較有層次感。不過，一節一小時的新聞，在編排上也不宜過度包裝，分析各時段觀眾的輪廓之後，挑選三、四個小片頭差不多也就足夠。

## 四、編輯上線注意事項

編輯上線的第一項任務就是：**要先判斷當天什麼新聞最能吸引觀衆。**觀眾有興趣的就多播，甚至播兩、三次都沒有關係。譬如說，樂透頭獎彩金突破十億元，那是多少人夢寐以求的發財夢，街頭巷尾一定人人都在談論樂透開獎，你如果是輪值的夜班編輯，當然要把樂透開獎當作是重點中的重點。你不但要督促採訪中心盡快SNG連線中獎地點，而且連線一次還不夠，如果中獎地點不只一處，那麼北、中、南的中獎彩券行還得多連，甚至第一次連線完，十分鐘之後，你還可以再次連線。只要你判斷觀眾會關心，那就盡量滿足觀眾的需求準沒錯，因爲觀眾的關心會反映在隔天的高收視率上。

另外要注意的是，新聞正在進行的時候切進SNG現場連線是常態，但是切連線的時機要謹記一個原則：「不要幫別家電視台做宣傳！」

### (1)沒標到球賽轉播權，乾脆好好播新聞

棒球號稱是台灣的「國球」，觀眾對精采的棒球比賽也很捧場，不過站在電視台的競爭角度來看，有沒有必要用大篇幅的新聞來報導球賽，特別是有沒有必要做棒球賽的直播，其實非常值得深思與討論。

譬如說：棒球的「台灣之光」，旅美大聯盟投手王建民，他的成就讓所有台灣人都感到驕傲，但是，他出場的比賽如果已經由特定頻道給標購走了，新聞台還有必要一直做穿插連線報導嗎？站在觀眾的立場，如果觀眾想看王建民，你猜猜看，他們會看你斷斷續續的報導，還是直接轉去專業頻道看球賽？

我就以一場經典的棒球賽來做說明。二〇〇三年十一月的亞錦盃，當時只有中視、台視和緯來體育台取得播映權，但最有趣的是，沒有播映權的各家新聞台，卻連續三天，拚命製作周邊新聞來強調亞錦盃的重要。就經營戰略上來說，這是錯誤的決策，就好像別人在吃麵，你在旁邊喊燙。

新聞台斷斷續續地播出球賽內容，就好像不斷地提醒觀眾：「你還留在這裡做什麼？快快快，快轉台，去看別人家的棒球賽直播！」

就球賽的競爭市場來說，沒拿到轉播權就是居於劣勢，就是球賽市場裡的第二品牌。而第二品牌的競爭策略就是：「別人有的，我不一定要有，但是我一定要有別人所沒有的。」

新聞台在無法取得球賽完整直播畫面的情況下，就應該去製作其他更多更能吸引觀眾的新聞，而不是要求記者不斷地插播球賽進度。這種「偷跑」的作法根本就是在驅離觀眾，本來不特別想看球賽的觀眾，在新聞台的誘導與提醒下，就會轉台去看其他專業電視台的現場直播。

在亞錦盃三天重要的賽程裡，新聞台的平均收視率掉了三成，全都流到專業體育台去了。所以，沒有拿到球賽轉播權怎麼辦？那就認眞做新聞吧！

以「老三台」爲例，當時華視是三台當中唯一沒有直播權的電視台，雖然台視、中視都在轉播球賽，但是華視這三天的收視率反而比平常還高。所以囉，並不是每個人都對棒球直播有興趣嘛，站在觀眾的立場想，如果大家都在轉播球賽，那麼，想看新聞的人就會自己去找新聞看。你若是沒有拿到轉播權，不如好好播新聞，在市場中操作「同中求異」的戰術，反而能吸引更多觀眾。

### (2)別台專訪重要人士，連線應遵守禁忌

許多重要人士譬如總統、行政院長，或者弊案、醜聞的關鍵證人，他們基於自己的利益考量，會上不同的電視台接受專訪，並且在這些友好的電視台上發表重要談話。不過，由於這是其他電視台的專訪，編輯在副控室裡切直播畫面的時候，就要注意如下的事項：

1.如果是別台在做總統直播專訪，應避免切到別台主持人的提問與畫面。因爲專訪總統、院長之類的重量級人物，電視台一定會派出該台的當家主播擔任主持人，如果觀眾在你的頻道裡看到別人的當家主播，那不是很奇怪嗎？就好像你在爲別人轉播，一定要盡量避免。

2.如果是做成SOT配音帶或SO，那只需要切總統、院長的談話即可，沒必要把別台的主持人也剪輯進去，不必幫其他台做免費宣傳。

### (3)主編與編輯 on air 的靈活性

新聞台訊息要的就是「快！快！快！」。重要的突發事件現場，務必要在第一時間連線，不要因爲延遲而影響播出效果與收視率。每個新聞台都想做新聞的領導品牌，所以更要在每個新聞

上領先，不要跟在別台後面連線。

編輯在副控 on 新聞時，最重要的就是判斷與靈活。如果你的連線老是比別台慢，那肯定影響收視率，當節編輯不應該拘泥於 rundown 的排序，遇到突發事件就要靈活應變。有時候不必等到SOT播完，可以請導播直接切進現場；如果事件緊急，也可以請導播跳過SOT與主播，直接切進現場。萬一碰上的是重大事故，譬如行政院長請辭啦、墜機啦……，主編就要請導播立刻開出小大框，小框裡是主播，大框裡播請辭或墜機的畫面，靈活的操作會吸引觀眾的目光。

編輯還可以從副控監看到新聞現場畫面，只要現場的事件足夠吸引人，譬如人人關心的樂透鉅額獎金開獎，如果確定中獎消息、知道是哪幾家彩券行開出大獎就可以一再連線；必要的時候，可以先連線、晚一點再進廣告，甚至播完中大獎的關鍵畫面再進廣告都行。總之，就是要靈活運用各種方法，搶在第一時間給觀眾關心的最新訊息。

不過，搶快也必須有所選擇，凡是畫面上不宜 live 直播的血腥或屍體畫面，就不可搶先播出。一定要由導播在最短的時間內「馬賽克」處理掉，確定遮蓋了不適當的畫面之後再行播出，以免被罰鍰。

## 五、與主播一同成長

有第一流的主播坐鎮，主編的工作通常就比較輕鬆，但一流主播的誕生需要時間去培養與訓練，超級主播的人數更是相對有限。所以，作爲新聞主編，面對資歷較淺但外型出眾的年輕主播們，你該怎麼辦？

你應該先想清楚，主播就是新聞推銷員，不同的推銷員其實也適合不同的新聞商品。如果是一位有權威感的男主播在播報政治新聞，觀眾也許接受度會高一點；但設想，若是一位乖乖美女型的主播跟你分析政治新聞，說服力上可能就比較薄弱。不過，這樣的主播對觀眾還是有吸引力，她若是播報話題新聞往往就能吸引觀眾的目光，因此，主編在新聞編排上也得適度地「因人設事」。

「因人設事」，這雖然是講求制度化管理的一大忌諱，但是主播的能力與資歷不是你能控制的，你也不可能要求所有主播都是齊一的高標準。在追求高收視的前提下，身爲主編，你在編排上當然就要懂得權變，否則全天都用同一套邏輯去編輯新聞，那乾脆一套 rundown 走天下算了，主編的專業也無從發揮。

所以，當資深主編碰上資淺的美女主播，可以視狀況多給她一些話題新聞，尤其是觀眾感興趣的「人的故事」，美女主播的敘述反而更能相得益彰。至於硬邦邦的政治、財經訊息不是不能排，而是要穿插編排，必須小心翼翼，在觀眾的耐性沒有消耗殆盡之前轉回吸引人的題材上。這樣穿插的編排方式，觀眾比較不會跑掉，收視率也不會因爲主播的改變而滑落。

而主播又要和編輯怎麼互動？

主播上播報台之前，一定要養成與編輯台溝通的好習慣，不管是多資深的主播，最晚在開播前三十分鐘，就應該到編輯台了解狀況。主播不能只是上台去唸唸讀稿機，因爲沿用前一節的稿頭有時候會失去時效性，而且只唸讀稿機，稿子唸起來也沒有說服力，不容易讓觀眾感受到文稿的「感動」；而一個不能讓觀眾感動的主播，就很難成爲稱職的新聞推銷員。

所以，主播務必到編輯台，與當節編輯或主編面對面溝通，因爲新聞的變化很大，主播要搞清楚今天有沒有特殊狀況？是要站著播還是坐著播？有沒有外場連線？重大新聞的最新發展是什麼？有沒有來賓要進棚做訪談？

另一個重點是，資淺的主播千萬不要隨意地幫自己添加台詞，免得措詞不當惹禍上身，或者馬屁拍在馬腿上，引來觀眾的撻伐與噓聲。不但輸掉自己的形象，也會連帶拖累公司。

# 電視經營者必讀

## 大老鷹篇

經營媒體就是經營企業，一家獨立運作的電視台，至少要接近十億台幣的資本額才耍得動。但反觀整個電視圈的廣告市場，二〇〇四以來，好長一段時間，全年都只有五百億的廣告費，卻有上百家電視台搶破頭在爭逐。而廣告要怎麼來？電視台的廣告現在都是靠賣 CPRP 。至於 CPRP 的計算公式與操作方式，請參考拙作《收視率萬歲》一書，由印刻公司出版。

電視台的收視率不好，要想生存就很困難。媒體想成功，電視台老闆不能只是自己拿錢出來燒，因爲即使你燒的錢再多，也不保證一定成功。想成爲一位成功的老闆，就像一般做生意的老闆是一樣的，必須先想清楚你獲利的商業計畫（Business Plan），你打算定出什麼樣的媒體策略去獲得收視率；同時，你還得定出具體可行的獲利模式（Business Model）。從計畫、執行到財務報表的估算，你製作的電視內容也許是文化的，不過你經營的媒體卻必須是企業的。

市場是最好的檢驗，你設定的觀眾就是你必須服務的客戶，要經得起市場考驗，就必須讓客戶滿意。作爲一個優秀的媒體老闆，你必須禁得起市場檢驗，所以，你至少要好好地、持續地做好以下三件事：

### ⑴做「事」

做事相當於執行力，我們讚美某人「是一個做事的人」，其實是肯定這個人務實。顯然，公司發展的第一步，就是員工會做事、肯做事，因爲公司的策略不論多麼完美，還是需要努力的員工執行、聰明的幹部緊盯。再怎麼偉大的策略，創意永遠只佔一%，還是得靠九十九%的執行力來完成，而執行力就是要不厭其煩、不畏細瑣地把該做的事情做好。可惜，很多管理幹部升任到一定的職位之後變得只會做官，不會做事，這些幹部只會增加公司的管理成本，而無實際的附加價值。媒體老闆應該特別注意自己的公司不要成了「養老院」，要誘導幹部不斷地把事情做好。

**(2)做「勢」**

做勢就是造勢、就是創造話題。先要吸引觀眾的目光與認同，再來才會方便吸引更多的資金和人才投入。作爲媒體老闆，你不必害怕自己的公司被討論甚至被攻擊，老闆的心臟要夠強，不必怕被評批，如果你報導的題材變成大街小巷議論的話題，那就是最成功的造勢手法，收視率一定會跟著議論同步走高。

**(3)做「市」**

做市就是要掌握市場的潮流趨勢，這是老闆們最需要培養的市場眼光。電視圈的英雄、梟雄何其多，電視台的老闆必須像老鷹一樣，有居高臨下的能力，看準市場的大趨勢，然後跟著趨勢走，才能飛得高、飛得遠。

要知道，一隻大老鷹之所以能夠在天空翱翔，牠倚靠的不是拍拍翅膀而已。拚命拍翅膀是小麻雀的事，大老鷹靠的不只是翅膀，而是大氣中的氣流。老鷹就是順著一個又一個的氣流，才能節省力氣，依靠著氣流才能翻山越嶺、飄洋過海。

做老闆的也必須以鷹的眼睛俯瞰市場，了解時勢所趨，找到觀眾（甚至群眾）的需求，迅速地做出判斷，交代主管去切實執行。譬如說，選舉期間，明明A政黨的新聞比較適合你的觀眾，比較會有收視率，你就千萬別逆向操作去大幅報導B政黨。又譬如，某一段時間社會犯罪新聞當紅，你就毋需逆勢去做政治口水；等到觀眾看膩了社會新聞，你又必須體察到觀眾的收視喜好，也許在看過太多的口水和殺戮之後，觀眾又會喜歡清新的溫情新聞。

民意如流水，觀眾的喜好也隨時在改變，當老闆的若能拉高格局獨具「鷹眼」，隨時保持高度、隨時保持彈性、隨時掌握收視趨向，跟著觀眾的口味做調整，那麼在電視圈的戰國亂世裡，一定能夠等到起大風，然後如鷹一般，馭風而上，一飛衝天。

不過，要當電視圈的老鷹，還得具備鷹的特質，以下的篇章將逐一說明。

## 老闆須知：電視台成功的條件

### ⑴有完整的通路

向政府拿到電視台准播執照之後，想要辦好電視台，光做好節目還不夠，你還必須夠透過系統商的通路，把節目有效率地送進觀眾家裡。通路的重要性就像報紙的派報人員，沒有這些人，你的內容再精采，觀眾也看不到。不過，派報員是打工族，而系統台多半被財團掌控，你的電視台想放在哪一個區塊、哪一個頻道，甚至能不能上得了頻道，都要靠協調與折衝，不是你有錢有收視率，就可以隨心所欲。

以前有某家A電視台，A台的新聞內容精采，收視率也是新聞頻道中的佼佼者，成績算是相當好，但是卻在一次系統換頻的爭議中敗下陣來。和A台有明顯競爭態勢的系統商，他們不理會A台要求固定頻道的呼聲，就是要把A台移開舊有頻道，而台灣的頻道百家爭鳴，觀眾能記得的頻道只有十到十五個，A台被移動之後，A台的節目就不能像往常一般送到觀眾熟悉的頻道裡，結果導致A台的收視率慘跌。

在這場通路戰爭中，一名系統商曾經豪氣萬千地說：「吵什麼吵，爭什麼爭，我直接把你的插頭給拔掉，打開電視都找不到你的節目，看你還拿什麼來和我打。」系統商所說的「插頭」就是通路。最後逼得A台也不得不臣服，還被迫納入系統商媒體集團的旗下。

**⑵聰明的媒體定位**

媒體是永遠的第四權，要跟老百姓站在一起，永遠站在政府的對面監督政府，才是媒體的活路。試想，在民智開放的年代，有誰還願意傻傻地去當政府的傳聲筒？就以備受爭議的香港《蘋果日報》爲例，《蘋果》在香港上市時的「定位」選擇就相當聰明。

當時，香港處於一九九七回歸的氣氛下，許多媒體因爲擔心得罪大陸當局，編輯政策開始「轉紅」向中共靠攏；但實際上，很多香港百姓並不認同。那個時候，《蘋果》老闆黎智英除了色情報導之外，也設計凸顯《蘋果》的反共立場，他不但大罵李鵬，還與中共公然作對，有意無意地營造出一副被打壓的形象。就如同前面講的，站在政府的對面比較容易得到支持，《蘋果》的反共立場也的確讓香港基層百姓感同身受，更容易接納《蘋果》。

### (3)找出核心競爭力

你先要認清楚你的電視台哪些能力最強，哪些能力是其他電視台做不到的？這就叫作核心競爭力。藉著你與眾不同的競爭力，你就可以設計出屬於自己的一套作戰策略。

如果你很幸運，已經在一家第一品牌的媒體裡，這時候你千萬不能原地踏步，你要做的是超越自己，向自己挑戰。不斷地運用自己的核心競爭力來創造話題，並且不斷地被其他媒體和觀眾當作討論的對象，只有不斷地領導話題，才能讓你的第一品牌形象保持恆溫。

### (4)堅定第二品牌的戰略

但是幸運的你，如果身處在一家還有很大進步空間的電視台，那麼你邁向第一品牌的挑戰策略就是：「別台有的內容，我不一定要有；但是我一定要有別人沒有的獨家新聞。」

這樣的戰略思維其實並不困難，你去想想連鎖超商的競爭規則吧。如果你是經營超商連鎖店，而你又不是 7-ELEVEN 統一超商，那麼，你要怎麼跟連鎖超商的第一品牌競爭呢？你當然不能和 7-ELEVEN 進完全相同的貨物，你也不可以和 7-ELEVEN 賣同樣的價錢。要把客戶從 7-ELEVEN 吸引過來，你就必須賣 7-ELEVEN 沒有的貨品才會有競爭力，你甚至要打折促銷，顧客才有可能上門。

做媒體也是一樣，台灣就這麼丁點大，每天的新聞內容都是大同小異，你若不是新聞第一品牌，你就不能跟在第一品牌的後頭跑。你必須走一條和第一品牌完全不同的路，在「製作好看的影音新聞」的前提下，去做和第一品牌完全不同的內容，這才可能後發先至，生存甚至贏得勝利。

### ⑸與電視人搏感情

有一項非正式的統計，很多優秀媒體人的生辰星座都是獅子、射手或牡羊星座。堅強進取的牡羊座、正義熱情的獅子座以及自由率眞的射手座，這類火象星座的人，性格上普遍富有正義感而且很愛面子。對待這批火象星座的員工，老闆只要給足了面子，「男人重義，女人重情」嘛，只要拿出情義對他（她）們好，多給予下屬正面鼓勵，媒體人就會拚命幫你做出好成績。

與電視人互動，正面的鼓勵永遠比負面的鞭策有效，如果你電視台裡的同仁特別資淺，或者素質參差不齊，你的經營方式就必須更靈活。只要你擁有足夠的火象星座強將，即使你的基層員工是比較資淺的弱兵，你也不必擔心，因爲在你的鼓勵下，強將依然會替弱兵包尿布。而弱兵終有長大強壯的一天，你還是有機會靠著強將弱兵打一場漂亮的新聞戰。

# 第一章 經營媒體市場，要隨市場需求調整

成功的電視頻道需要兩種人。

1. **聰明的領導人**：他必須釐定戰略，他必須確定通路完整、找出公司核心競爭力，並且清楚地找到哪些人才是他要爭取的觀眾，最重要的是，他要有伯樂的眼界，找到像千里馬一樣有執行力的管理人才。

2. **堅毅的管理人才**：他要根據領導人的指示訂出可執行的戰術，他必須熟知新聞的工作規範，還要能要求同仁上緊發條，一步步完成任務。

但是，不管你是領導人還是管理人，除了要有正面積極的態度，還有就是要搞清楚你是開門做生意，做媒體生意最重要的工作就是，要把節目當成商品成功地推銷出去；千萬不可以忽視觀眾，因爲觀眾就是我們的顧客，我們永遠要做出顧客想看的節目。如果你做的節目沒人看，那就證明你經營的媒體是一個失敗的生意，因爲你輕蔑了你的客戶，所以你的客戶不理你。

# 一、收視率是命脈

有沒有人看你的節目？有多少人看你的節目？電視圈裡最可信的依據，目前還是依賴AC尼爾森公司做出來的收視率調查。

收視率愈高，電視台能賣出的收視點就愈多，能收到的廣告費也就愈多。相反的，收視率若不好，收到的廣告費就少，廣告費若是太少，嚴重的還會賠錢倒閉。對經營企業的老闆來說，一家電視台倒閉，那代表著上千名員工失業，上千個家庭面臨經濟困境。所以，經營不善的電視台老闆是不道德的，讓電視台關門的老闆更應該被譴責。

但也有人說：「電視是一種教化工具，爲什麼一定要有收視率？」

做老闆的你一定要反駁：「沒有收視率就代表沒人看，沒有人看的節目，花再多錢也達不到教化目的。」

要想有收視率，媒體經營者要掌握的企業價值應該包括：

**「我的商品要賣得好，我的商品是顧客喜歡的。」**

**「盡量去符合最大多數客戶的需求。」**

**「一則新聞有沒有價值，取決於觀衆有沒有興趣看。」**

也許又有人要問：「什麼樣的新聞才會有收視率呢？」

「不一定……」根據經驗，雖然廣義的社會新聞看的人比較多，但世道會變、人心會變，觀眾愛看的新聞類型也會變，而唯一不變的是：「觀眾對無聊的政客絕對冷漠以對。」

比方說，二〇〇三年五月，《蘋果日報》搶進台灣市場以前，有一名報社的高層主管曾經打趣說：「我看《自由》、《中時》和《聯合》三大報要緊張了，因爲他們恐怕沒人看了。」

當時我覺得不可置信，這種失敗的言論，怎麼會出自一名報社高層之口。

朋友繼續說：「三大報如果賣出了一百萬份報紙，你以爲眞的有一百萬人在看嗎？錯，很多都是預付報費，報紙送進讀者家裡，很多人都是不看的。特別是二版，就是政治新聞那一版面，大概只有兩千人會逐字看。」

朋友對報紙的妄自菲薄，讓人覺得不可思議：「那兩千人是誰？」

「一千人是透過媒體放話的政客，他們總要翻翻看，自己的放話有沒有見報吧；另外一千人咧，都是被罵的人，而且還是由秘書替他們剪報，他們才看。」

「你們二版的報紙是『放話版』哪？」我追問：「那麼讀者都看些什麼？」

「他們都是看七版的社會版，以及第三落的影劇八卦版。」朋友的無奈表情，至今依舊令人深刻。

這樣的描述倒不是貶抑三大報的政治新聞，而是從閱報率來看，報紙要賣得好就要靠社會新聞，電視要有收視率多半也要靠社會新聞。當電視有了穩定超過「一」以上的收視率，或者像報紙穩定有五十萬份以上的報份，你再來談新聞的理想和抱負吧。

我不相信，有哪一位搞媒體的老闆，是專門爲了賠錢來搞媒體。要讓媒體企業生存，非得有報份和收視率不可。

不只是媒體開放的現在，即使在戒嚴時期前後，《中時》、《聯合》兩大報，以及有線電視龍頭 TVBS 都是靠社會新聞起家。等到有了報份和收視率之後，爲了替媒體企業化妝，營造所謂的影響力，才開始成爲高層的放話管道，也才開始大幅增加政治新聞的版面。不過按照朋友的說法：「政治新聞只是媒體的遮羞布，它的作用多半是用來幫老闆包裝商業利益罷了。」

有了報份和收視率之後，再來炒作政治新聞和弱勢關懷活動，就能輕輕鬆鬆替媒體包裝企業形象。一如美國微軟公司的創辦人比爾．蓋茲，他的軟體獨佔電腦市場，蓋茲的財產超過上千億美金之後，他才有能力每年捐出一億美金來興學濟貧做好事，幫他自己和微軟公司創造「大善人」的形象。

對媒體企業來說，沒有報份、沒有收視率、沒有賺錢，空有理想和抱負都不切實際。你不得不承認，社會結構的金字塔當中，位居底部和中間部分的「下里巴人」，它的數字絕對遠超過金字塔頂端的「陽春白雪」。對新聞台和綜合性報紙的觀眾來說，只有聳動卻不下流的社會新聞才最具吸引力。

在收視率主導電視台內容的年代，收視率代表市場上「一隻看不見的手」，它指揮著電視圈一切要向數字看齊。至於那些叫好不叫座的節目，除非找到贊助商，要不然在商言商，只好請它們到公共電視去尋找播出機會。

## 二、開店賣什麼？出考題凝聚共識

老闆看新聞，經常會有如下的批評與疑問：

「爲什麼我們沒有這則新聞？」

「爲什麼這則新聞要這麼做？」

「這個話題很無聊咧，爲什麼要發這麼長？」

批評別人容易，但是老闆在提出這些疑問之前，應該自問的眞正問題是：「經營電視台，我的觀眾是什麼人？我要給觀眾看什麼？」

老闆提出問題，自己的心裡應該要有答案，因爲拿錢出來搞媒體，至少要有一套自己的作戰藍圖吧。就像開餐廳做生意，你一定要先確定自己開什麼餐廳哪。

譬如你要開一家素菜館，那麼大廚的菜單裡就不可能有清蒸石斑或者佛跳牆；你如果要開的是平價快餐店，那麼廚師的最佳選擇就是便宜的白帶魚和吳郭魚，你不可能去買大閘蟹和黑鮪魚吧；若你想開的是川菜館，那麼廚房裡的辣椒天天不能少。

同樣的道理，你如果經營的是一般綜合性的新聞台，那麼社會、民生、政治話題，只要普通觀眾感興趣的新聞你都要盡量端出來。新聞台就像街頭巷尾的自助餐廳，當你發現炸雞腿好賣，你就多炸幾支出來賣；你發現吳郭魚賣得多，隔天你就多蒸幾條吳郭魚。這些食材雖然便宜，但是口味一定要鹹要重，而且要跟隨顧客的脾胃隨時做調整。

就像你經營的如果是財經專業頻道，那麼當然要多做股市和匯市新聞，多做房地產、保險金融的財經議題；至於血腥暴力的社會犯罪新聞，頂多報一報上市上櫃公司老闆遭綁架，那些與財經話題無關的腥羶色新聞，只要你的財經觀眾不關心，那還是少碰爲妙。

你應該去想像市場的區隔性，你若是經營財經專業台就不必過分在乎收視率，因爲你招攬的廣告對象是汽車商、珠寶商和房地產商，你業務部隊賣廣告的基礎不一樣，所以設定的目標觀眾就不只是股票菜籃族，而是老師、律師、醫生和中產階級。你就像法國菜的專賣店，要把市場區隔出來，上門的顧客不是來吃吳郭魚和油炸雞腿的，客人要的是鵝肝醬、小鵪鶉、魚子醬、黑菌和紅酒這類高檔食材。

上面的思維是老闆必須清楚的戰略思維，你自己清楚之後又該如何下達給你的管理幹部呢？最簡易且有效的作法就是給幹部們出考題，從考題中找到共識。

你可以找出幾個熱門的新聞事件，譬如像知名藝人被黑道打傷啦、報稅季節來臨啦、政府高官涉及貪瀆案啦……，針對這些新聞，請你的主管們把他們認爲新聞應該做多長、做多少則等等的規畫寫下來，而且還要寫出新聞的切點、作法，就編輯採訪的大方向去溝通。多做幾次這類的考題，再經過反覆的說明討論，就可以讓主管們清楚電視台的定位。

譬如你若是經營新聞台，也許你根本不需要規畫報稅新聞，或者頂多只做一則報稅的應景新聞；但是你對於藝壇大哥被黑道打傷就得多加著墨，也許不只是做一則，而是做一大掛新聞，而且還要連做好幾天咧。

經歷一次又一次的考試，等於是經過一次又一次的磨合與溝通，慢慢的，你和你的管理幹部，對於電視台要賣什麼商品就會凝聚出共識。

老闆就不會再問：「這個話題這麼有趣，為什麼我們做得這麼少？」

## 三、貼近觀眾，當觀眾的僕人

要做什麼新聞？除了問自己、問幹部，更應該問問你的觀眾。

傳統的新聞人都受傳統三大報（《自由》、《中時》、《聯合》）的影響，總是給人菁英心態的距離感。因為報紙嘛，是用鉛字去印刷的，識字不多的人還看不懂咧，所以報紙無形中都是鎖定社經地位中間偏高、而且重視文字的這群菁英客層。很多格調高尚的媒體人學習報社老闆的習氣，對報紙的心態就是：「讀者想看什麼，不重要；『我』要給讀者看什麼，才重要。」

這樣的新聞理念，若擺在威權時代無可厚非，因為那時候你能不能印行報紙，那是政府說了才算數。講白了，你是被挑選過的，在戒嚴的特殊環境底下，你才有權力決定「我」要給讀者看什麼。

但是在自由市場裡競爭，這種老大心態就明顯過時。也難怪《蘋果日報》進入台灣才短短兩年，即使一再被批評是「裸體加屍體」的不入流刊物，但是這個不入流的痞子刊物，居然打敗三大報累積數十年的基業，二〇〇五年五月，《蘋果》在讀者的驚訝聲中，一躍成為台灣最多人閱讀的報紙。所以，做新聞不能再蒙著眼睛瞎搞，必須丟掉老大心態。要做什麼新聞？先問問你的觀眾！

就以《蘋果日報》的竄起爲例，它不同於三大報的創舉在於，《蘋果》尊重讀者的想法與看法，它有一套自創的民意調查方式。《蘋果》認爲，報紙內容不應該是「報社認爲讀者該知道什麼」，而是「讀者想知道什麼，我就去做」。

「我怎麼知道，讀者想知道什麼？」

「那就去問哪，去問問讀者想知道什麼啊！」所以《蘋果》有一個「焦點群體訪談」（focus group interview）的機制。報社經常花錢邀請讀者參加座談，這些隨機受邀的讀者，他們會針對版面設計、新聞選擇、自己想看什麼……等等議題，從一般讀者的角度發表他們對《蘋果》的看法。

在了解讀者的看法之後，身爲領導人，你要去確認你的主管，他們是否認眞確實地執行你「以客爲尊」的理念。再以《蘋果日報》爲例，它在開完「焦點群體訪談」之後，會召集主管們開一個「鋤報會」。

這個「鋤報會」是由報老闆、總編輯以及各版主編組成的內部會議，老闆帶著在「焦點群體訪談」中收集的讀者意見，由各版主編相互批判。彼此的言詞可以極盡犀利與挑剔，甚至讓愛面子的媒體人尊容掃地，但是會議的底限是：絕不容許人身攻擊，也不可以動手打人。

而這樣嚴苛的互糗大會是在做什麼呢？它表面上是要讓各版主編相互批判，但眞正的目的才不是什麼改善新聞取材啦、版面好不好看啦……這類枝微末節的小事咧。這種內部會議是要藉著讀者的反應事項，要求主管們打從心底甘做讀者的僕人，徹底執行老闆「以客爲尊」的經營哲學。

譬如說，發生一則重大新聞之後，《蘋果》已經連續做了一個星期，記者、編輯也已經做到煩了、疲了。但是讀者的反應如果還是想看，那麼不管你們這些主管多麼心不甘、情不願，《蘋果日報》作爲一件商品，它就會繼續做下去。

「以客爲尊」的道理非常簡單，重點在貫徹執行。就好比你開一家自助餐廳，你店裡的炸雞腿賣得好，客人都指名要點雞腿，你不能因爲它太油膩就不賣啊，你的餐廳還是要天天賣雞腿，只因爲客人想吃。

「那要等到哪一天才可以不賣雞腿呢？」

「等到哪一天客人不想吃雞腿，你才能更換新的菜單。」

人生的過程就是經歷「變」的過程，客人一定會變的，放心，他們終有一天會變得不愛啃雞腿。聰明的經營者你要能夠掌握這「變」的契機，在警覺客人對雞腿厭煩之前，你要先預擬新菜單，準備好征服客人善變的味蕾。

電視台的經營也一樣，你要把觀眾當作是衣食父母，念茲在茲的就是觀眾的感受，觀眾的感受會反映在每一分鐘的收視率調查上。你也可以搞一個自己的「焦點群體訪談」機制，直接收集電視觀眾的反應。你只要想到，一個眞心以顧客爲尊的企業，你推出的商品都是爲了取悅顧客，那麼生意一定不會太差。

但萬一，萬一你聘任的主管沒有確實執行你「以客爲尊」的理念，你高薪請來的主管放不下知識分子的身段，無法以「僕人」的姿態去伺候你的客戶呢？

「下條子叫他們走路。」這是經營者必須要有的果決：「依法資遣他們！」

電視經營者永遠必須貼近觀眾的需求，你儘管花大錢去請最好的主管作爲合作夥伴，但是一旦你的主管無法貼近觀眾，那麼他就不再是你事業上的合作夥伴，因爲他不可能爲你創造績效。你不讓他合法地離開，難道要等公司賠完大錢，等到大家撕破臉再怒目相向嗎？

電視經營者面對的戰爭，是企業與企業之間的戰爭，你要打的是一場防禦戰，而最好的防禦，就是不斷自我淘汰（包括不適任的幹部），然後才能不斷地前進。

## 四、經營電視台，處處以觀衆爲念

電視經營者的目標絕對要明確，因爲你是拿錢出來做生意，做生意，在不違背社會道德的前提下，最重要的就是賺錢。站在經營的立場，你個人喜不喜歡某一類新聞根本不重要，觀眾要不要看才是重點。

想想看，收視率調查公司會拿老闆你當作樣本戶嗎？作爲經營者，你對新聞的好惡能夠換來收視率嗎？不可能嘛，想生存，當然要聽聽觀眾的意見。

就以演藝圈的大哥澎恰恰爲例子，澎恰恰遭人設局偷拍了自慰光碟，然後還被恐嚇勒索了四千六百萬。澎恰恰的記者會即將召開，你若是新聞台老闆，碰到這種新聞，你也許覺得無聊，但容我不客氣地說，這只是你個人的意見，雖然這是很重要的意見，但也是僅供參考而已，千萬別拿你的竟見去影響編採中心的調度和判斷。

你得去問問觀眾的意見，問問觀眾想不想知道綜藝大哥究竟惹上什麼麻煩？因爲，就算在你的電視台裡看不到澎恰恰，難道其他電視台也都封殺這則新聞嗎？不可能嘛！撇開你作爲電視台老闆的身分，我們一起來回顧澎恰恰這場記者會的實況，你猜觀眾會不會想看？

「二〇〇五年九月，醜聞鬧得滿城風雨的澎恰恰，在失蹤七天之後終於打破沉默，在妻子以及知名歌星楊烈的陪同下召開記者會，綜藝大哥主動公布困擾了他一年多的『桃色糾紛』。

澎恰恰在記者會一開始就憤怒地摔雜誌，痛斥八卦雜誌對他的不實報導。記者會上，澎恰恰數度哽咽、情緒激動，還多次出現胃部抽搐痙攣的緊張場面。澎恰恰還一邊吃藥，一邊以激動的口氣說：『絕對沒有雜誌上說的性愛光碟，只有一個四十八歲的老男人，肚子很大、脱光光跟白豬一樣躺在床上自慰，講難聽一點就叫打手槍！』

澎恰恰還說，爲了這捲遭偷拍的自慰錄影帶，他已經被逼得走頭無路，還罹患了憂鬱症，最近他付出四千六百萬元才擺平勒索他的黑道分子。

就在澎恰恰激情演出的同時，他的妻子則是在記者會中噙著淚水，不捨地頻頻摟住澎恰恰，流露出對丈夫的疼惜與不忍。」

做老闆的你也許覺得這樣的人間悲喜劇很無聊，但你不得不承認，這是一場充滿淚水、憤怒、金錢、性愛，以及交雜著黑道恐嚇的明星記者會。觀眾，更精確地說，AC尼爾森的觀眾肯定有興趣。

所以不論做老闆的你心裡多麼不爽，你還是要容忍你的主管去做新聞，不但要做，而且要大做。除了要現場SNG直播滿足觀眾的好奇，live連線之後，至少還要分成如下的新聞則數，做足三十分鐘。

1.從澎恰恰進入會場，他在現場怒摔八卦雜誌，胃部痙攣，吃藥止痛。

2.澎哥記者會的眞情告白，讓他自己說：「是自慰光碟而非性愛光碟。」

3.讓他陳述，遭到黑道恐嚇導致財務困難，甚至罹患憂鬱症。

4.描述記者會中澎恰恰妻子的表現，記者會中的畫面很豐富，澎嫂從遞藥、含淚道歉到深情擁抱，記者有很多畫面可以運用來說故事。

5.整理澎哥的緋聞對象，讓觀眾對澎恰恰多一層認識。

6.訪問澎哥演藝圈的朋友，由於他們都是名人，不管記者怎麼做，觀眾都愛看。

7.還可以去訪問澎哥的母親，以及他嘉義老家的鄰居。看看以孝順聞名演藝圈的澎恰恰，他周遭的親友怎麼看待這件事。

8.去追蹤警察的態度，這一點非常重要。由於澎哥已經講到有黑道「友人」介入，要澎哥拿鉅款出來擺平自慰光碟，這已經是刑事案件，攸關公眾利益，媒體不應坐視它就這麼私下了結。

澎恰恰一小時的記者會，新聞台不只要SNG全程live播出，還應該把它大段節錄，做成半小時新聞。做老闆的應該要感到高興，因爲從隔天的收視率分析，觀眾的開機率大幅成長了三成。觀眾愛看澎恰恰，你的廣告量大增，口袋自然也是麥克麥克。

不過，自慰光碟的新聞雖然討好，但是在rundown的編排上卻得非常小心。身爲電視經營者，你要提醒你的幹部，這是負面新聞，如果你一股腦地全丟給觀眾，那麼給觀眾的壓力會很大。

所以，請你的幹部在晚間主新聞時段用「主題式編排法」，一個小時裡，要把內容分成二至三段來編排，讓觀眾有一些喘息機會。至於在非主新聞時段，則是建議一小時內輪流播出個四到五則就夠了，等於是兩小時才有一次完整的循環，免得給觀眾惡劣的感受說：「是沒新聞可播啦，怎麼老是看這個老男人的記者會。」

身為經營者不能只是出錢，經營的細節也不可不知，這類負面新聞在編排上的規範應該謹記：**短時間內不宜給觀眾過多的負面訊息，千萬別以為它有收視率，就一再重複播出，這種作法反而容易招致觀眾的反感。**

## 五、專業電視台，也要報導「新」聞

如果你是新聞台的老闆，碰上像澎恰恰自慰光碟記者會的新聞，那責無旁貸的只有放手讓新聞部大做特做，因為這才會換來收視率。但如果你是商業的、公益的、或者宗教電視台，作為經營者你要不要發這種新聞？

## 專業電視台也要提供新聞資訊

別以為上述的疑惑是無解的大哉問，它還是有答案的，因為這關係到一家電視台最重要的定位問題，絕對有必要好好討論。

一般專業台的經營者如果輕易回答說：「不要，我的電視台不要八卦。」搞不好有些主管還會氣極敗壞地說：「我又不認識澎恰恰，他得憂鬱症，他被黑道勒索干我什麼事？」

沒錯，凡事從「我」的角度來看，這樣的回答也許沒有錯，這種負面新聞當然不干電視台老闆的事。但是你有沒有想過觀眾？你有沒有替你的觀眾考慮過，他們想不想知道綜藝明星為什麼會遭黑道大哥恐嚇？

只要你的觀念裡還有觀眾，你的回答就千萬不能太輕率。因為即使你擁有的是專業電視台，即使你的電視台不把廣告當作主要收入來源，你還是希望自己的新聞有人看吧！否則你乾脆拿掉新聞，只播放商業或宗教內容就好了。既然你希望有更多的人來看，你就一定希望收看的人是愈多愈好，因為看的人愈多，電視台的影響力才會愈大。

你儘管可以率性地說：「我不要澎恰恰。」

但是且容我再追問幾個問題：「你要不要警方圍捕頭號槍擊要犯的新聞？」

「你要不要林志玲在中國大陸墜馬的新聞？」

「你要不要大明星未婚懷孕的新聞？」

「你要不要上尉遺孀哭求取精，要求替亡夫留下子嗣的新聞？」

「你要不要一對小兄弟被父母遺棄的新聞？」

「你要不要一名無助的爺爺拿著燒燙的鍋鏟，狠心地燙傷小孫女作爲懲罰的新聞？」

「你要不要行政院長突然遭總統撤換的新聞？」

在書寫的過程中，我彷彿聽到有人在批評：「唉呀，這些不過都是些犯罪、八卦或者政客言不由衷的消息，我的專業電視台不要播這種新聞，我的電視台只播一流的新聞，我們只要一流的觀眾。」

專業電視台應該播什麼樣的新聞內容，就像麻辣火鍋店或法式餐廳要賣什麼當主菜，那是店家老闆個人的專業取向與定位，各家電視和餐廳自有不同的考量。不過，你的專業電視台儘管可以專業化，但千萬不能忘記電視台是屬於大眾媒體，它不像專業雜誌每期只要賣出五千本也許就能生存，它也不像特色餐廳，每天有兩百位客人也許就能損益兩平。

電視台訴求的觀眾從來都不是第一流人物，因爲第一流的高級知識分子都在學術殿堂裡，這些菁英人物獲得新聞資訊的管道太多了，雖然第一流人物常常禮貌性地說：「我只看第一流的新聞。」

這時候你千萬別天眞地以爲，他們會到你的電視台來找新聞。所以，電視台的新聞內容絕對不能高深莫測，它必須貼近觀眾，讓觀眾能夠理解能夠看得懂。你若想在電視新聞裡深入探討「全球經濟走勢」、「量子力學」、「奈米科技」或者「晶圓構造」，我跟你保證，觀眾鐵定轉動遙控器，百分百轉台走人。

電視是個大眾媒體，這種媒體就是要邀請最大多數的大眾進來收看，所以你必須爲所謂的「一流」重新定位。和新聞台的內容相比，你若堅持報導眞實，你不妄加臆測，你提供觀眾富含影音元素的眞、善、美故事，那可能就是「一流」的新聞內容了，能夠接受眞、善、美故事的觀眾也就算是人品「一流」的觀眾了。作爲專業電視台的經營者，千萬不要被所謂的專業給侷限住，你的眼中不能只有「我」自己，更應該把焦點放在「觀眾」身上。

澎恰恰被恐嚇也許八卦，林志玲墜馬也許無聊，小孫女被爺爺燙傷也許無辜，而閣揆突然被撤換也許無恥，這些新聞訊息對於專業人士的進德修業也許沒有幫助，但它們畢竟都是會讓觀眾眼睛一亮的訊息。電視台本來就應該扮演「訊息提供者」的角色，如果你完全捨棄讓觀眾眼睛一亮的訊息，那你電視台的存在價值可能就得重新定位。

## 電視新聞，不能只播給同仁看

這個章節的主題既然在討論電視台老闆的經營策略，我倒想請問老闆們一個問題，請問：「澎恰恰的新聞你不做，那麼隔天的報紙上會不會大做？」「觀眾就算不看你的電視台，他們會不會知道這樁藝壇醜聞？」

無庸置疑的嘛，觀眾和你一樣，當然會知道這樁醜聞。因爲隔天各大報都以至少兩個整版的篇幅在報導這件事，即使是專業報紙也都會撥出一小塊版面描述澎恰恰的醜聞。小小的台灣島，醜聞傳播速度之快絕對超過你的想像，不論你設定的目標觀眾是哪一個族群，他們絕大多數也都知道這樁醜聞。

既然連你設定的觀眾群，他們都能從其他媒體知道這件醜聞，那麼作爲大眾傳媒的電視台，你逃避播出的理由是什麼？爲什麼不乾脆讓觀眾從你的頻道裡去獲得這項訊息，也省得他們亂轉選台器，被其他喜歡瞎猜亂掰的電視台誤導。因爲你知道的嘛，扭轉選台器是多麼輕易的事，與其讓觀眾轉到其他頻道，被過度臆測和渲染的報導給污染，還不如就當它是一則新聞，把眞實的訊息告訴觀眾，反而是種功德。

再回到媒體社會責任的角度來看，澎恰恰被恐嚇既然是事實，槍擊要犯被圍捕既然也沒有人造假，作爲一家電視台，面對眞實訊息當然有報導的義務。只不過，專業電視台與一般新聞台最大的差別在於，你不必像新聞台爲了收視率，撈到這種八卦、緋聞或犯罪訊息就鋪天蓋地做得又臭又長，專業電視台只需要讓觀眾知道：「哎呀，怎麼搞的，竟然會發生這種事！」有這種驚訝就已足夠。人家新聞台播半小時，專業電視台播個兩、三分鐘，交代清楚也就足夠。

在新聞切入的角度上，你也不必像新聞台那樣的麻辣與聳動，你可以換一個健康的角度來看醜聞，「啊，原來諧星的背後也是充滿辛酸。」「啊，明星爲何總是人前顯貴、人後受罪。」

這樣的新聞角度屬於正面陳述，就算內容不去觸碰淫穢，也一樣可以滿足觀眾的好奇心。而且你別忘了，這則醜聞還涉及了鉅額金錢的恐嚇，在報導的角度上絕對可以把醜聞導向社會公義。

這樣的新聞內容，你的專業電視台不必刻意去做多做長，多出來的時間還是可以用來報導你的專業，你還是有很多時間去報導世界大事，去報導財經訊息、教導民眾如何賺錢，去報導宗教志工的生命志業。**報導真實訊息，不但不會與你的專業相衝突，處處以觀衆為念，更可以給觀衆窩心的感受**。你原來設定的小眾市場，也可能因爲你的體貼更爲大眾所支持。

如果把「電視台」當作是一個競爭場域，專業電視台的整體收視率的確很難與新聞台匹敵，就像職業球隊和業餘球隊的評量標準是不一樣的。所以，專業電視台的競逐目標，無疑的，就是要爭取第二品牌生存空間。至於第二品牌的經營策略則是：不硬拚！退一步海闊天空。

轉化成實際的操作手段則是：「我不在澎恰恰新聞裡跟你殺得你死我活，但是我一定會有澎恰恰，至少我不會讓觀眾爲了看澎恰恰而轉台。讓觀眾看完澎恰恰，我再『秀』出我的專業。」給觀眾眞實的訊息！除非、除非你經營的電視台不考慮觀眾的感受，你只想把原本屬於大眾的電視台，做成小型的同仁雜誌。譬如像《青溪通訊》啦、《台糖通訊》啦、《蘭友會訊》啦、《中鋼通訊》或者《捐血人》之類的同仁刊物，連自家人都不見得會拆開來看的小眾媒體。

作爲大眾傳播媒體，對於新聞訊息更應該以開闊的心胸來看待。新聞所展示的不就是世間的「無常」嗎？我們厭惡「無常」、害怕「無常」，對「無常」的來臨感到無力，但「無常」何嘗不是一種生命實相？我們據實報導「無常」，眞實呈現人生百態，而不是去加油添醋妄加臆測，這不就是在報導生命實相嗎，爲什麼不做呢？

你所經營的專業電視台若是愈多人看，你專業的影響力就會愈大。如果你做的媒體只是少數人看的同仁雜誌，那絕對引不起共鳴，甚至連最初設定的目標觀眾都會逐漸遠去，徒然浪費了你電視台原有的競爭力。

不管你是老闆還是主管，作爲新聞人，你不能以爲自己蒙上眼睛、摀住耳朵，觀眾就會跟你一樣看不到也聽不到。要知道，當有重大新聞發生，觀眾自己會去尋找新聞訊息。在你的頻道裡若看不到他想要的資訊，觀眾會毫不遲疑地轉台找他要看的新聞。

除非，除非這是老闆大智慧深思熟慮後的戰略，而他的智慧爲本文所不及，無法評斷。不過，就算是大智慧的戰略，也要透過不斷與主管出考題溝通，才會凝聚同仁幹部的共識，千萬不能一意孤行。

思想的先行者往往是孤獨的，如果你把電視台搞成「新聞眞空無菌室」，完全隔絕了眞實社會的生、老、病、死、苦，那對電視經營來說，是很危險的。一個遠離普羅觀眾的電視台，它會抹殺電視媒體本該具有的普羅性格，一旦電視新聞變成少數同仁收看的「同仁新聞」，那絕對很難吸引「同仁」以外的觀眾，更不可能變成電視新聞的主流。這與電視老闆想藉著專業電視台來發揮影響力的初衷，只會愈來愈遙遠。

如果多數專業電視台都能站在觀眾的角度，替觀眾找到該有的新聞資訊。一旦你的電視內容包羅萬象、新鮮有趣，觀眾在潛移默化中就會成爲你穩定的支持者，你就有機會讓專業電視台成爲新聞主流，自然可以扭轉新聞台造成的社會亂象。

## 眞實新聞，展現對「人」的關懷

本書一再強調：「電視是屬於大眾的媒體。」

這個章節我則一再主張：「專業電視台，不要避諱報導眞實的訊息，即使是社會犯罪新聞，只要它是眞實的故事，就可以找出値得報導的價値。」

譬如說，有一名鄉下老爺爺，因爲十歲的孫女不聽話，小妹妹經常逃家又喜歡偷竊鄰居的東西。老爺爺三番兩次告誡無效，實在氣不過，只好使出激烈的手段來管教，老人家拿出炙熱的鍋鏟把小孫女燙得全身是傷，小孫女像被炮烙一樣皮破肉傷。結果，老爺爺被社會局以傷害和虐待報警處理。

碰上這種眞實的社會新聞，專業電視台要不要播？

也許有人又會覺得無趣，認爲那只是窮人家的家庭瑣事。但容我告訴你，這是一個眞實的新聞，新聞背後還有感人的故事，透過這樣眞實感人的故事，可以具體而微地表現出貧富不均以及隔代教養的社會縮影。多了這一些人道的思考，這時候，「要不要播這則新聞？」你可能會有不同的考慮。

眞實的故事是：小妹妹的爸爸有精神方面的疾病，媽媽受不了這個又病又窮的家庭，在小妹妹兩歲的時候離家出走；小妹妹的祖母咧，因爲車禍造成行動不便，根本沒有能力照顧小妹妹；而老爺爺咧，由於識字不多，只能靠著打零工來勉強維持一家四口的生計。

生長在這樣的家庭，小妹妹當然乏人管教，即使在學校的聯絡簿上，老師曾經多次用紅筆寫著：「小朋友已經多次逃課，請家長要多留心。」但是老師的警語對這個千瘡百孔的家庭起不了任何作用，小妹妹依舊蹺課、逃家、偷東西。

看完老爺爺和小妹妹的故事，你還認爲這只是窮人家的家務瑣事嗎？你會不會對老爺爺拿鍋鏟燙傷小孫女的舉動有一絲絲同情？你會不會擔心，即使社會局介入，小妹妹的困境也不會獲得改善？你想不想幫幫這個處境艱困的一家人？

上面的四個疑問，你的回答中只要有一個肯定句，那麼，不管你是什麼領域的專業新聞台，這樣眞實的新聞都値得報導。所以，當社會局或警察局透露這個「爺爺燙傷小孫女」新聞的時候，專業電視台不要急著說：「不！」

讓記者用心去瞧瞧背後是不是還有眞實故事，如果有，請你的記者去追蹤。因爲這種眞實故事，絕不單純只是一項資訊而已，一般資訊都是看過就遺忘，但是這樣的故事卻能夠讓人印象深刻。如果你的電視台有心，你還可以發動義工幫幫這孤苦的一家四口，也可以教他們如何做小生意脫貧脫困。這樣的新聞追蹤，不會損及你的新聞專業，而且做起來意義十足。

人生處處是道場，一失足成千古恨的例子，天天擺在新聞中警惕著我們，你的電視台若眞的有心替社會做一點事情，眞實的社會人情新聞會鼓舞觀眾對社會做出貢獻。

## 六、老闆帶頭衝業務，業配新聞創商機

電視公司的經營者要掌握兩個數字，第一、是新聞部的收視率；第二、是業務部的營收。業務部拿著收視率去換廣告，這是新聞與業務最單純的生產線關係，但是在這個講究行銷的年代，你若能夠把新聞和業務緊密結合，一定可以產生更具創意的商機。

## 老闆，不能只做危機處理

以目前新聞台的現況來看，新聞部和業務部的短暫合作只有發生業配（業務配合）新聞，而業配其實談不上配合，交辦的性質大過合作。新聞部面對業配咧，多半是隨便找組記者拍拍，隨便找個不重要的時段播播，彼此交差了事。心態上是敷衍的，根本沒有照顧好廣告商，更嚴重的損失是，業務部常把新聞部當作是業務推廣的麻煩製造者（trouble maker），新聞部則把業務部當作是衝刺收視率的阻礙。

新聞部主管常說：「我們要面對業務部壓力，因為新聞經常要配合廣告收益。」舉例來說，當麥當勞分店發生爆炸，業務部會希望新聞能夠淡化處理，最好連「麥當勞」這三個字都別提，以免廣告商縮減廣告預算。

又譬如，當一家企業遭到「千面人」恐嚇，新聞部主管又抱怨：「我們知道大企業得罪不起，但業務部不近情理，硬是要求封鎖消息，這未免太過分。」

新聞台的現況是，新聞部對廠商的負面新聞拚命往前衝，而業務部則是幫業主拚命踩煞車，兩個部門都把時間浪費在替廠商做危機處理。作為老闆，你一定要調和這兩個賺錢部門，最簡單的作法就是按照廣告商的友好關係，請業務部去整理兩份名單給新聞部參考，公司裡不必再為了部門的本位主義吵翻天。

1. **業務友好名單**：老闆要出面當仲裁者，請業務部跟新聞部的主管講白了，有哪些廠商是廣告量大的衣食父母。對於這些衣食父母，在負面新聞的處理上當然要預留轉圜餘地，只要非關公眾利益，在兼顧新聞道德的前提下，一定要盡量隱惡揚善。

2. **業務待開發名單**：也請業務部講清楚，究竟哪些廠商是有預算卻從來不肯下廣告。只要這些待開發的廠商出了事，不管它是大事小事，不但別阻擋新聞部採訪，最好還要當新聞部的眼線做新聞部的報馬仔，讓記者鉅細靡遺地如實報導。而且要切記，必須要求新聞部去追蹤報導，讓這些待開發廠商不再大小眼，不再只上其他電視台廣告卻漏掉你。不過，這份「待開發名單」不能形諸文字，更不可以外流，大家心知肚明即可，以免引來不必要的麻煩。

其實，從公司的角度來看，老是讓新聞部和業務部去處理廣告客戶的「危機」，那實在是下下策。就好比一位政府領導人，你不能天天爲了屬下捅出來的漏子做解釋，把國家的精力都消耗在無謂的道歉啦、說明啦，這樣的道歉政府，老百姓看不到明天，當然不會誠心支持你。

作爲領導人，要有開闊的格局，要提出具體可行性的願景，要凝聚共識帶領大家打團體戰。對電視領導人來說，你的工作就是把業務和新聞這兩個部門拉攏在一起，建立一個更具開展性、更有業務能力的新夥伴關係。

這個新夥伴關係的建立，就從「業配」新聞作爲合作起點。

## 用業配新聞創造商機

業務部指定的業配新聞，多半與民生消費息息相關，多數是企業新產品的介紹，譬如像是美容美髮業啦、信用卡啦、大哥大啦、汽車或飲料等廣告。作爲公司領導人，你必須要求新聞部把廣告商當成主人來伺候，尊重客戶的意見，用僕人的精神來服務廣告客戶。

千萬不要以老大心態看待業配新聞，以爲採訪了業配新聞就會惹來銅臭。其實，拋開文人的矜持，公司若能因爲你的採訪換來廣告，對公司來說，那才眞是大功一件咧。你想想看，難道業配新聞就不能成爲新聞嗎？業配新聞裡包含了「民生消費」以及「企業新訊息」兩大新聞元素，我們若是拿出製作重大新聞的力氣去面對它，那麼業配新聞就可能變成觀眾愛看的消費新聞。

好好處理業配新聞，這個點子在電視台雖然看似創舉，但是在平面媒體上其實早已獲得成功。不論是報紙還是雜誌，成功的媒體早已把「廣告」和「報導」結合在一起，你根本不會發現，一篇叫人欽佩的企業家奮鬥故事，其實背後帶來的，可能是這家關係企業的龐大廣告預算；一篇教導民眾該如何選購汽車的專業討論，在專題報導的背後則是車商出資的成果。這種結合新聞與業務的文稿，有一個專業名詞，就叫「廣編稿」。

平面媒體「廣編稿」的撰稿方式，就是處處以服務消費者爲出發點，讓消費者不覺得它是廣告，在毫無防備的情況下，不知不覺地接受它。電視台可以拷貝平面媒體的成功模式，把它轉化成電視台的專屬操作程序。怎麼做？請往下看。

### ⑴派出最好的記者

我常常說：「什麼樣的新聞題目都可以做，重點是什麼人做！」好的記者，他會用心完成你交付的任務，平淡無奇的消費訊息，他也會找到吸引人的切點。可惜，現在的業配新聞很多是抓公差，哪一組有空，就擠出一點時間去拍一拍，記者在採訪前連功課都沒辦法做，在這種緊急情況下產出的新聞，品質就可想而知了。

但業配新聞是賺錢的事業耶，你難道不能指定兩組優秀的財經記者專跑業配嗎？就把他們放在採訪中心底下，方便調度支援。優秀的記者，絕對可以製作出可看性高的消費專題。

**(2)找出最好的切點**

財經和消費新聞最注重切點與包裝，只要新聞切點的格局夠大，不侷限在一家廠商或一個品牌，一般民眾根本看不出背後隱藏的商業利益。新聞的「包裝」好一點，多給它一些緊湊的電腦效果畫面，再把它處理成流行趨勢、理財消費新知，觀眾肯定會喜歡。

**(3)安排最好的時段**

這麼好看的新聞，你還捨得把它丟到冷門時段去播出嗎？它的首播當然要選在晚間新聞的黃金時段，要讓最大多數的觀眾看到。目前的業配新聞，它給廠商和觀眾的感覺都不舒服，因爲它常常是塞在冷門時段裡偷偷摸摸播出，看到的人非常少，有時候甚至比平面媒體的「工商報導」還不起眼。如果你經常讓廣告客戶打電話來催促：「什麼時候播？什麼時候播？什麼時候播嘛？」

讓客戶有「求求你」來拍攝、「求求你」快快播出的惡劣感受，那麼，他肯定不會再心甘情願地多下廣告。馬屁若是拍在馬腿上，反而適得其反，不用心的業配新聞還不如不做。

### ⑷接最適切的廣告

在業配新聞之後的廣告安排也是一門學問，爲了閃避「廣告之嫌」的爭議，業務部雖然可以排播同性質的廣告，但是應盡量避免緊接。比方說，若今日播出了「全台休旅車性能大調查」專題，趁著觀眾對報導還有印象，業務部可以間隔幾分鐘之後，在下一段進廣告的時候，播出眞正性能第一名休旅車的「眞」廣告，不但可以加深觀眾印象，給廣告客戶的感覺更是棒透了。

至於「直接性」不那麼強的業配新聞，就比較不易被挑剔有「廣告之嫌」，那麼業配新聞和廣告就可以考慮連成一氣。譬如說，在播出「最受歡迎的麻辣火鍋」專題之後，業務部排播一則清涼降火氣的碳酸飲料廣告，讓觀眾在吃完麻辣鍋之後，喝一罐清涼飲料，這種貼心的作法，也會讓廣告業者很窩心；又譬如說，今日的業配專題是「雲林古坑的國產咖啡香氣遍全台」，在播完這則接近公益性質的新聞專題之後，再排播金車、藍山咖啡之類的「眞」廣告。新聞與廣告的「巧遇」，累積的效果絕對是加成加倍，廣告商多半會加碼下單。

把業配新聞提升到專題新聞的層次，這只是新聞與業務結合的第一步，當業配新聞變得好看而且重要的時候，它在廣告界一定會博得好口碑。大廣告商即使不看收視率也會搶著上你的新聞時段，因爲跟其他老大散漫的新聞台比較起來，廣告客戶會感覺受到尊重嘛。行銷觀念上的小小改變，很可能就帶來擴大業務的新契機。

# 第二章　建立品牌搞行銷

## 一、品牌行銷不是空話

品牌行銷的本質是企業與企業之間的利益爭奪，是收視率的競爭，也是爭取電視消費者的戰爭。

品牌行銷強調的是長期效果，它要經得起客戶長時間的檢驗，所以形象必須清晰，必須要有一致性。舉一個政治上的品牌行銷例子，讀者就可以更清楚。譬如說某一位總統候選人，他的第一個行銷廣告是陽光的、太陽的，強調要給人民希望；但是一旦攻擊起對手，他就換了一副嘴臉，變成刻薄的、尖酸的扒糞者；等到對手反擊他的時候，他又像個懦夫，哭哭啼啼地裝可憐。這樣一個善變的人，是很難做形象包裝的，因爲選民根本弄不清楚，他究竟是領航者？扒糞者？

還是懦夫？所以選票就不會投給這名候選人。

電視台的形象也一樣，你究竟要打什麼品牌，做老闆的必須很清楚。譬如說，你要做一個永遠的反對者，那麼不管哪一個政黨執政你都要批判它，即使讓觀眾知道，你這個電視台就是專找政府麻煩的，這也是一種品牌行銷。但千萬不能既批判政府，又要向政府拿置入性行銷的預算，一旦媒體的形象壞掉，編採策略一直變！變！變！那麼給觀眾的印象就會愈來愈模糊，會造成觀眾無所適從，根本不知道爲什麼要來你的電視台消費。

「電視台的品牌形象要怎麼建立？」

事實上，觀眾對品牌的認知是有階段的，一般人的消費行爲可以歸納爲三個階段：第一是「量」，第二是「質」，第三是「心理需求」。對照台灣的電視市場，每天都有十五家電視台在播新聞，數量上絕對不缺；但是每家電視台的內容卻大同小異，素質的差異也很有限；因此重點在心理需求，你要營造一個品牌形象，要給觀眾一個理由：「我爲什麼要轉台過來看你？」

要觀眾來看你這家電視台，這絕不是因爲你記者最多、公司最大，觀眾就要看你。心理需求的重點在於：一、能否掌握到觀眾要看的新聞。二、會不會製造話題匯聚人氣。三、有沒有超水準的明星主播。掌握到這幾個竅門之後，觀眾才會心甘情願地按下遙控器進來消費，也才會有收視率。

所以要先搞清楚自己的電視台定位，先弄清楚自己的商品定位是什麼？搞清楚你要拿什麼來吸引觀眾？你想行銷的品牌才有可能突出。

要想搞好電視台的品牌行銷，你一定要有「說盡善意謊言」的覺悟。因爲，雖然你要吸引的是最大多數的中下階層觀眾，但是盯著你的學者專家也不少。所以，你一方面得提供觀眾愛看的新聞博取收視率，一方面還得準備一套漂亮的詞藻，去討好學院裡的研究人員。美麗的詞藻還有個附加價值，那就是，可以讓不知所以的平面媒體報導一番，以收宣傳之效。

我設想了幾套美麗的說詞，提供給媒體老闆，你們若想說漂亮詞藻的時候，可以作參考。

**(1)漂亮的「媒體宣言」**

「我們要做台灣最有影響力的媒體，要領導新聞話題。」

「我們要讓電視成爲觀眾不可或缺的瓦斯和電力。」

「我們要做新聞品質市場的領航者。」

「我們要給觀眾一個報導實情的電視，絕不造假。」

「我們要爲觀眾的言論自由奮鬥。」

**(2)簡潔、迅速、好看並且充滿娛樂性的「新聞內容」**

1. **新知**（inform）—新的訊息、知識、觀點、發明和創作。
2. **娛樂**（entertain）—電影、音樂、劇場、文學、漫畫。
3. **豐富**（enrich）—擴大觀眾的視野，豐富生活的內涵。
4. **鼓舞**（inspire）—向上的故事，提升觀眾的精神層次。

### ⑶崇高的「新聞理想」

1. **最快**：美國有一名資深記者說：「我這輩子覺得報導過最棒的新聞就是，甘迺迪總統被槍殺的消息，我比第二名的記者早播了三十秒。」如果我們的電視台，每一則新聞都能比別台快三十秒，這個電視台就成功了。

2. **最公平**：「正義」是我們的新聞目標，即使現實的環境不能完全符合，我們還是堅守最低標準，那就是至少要做到平衡報導，不做假新聞。

3. **最有觀點**：我們要主導議題，但是絕不製造新聞。

4. **掌握主流意識**：報導最大多數人的想法。

電視老闆們看完上面的媒體宣言，少數人也許會覺得這樣的理念簡直「偉大」，多數人卻一定看得霧煞煞。上述華麗的文字與理想，你把它吸收內化成思考就好，眞正操作新聞的手段絕不能這麼空泛。

你要落實自己的品牌行銷，講白了，就是要吸引觀眾進來。要告訴觀眾你的電視台好在哪裡，哪裡有價值，讓觀眾覺得不看你的電視台會後悔一輩子。

## 二、別怕，媒體是天生的在野黨

身為媒體負責人，不管你願意還是不願意，你心裡都要有個準備，準備做執政黨的諍友。因為媒體是行政、立法、司法之外的第四權，媒體的天職就是監督政府，是站在政府的對面。不過，媒體老闆也不必擔心「多言賈禍」，因為媒體不管是報導或評論，它都受憲法言論自由的保護。

而且媒體只要是真正在報導真相、揭發不法，那麼即使偶爾發生踰矩行為，多數觀眾也可以接受與忍受。所以，從政黨制衡的角度來看，媒體還應該與在野人士結為好朋友咧，因為媒體「看緊政府」的價值，和在野人士幾乎一致。

要想成為好記者，身上必須流著反威權的血液，因為好記者多半是天生反骨；同樣的，要作為好媒體，相對於執政者來說，就必須是反對人士。《紐約時報》董事長沙茲伯格在談到媒體特性的時候，曾經十足反骨地說：「我們就是偏頗，懷疑當權者就是我們的偏見。」

也曾聽媒體前輩對《紐約時報》的「偏見」有不同看法，前輩從商業的角度說：「我們永遠要和執政者做朋友，不該對政府太挑剔，應該對政府多一點忠誠。」

講到「忠誠」那是必須的啦，我們必須對配偶忠誠，對朋友忠誠，當然也要對國家忠誠。不過，另一位朋友闡述他對國家忠誠的看法，真知灼見令人久久難忘，他說：「我努力工作繳交稅金，我養活了這個政府，這就是我對國家最大的認同與忠誠。」

朋友說得好，我們都是國家的主人耶，是我們這些主人納稅養活了政府公僕。作爲公民，哪裡有主人去巴結公僕的道理；作爲媒體人，我們更得看緊政府的荷包。我們的工作就是要來盯著公僕，看看他們的操守好不好？看看他們有沒有亂花我們的納稅錢？看他們有沒有能力治理土石流？能不能幫幫沒錢上學的孩子、救救失業的勞工？甚至看看他們有沒有污掉我們辛苦的納稅錢？

做個電視負責人，你要扛起這麼多監督政府的責任，你怕不怕？

若是害怕，最好就不要搞媒體這個行業。因爲，被媒體監督的公僕，有時候被你逼到狗急跳牆，就會露出原形，然後對你惡形惡狀，有時候可能還會演出「惡僕欺主」的戲碼。

曾經就有領著你我納稅金的超級大公僕，因爲不滿媒體對政府弊案的持續報導與追蹤，竟然召開記者會公然撕毀報紙，或者煽動狹隘的族群意識，發起「退報救台灣」、「撤銷新聞台執照」……等等打壓言論自由的舉動。

這些惡僕一旦掌握權力，就聽不進媒體對他們的諷諫批評。他們反而會濫用主人給他們的權力，以抽廣告或撤銷電視台執照相威脅。

面對這樣的政客與惡僕，你需要特別擔心嗎？不必！

## 三、媒體像火爐，愈是打壓、火愈旺

媒體監督政府是天職，你愈是不畏強權監督政府，你的電視台愈能獲得觀眾的支持。戒嚴時代的台視曾經報導黨外人士活動（民進黨的前身），結果被當時的政府關切，台視的主管雖然被檢討，但是「好膽」對抗政府的台視卻得到觀眾的青睞，也讓台視在解嚴前後坐穩新聞龍頭寶座好長好長一段時間。

無線電視的台視憑著監督政府贏得收視，進入有線電視時代之後，有線電視龍頭 TVBS 也是以監督政府聞名。譬如說，二○○四年底高雄捷運工程的上千名泰籍外勞，他們因爲生活條件太差，簡直像奴工一樣地被剝削與對待，於是憤而縱火群起抗暴。這起外勞抗暴事件喧騰成國際醜聞，這對一向強調人權立國的執政黨是顏面盡失；更嚴重的是，整起泰勞抗暴的遠因竟然還牽涉到官商勾結弊案，台灣政府的高官藉著外勞仲介涉嫌貪瀆。

台灣雖然號稱有七家新聞台，但是這起高雄捷運弊案卻只有 TVBS 一家電視台賣力地追蹤報導。TVBS「2100 全民開講」節目持續的揭弊報導換來人民的信任，熟知高捷弊案內幕的人開始陸續向 TVBS 爆料。這些「不滿人士」一點一滴地提供弊案內幕，等於提供 TVBS 節目內容養分，漸漸的，電視台和「不滿人士」建立互信的默契，有人寄給 TVBS 一張關鍵照片，這張照片震撼了政壇。

照片的地點是韓國濟州島賭場，而照片裡的關鍵人物更具爆炸性，竟然包含了總統府副秘書長，以及高雄捷運副董事長在內的兩位關鍵人物。這對一向自詡清廉的執政黨是莫大的諷刺，一張賭場照片戳破政府清廉的假相。

但是戳破政客的謊言之後卻給 TVBS 帶來災難，雖然獲得高收視率，但緊接而來的是政府對 TVBS 的行政打壓。行政院新聞局無巧不巧的，在總統府高官涉足賭場的照片公布之後，竟然查起 TVBS 的稅，並且調查起 TVBS 的資金結構，說 TVBS 的資金來源有問題，說它的資金是中國資金，說它透過控股公司掌握台灣的股權，說它違反了台灣的廣電法規。新聞局還爲此放話要處分 TVBS，最嚴重的處分是撤銷執照。

撤銷執照！這是何等的嚴重的打擊，等於是叫 TVBS 打烊關門。但是 TVBS 的危機處理不錯，一起來看看 TVBS 是怎麼化危機爲轉機的？

### (1)堅持報導，不畏打壓

政府打壓你，目的就是要你低頭，你若是低頭認錯，那麼先前追求正義公理、向政府挑戰的努力就前功盡棄，還不如一開始就投降示弱，免得大費周章。遇到不公不義的打壓，你更要秉持公正客觀的精神和態度，繼續追蹤而且擴大報導，簡言之，就是要與欺壓你的政府「槓」上。當時的 TVBS 就是在新聞中跟政府講法律講道理，幾乎是傾全力繼續追蹤高捷弊案，結果給觀眾「威武不能屈」的正義形象。這樣形塑出來的品牌，是花再多錢都買不到的形象廣告。

反抗政府無理的打壓，就是媒體最好的自我行銷，也最容易得到觀眾正反意見的討論。你不必害怕觀眾的討論，一個電視台成不成功，除了比較收視率的高低之外，最重要的是看和觀眾有沒有互動？簡單的檢驗標準就是：碰到重大事故的時候，觀眾打電話進來的人數多不多？

成功的電視台不必害怕觀眾的電話，即使你堅持做「對」的事情，還是有人會反對。重點是，你能不能擇善固執，只要不畏懼觀眾打進來罵人的電話，你愈是堅持，就愈接近成功。

**⑵訴諸民意，尋求奧援**

媒體本身就是最好的宣傳工具，只要你批判政府的態度堅定，自然有人會站出來相挺。立法院裡的在野黨絕對會不請自來聲援；民間咧，輕易就可以在全台各地搞「萬人簽名聯署」支持；還可以在大專院校的新聞系所、記者協會裡舉辦聲討政府的座談會。

我之前不是說過了嗎，媒體平常就要和在野黨做朋友嘛！執政黨若是打壓你，在野的朋友一定會回過頭來聲援你。媒體與在野的力量一旦結合，沒有公信力的政府一定會被「妖魔化」，政府說什麼，民眾都不會相信的。政府這時候，若是愚蠢到膽敢用激烈的行動打壓你，你反而要偷笑，因為從媒體行銷的角度來看，愈是被政府打壓的媒體，愈容易被塑造成英雄，也愈容易得到民眾的支持。

說得好聽一點是「德不孤，必有鄰」，事實上，掌握了民意，民氣可用的情況下，這就是反對勢力的大結合。任何國家、任何團體，甚至小到家庭都會有反對意見，只要你電視台做事符合公理，即使一丁點的正義星火都可以燎原，一定會聚集很多觀眾跟你站在一起。

### ⑶凝聚內部共識

碰到政府打壓，媒體負責人除了專心對外戰鬥，也別忘了安內才能攘外。因爲電視台員工就靠著這份工作養家活口，公司要把有利於公司的法令條文拿出來，把公司正確的立場說清楚，不論是以公文形式呈現，還是以座談會的方式向員工宣達都可以，總之不要讓員工人心惶惶，影響到上班作戰的情緒。

員工了解公司的政策之後，不但可以凝聚力量團結對外，特別是記者出去採訪的時候，一定也會面臨外界好奇的詢問和挑戰，甚至是惡意政客的挑釁。你若能先讓記者有心理建設，在外頭採訪的時候，碰到政客的挑釁，在應對上就不至於進退失據，影響到員工和公司形象。

### ⑷升高抗爭層次

你堅持做好前項「損」上政府的工作之後，台灣沸沸揚揚爭取新聞自由、言論自由的聲音一定會得到國際媒體的報導，這時候你再升高抗爭層次，把「爭言論自由」的普世價值沸騰到美國去，一定能引起美國政府的注意。TVBS被政府放話撤照的事件，就讓華府的記者在白宮提問，結果換來美國國務院發言人的聲明：「美國對新聞自由十分重視，因爲新聞自由是民主的基礎。美國也理解台灣領導人與台灣人民同樣重視；希望這項原則在台灣能持續確保。」

這幾句不關痛癢的話，雖然是標準的「外交辭令」，卻有「綿裡針」效果。美方認定台灣政府是重視新聞自由的，你不承認還不行；然後就要求，希望新聞自由能在台灣「繼續確保」。人家美國老大哥都講話了，你台灣政府當老美的小弟，還不是得趕快找個下台階，放下 TVBS 撤照爭議的燙手山芋。

TVBS 被新聞局打壓的事件，正是運用來創造議題的最好時機。TVBS 根本不必擔心撤照，因爲民氣可用，新聞局也沒有膽量撤照，TVBS 只會因爲新聞局的打壓而愈打愈紅，聲援的觀眾大幅增加，收視率也一路長紅，反而更讓 TVBS「2100 全民開講」節目穩坐談話性節目的霸主寶座。

其實，身爲解嚴之後的電視台老闆，面對政府的打壓根本不必害怕，你反而應該想的是：「哇，機會來了，電視台免費行銷的機會來了，要好好把握。」

遠在三千年前，秦始皇就搞過焚書坑儒的把戲，但還好，在這個民主時代，想用秦始皇那一套來對付媒體是行不通的。因爲民智已經大開，事實證明，愈是勇於對抗執政者不公不義的媒體，愈能獲得普羅大眾的熱情支持。那些被執政者發起退報運動的報紙，以及被新聞局恫嚇要撤銷執照的電視台，到現在依舊經營得很好，而且還成爲同業中的翹楚。

### (5)媒體不能苟合牟利

你只要想到，惡僕政客的任期有限制，但媒體只要有觀眾支持、只要不倒閉，就可以永遠做下去；惡僕有鞠躬下台的一天，而媒體只要行得正、夠堅持，就能獲得觀眾的支持。重點是夠堅持喲，當你抓到一個政府的弊案，就要打破砂鍋問到底，天天去追蹤辦案進度，天天去發掘可能的內幕。

你的電視台當然不是調查局，你只能報導，不能辦案，但是只要你對弊案的追蹤夠堅持，自然會得到觀眾甚至調查員的爆料支持。雖然司法人員要堅守所謂的「偵查不公開」原則，但「偵查不公開」這項規定的原意是：避免還沒有定罪的嫌疑人蒙受名譽損害，並確保偵查程序順利完成。

不過誰都知道，有原則就一定會有例外，原則只能規定正常狀況，一碰到政治力的干預，對調查員來說，「偵查不公開」的規定反而成了調查員頭頂的緊箍咒，政治壓力會施放煙幕彈來阻擾調查員辦案。這時候，你的電視台若能堅持追蹤報導，反而會成爲調查員宣洩不滿的窗口，你的堅持就能引出熟知內情的消息人士，讓他放心地把弊案的資料送給你，跟你一起監督政府。

「如果被你監督的政客用國家的行政權對付你，怎麼辦？」

別怕！媒體經常是愈打愈旺，你還怕什麼怕。

所以啦，歷史的經驗告訴我們，面對政客的打壓實在不必太過擔憂，因爲政客對媒體的態度一貫都是霸權的，他們即使偶爾對你好一點，也不過想籠絡你成爲家臣，政客永遠只想藉著權力來役使媒體。所以媒體人不必再對政客心存幻想，反而更應該堅持自己的定位，那就是：**媒體是天生的在野黨，媒體永遠要站在政府的對面**。

要吃媒體這行飯，你必須認清，你是監督者，沒有人阻止你和當權者和平相處甚至做朋友，但是你們永遠不可以苟合牟利，你們最多只能維持唐太宗和御史魏徵的諍友或諫臣的疏離關係。只要你能夠堅持媒體天職，勇敢地針砭政府，講明白一點，就是勇敢地監督政府，如此日久見人心，觀眾自然會成爲你倚靠的力量，那也就是你做媒體行銷最好的策略。

## 四、給觀衆「感動」，才是明星主播

在討論電視行銷的大方向之外，電視新聞想要有好的收視率，主播也是很重要的因素。新聞台的主播就像一位新聞推銷員，推銷員的業績有好有壞，但若想有高收視率，找超級推銷員不失爲一個好方法。

一位新聞的超級推銷員，他不是裝扮得美美、優雅地坐上主播台唸唸稿子就可以的，他絕對要有特殊的過人之處。

去看看各行各業的超級推銷員，他們不見得都是俊男美女，也不見得個個口才便給，但他們一定有一種特質，那種特質很難用言語形容，他們渾身上下都會散發一種氣質，一種讓客戶覺得「感動」三種特質的主播。如果你發現了兼具這的氣質。否則，商品的質量與數量大家都差不多，客戶爲什麼要跟你買？各家新聞台的內容也都大同小異，觀眾又爲什麼會鎖定幾位明星主播？

每位超級推銷員的成功模式也許不盡相同，不過一定是「敬業」又「專業」，因爲他們全心投入自己喜愛的工作，所以客戶就能感染到他們「樂業」的情緒。你幾時看過超級推銷員跟媒體抱怨他的工作？因爲他們全副心力都花在解決困難上頭，根本沒時間抱怨。

作爲電視經營者，你要怎麼訓練自己成爲慧眼識英雄的伯樂？最簡單的考核標準，就是去尋找兼具「敬業」、「專業」和「樂業」三種特質的主播。如果你發現了兼具這「三業」的主播，不管他現在是不是坐在第一線主播的寶座上，他都可能是你的千里馬，給他機會，他就能夠發光發熱，同時也爲你帶來好收視。

不過「三業」的評斷標準有時候很主觀，在主播逐漸「藝人化」的電視環境裡，即使身爲電視台經營者，你若是隨興更動主播的播報時段往往也會動輒得咎。許多主播已然把自己當作藝人了，公司若有任何不利於他的舉動，他就會放話給平面媒體，說公司打壓他，這反而容易造成經營者的壓力。

「怎麼辦？面對這群難搞的主播。」

「搞個主播評鑑制度嘛！」

一位主播適不適任新聞推銷員的工作，最簡易的量化標準就是收視率。你可以在公司內部成立一個「主播評鑑小組」，召集能孚眾望的主管出任組員，觀察主播他播報時段的收視率變化，做出調整主播播報時段的建議。這種以客觀會議形式議決的結果，任何被換下來的主播都只能摸摸鼻子，到其他較冷門的時段繼續修煉。

不過，我建議觀察的收視率，倒不是去看每日的絕對數字，而是和同時段比較的相對數字。譬如說，A主播是播晚間十點的新聞，他的收視率是「○．五」。這個數字輸給晚間新聞的收視率「二」，也輸給午間新聞的收視率「一」，從絕對數字來看，A主播的「○．五」當然不高。不過，你去比較各新聞台十點這一節的收視率，如果A主播的「○．五」領先其他友台，那就代表他是相對數字最高的主播。這樣的主播代表他有觀眾緣，可能帶給觀眾一定程度的「感動」，這位A主播不但要留任，還應該視作千里馬好好培養。

相反的，如果B主播他播報的黃金時段收視數字不高，相對數字也敬陪末座，評鑑小組在看過他的新聞排序之後，發現收視不佳的問題不在rundown的內容，再觀察個幾天，如果收視數字仍是不見起色，就必須調整B主播的播報時段。

這聽起來有點殘忍，但收視率是現實的挑戰，一位業績不佳的推銷員，一定是自己的推銷方式無法帶給客戶感動，你不可能給他太優渥的業績獎金。B主播既然無法感動黃金時段的觀眾，若調他去經營其他較冷門的時段，說不定他的新聞推銷方式會比較適合離峰時段的觀眾群，可以感動離峰時段的觀眾，不但可以再爲公司、也可以爲B主播個人創造另外一番氣象。

而創造一番氣象之後咧，作爲老闆的你要不吝替主播們宣傳宣傳，你可以把主播們包裝在一起，搞一個「某某台改版有成」，或者「某某台經營大突破．三個月有成」之類的系列宣傳活動。請來平面媒體記者搞幾場聯誼餐會，在酒酣耳熱的歡愉氣氛中，不但幫明星主播們造了勢，這樣善意的宣傳更會迴向到自己的身上，可以凸顯老闆你過人的經營績效。

# 第三章　媒體新趨勢

電視經營者縱然對媒體各自有千萬種使命，但永遠要面對的是，你得拿現金出來和市場機制相拚搏。市場機制常被稱爲是「一雙看不見的手」，這雙手暫時還不會操縱電視的生殺大權，但從報紙這個行業來看，市場機制早已翻攪報業生態的榮枯。《自立晚報》、《勁報》、《新生報》和《中時晚報》皆因不堪虧損而相繼停刊，還有很多報紙也在風雨飄搖中等著吹奏熄燈號。

相較於平面媒體逐漸走入歷史，電子媒體目前還在混亂中百家爭鳴。不過，在市場機制下激烈廝殺，對多數的電視經營者來說，想「獨佔鰲頭」的夢想已經可望而不可及了。現在的電視競爭，能夠避開市場的殘酷殺戮獲得喘息已屬不易，若能「孤芳自賞」，踽踽獨行地活下來，那就是成功。

以下要談談，電視台如何活下去的媒體新趨勢。

## 一、新聞台的「藍海策略」

對多數身陷殺戮戰場的電視經營者來說，面對這麼多電視台的激烈競爭，「怎麼活下去？」是天天要面對的難題。

有一本企管暢銷書《藍海策略》，書裡提出的行銷概念非常值得電視經營者細細品味。這本書的研究團隊在分析全球三十家成功的企業之後發現，這些成功企業都是藉由開發新點子，發現了新的商機，才找到新的活路。

在新的商機裡沒有競爭，企業的利潤與市佔率卻大幅提高而成為贏家。這樣的思考模式，就被作者稱為「藍海策略」（Blue Ocean）。

相對於「藍海」的就是「紅海」，傳統企業的經營與發展，它強調的就是競爭，就是要置對手於死地來獲取自己的利益。競爭、競爭，讓對手們血流成河，最終匯聚成紅海。但是《藍海策略》的作者則呼籲大家揚棄紅海，迎向藍海。

作者認為，企業競爭想要脫離紅海束縛，不能只看到既有產業，必須跨越不同的產業觀點，找出其他消費者的需求，才不會在紅海中與大鯊魚互咬。「藍海」成功的最重要關鍵在於，企業必須了解客戶的需求，特別是鎖定新客戶的需求。

譬如說，行動電話一般都是年輕人在用，老人家這塊市場從來就不是競爭的主戰場，而為了爭奪年輕人的手機市場，企業間都是拚了命地削價競爭。不過依照「藍海」的概念，愈沒有人做的市場愈是要去開發。

你去深入了解老人家不喜歡使用行動電話的原因，可能會發現，是因爲行動電話爲了迎合年輕人，所以過分強調輕薄輕巧，但這卻讓老人家操作起來很不方便。如果你去設計操作簡單、價格又便宜的手機，就能徹底甩開對手，在沒有人競爭的老人手機市場裡獨樹一幟，開創新的市場與利潤空間。

看完以上《藍海策略》的簡報，電視台的負責人恐怕會陷入一種集體焦慮，大家的心裡都在問：「電視台的『藍海』在哪裡？哪裡是無人競爭的電視新市場？」

要問哪裡有「藍海」？先要了解「紅海」在哪裡？

新聞台現在最多的新聞類型就是：政治和犯罪災禍的社會新聞。這兩類新聞幾乎佔了每天稿量的五分之三以上。多數新聞台爲了收視率，總是把犯罪、火災或車禍放在前面，因爲新聞台相信：「有血腥才能領先。」

在犯罪新聞之後，接著就是政治新聞。因爲台灣特有的政治生態，政治光譜兩端的二極對立非常容易操弄，許多無聊的政治新聞，就在爭吵不休和互噴口水之中天天上演。

這種由血腥和口水累積而成的新聞訊息，它們帶給觀眾的只有混亂，新聞台卻爲了爭奪那零點零幾的的收視率，天天拚得你死我活，這就是電視的「紅海」吧。在紅海裡，各家新聞台不斷地以凶殺、強暴、虐待兒童，或者政客爆料、政黨對抗等等無益的消息轟炸觀眾。吃飽閒閒看電視的觀眾，與奮力搞殺戮的新聞台，大家的心情都是愈來愈消沉，記者與觀眾都在紅海中載浮載沉。

## 二、「藍海」，平凡人的不凡故事

新聞台獨缺一味，缺「人」的新聞。

一想到「人」，有讀者也許會聯想到社會底層的貧困故事。報紙上成天有這種窮人的悲慘事，你不必抄報紙，你只要發動記者到各縣市的社會局，或者到家扶中心去繞一圈，跟你保證，台灣窮人太多了。你如果只想找幾個貧苦人家輪流報導，然後再虛情假意地感傷一番，就要發動社會捐款，跟你說，這樣的題材電視新聞也不缺，不需要天天去報導，因為廉價的報導窮人故事，這種新聞到處都有。

我所謂「人的故事」，當然也包括窮苦人家、弱勢族群，但是你的報導不能只停留在表面膚淺的喟嘆：「啊，好可憐喲。」

就好比你看完一部電影要寫心得報告，你不能說：「啊，好好看喏。」「好好看」這三個字是情緒用詞，它跟「好可憐」這三個字的作用是一樣的，那就是：「沒有用！」

在電視「紅海」的拚搏中，報導可憐人已是大家殺紅眼的題材，但是很少有電視台對可憐人做深入追蹤，多半只是敷衍兩句就要大家捐錢。這樣的報導沒有人情味兒，嚴格說來它不屬於我定義的「人的故事」。

「人的故事」裡，主角不需要可憐兮兮，他應該和你我一樣都是平凡人。「人的故事」指的是：**發生在平凡人身上的不平凡故事**。由於這類故事具有普遍性，它的渲染性最強，這樣的題材才是電視新聞裡的「藍海」。

譬如說，「九二一大地震」之後，南投有一名十四歲的震災少女小芬。罹患骨癌的小芬，在大地震之後，全家人飽受「創傷後壓力症候群」之苦，父親承受不住龐大的經濟壓力，在果園裡吞農藥自殺；母親則倚靠著社會救助度日，經常抱著稚齡的弟妹以淚洗面；只有小芬昂首面對厄運，她走過父喪母悲的創痛，她忍受骨癌的煎熬參加了跆拳校隊，她還堅忍地，一拳一腳打下全國分齡組的跆拳冠軍。

這種平凡人的不平凡故事，才是眞正的「台灣英雄」，也是我所謂「人的故事」。試想，在南投這麼一個保守的社會裡，少女小芬的不屈不撓，一肩扛起全家的快樂希望。想像中，小芬應該是個外表堅毅的女孩吧，但實際上她卻和一般少女一樣害羞、謙虛。不過不同於一般少女的是，儘管小芬受盡貧窮與病痛的折磨，卻不輕易示弱，她反而努力地爭取榮譽，爲年稚的弟妹打出典範。而這一切的努力，只爲了重新凝聚她失去希望的家庭。

像這麼一個平凡的女孩，她做著不凡的事，這種眞實故事，其實是你我周遭許多無名英雄的眞實寫照，他們無私、無求，爲自己所愛的人奉獻心力，只因爲他們堅信社會還有公理，努力就有機會邁向成功。這種「做好事、說好話」的眞實動人故事，相對於新聞台只專注於虐、打、殺、口水式的資訊拚搏，如果有電視台肯退一步，把心力放在這些平凡英雄的身上，這些平凡人的不凡經驗就是我所謂的電視「藍海」。

但「藍海」也強調堅持，關懷弱勢族群的新聞不能只有三分鐘熱度，一定要堅持到底。不論你是做殘障、貧窮還是弱勢小人物，你的電視台如果能夠持續報導這群人的困境，把報導的角度深入結構性的問題核心，透過一個又一個故事來呈現主角的辛酸，讓觀眾對弱勢族群有深入的了解與體會，然後從制度面去找到解決的方法，幫弱勢解決困難，這也是電視台找到「藍海」的方向之一。

譬如說，你持續報導罕見疾病患者的求生故事，透過報導，你幫忙把罕見疾病用藥納入健保；你幫忙「無汗症」的病童募到冷氣機，讓無汗症的貧童可以走進校園接受教育。如果你的每一篇報導都可以追蹤出成果，那麼觀眾就會產生參與感，就能引發共鳴。

你只要想想，不論中外電影或電視劇，只要內容有關殘障、弱勢和貧困中奮發向上的故事，它們多半是各種獎項的常勝軍，票房往往也能爆出長紅。這類奮鬥求生的劇情肯定有市場，有市場的事情爲什麼電視台不做呢？

又譬如說，你我都受夠了刪也刪不完的垃圾郵件，我們付錢給中華電信租電子信箱，中華電信一個月賺消費者十五億台幣，但是中華電信給消費者什麼？天天送給我們上百通垃圾郵件，搞得我們還得浪費時間去刪除郵件。這時候，若有一位老師挺身而出跟中華電信周旋，站出來控告「拿錢不辦事」的中華電信，一般新聞台對這種新聞可能連播都懶得播，但如果你的電視台能持續報導這名老師與大財團（中華電信）的對抗，包括提告訴要求精神賠償啦、控告中華電信廣告不實啦、辦萬人簽名活動啦、去中華電信靜坐抗議啦……你的電視台若能堅持詳細報導老師與中華電信的周旋經過，然後督促中華電信拿出辦法，眞正幫百萬民眾防堵垃圾郵件，這種貼近觀眾的不凡事蹟一定會獲得觀眾的共鳴，你的「藍海」就會多出一條小溪，匯聚眾多小溪就會成爲眞正的電視「藍海」。

說得具體一點，電視「藍海」的操作心法就是：「疾民之所疾，苦民之所苦。」站在弱勢族群的立場，用「同理心」去製作新聞。任何時代都會有貧民的無奈與權貴的枉法，可惜，多數電視台會選擇站在當權者的一方，漠視貧民無奈；如果你勇敢地站到平民那一邊，你就會發現民眾的痛苦。社會上自殺、失業、詐騙何其多，我們的政府在哪裡？我們的政府不關心民生疾苦，只在乎鞏固權力。

而要解決貧窮問題，就要看政府和社會要拿出多大的決心，如果大家不肯投資貧童，不給他們受教育和公平起跑的機會，貧窮問題只會惡性循環而且愈來愈嚴重。如果電視台拿出決心、眞正關心民眾，就會找到電視的另一個「藍海」。

新聞台要想擺脫新聞醬缸、爲民前鋒，那就少播一些大而無當的政治口水，以及血腥暴力的社會新聞，保留時段去關切小老百姓的痛苦，然後拿百姓的苦去對比大官們掏空國庫、債留子孫，那麼佔多數的貧窮電視觀眾，很容易就成爲你的收視率後盾，你的「藍海」一定沛然莫之能禦。

## 三、電視轉型新媒體

未來的媒體世界會長成什麼模樣？我們看看二○○五年AC尼爾森公司針對二十五到三十四

歲目標族群所做的媒體調查：台灣的網路到達率已經超越報紙，電視獨大佔九十六．一%、網路佔五○．三%、報紙佔四十九．六%、雜誌佔三十七．○%、廣播佔三○．六%。

至於在消耗時間方面，愈來愈多的調查報告指出，年輕人花費在網路的時間已經比電視還要長，這也誘使廣告商在網路廣告上大砸預算，而且每年以二○%以上的速度在成長。

網路之外，另一項高速成長的產業就是行動電話，二○○五年全球行動電話門號數已突破二十億大關。至於在台灣，二○○五年全台的行動電話門號數接近兩千三百萬戶，幾乎到了人手一機的地步，手機的成長速度和持有密度之高令人咋舌。

也許有讀者會疑惑，網路和手機雖然高成長，但是這與新媒體有什麼關連？

我只能簡要地說：「一個傳遞訊息的工具，只要很多人使用，很多人看得到、聽得到，感受到它的存在，它就是媒體，它就能帶來廣告和利潤。」

經過這樣摘要性的敘述之後，讀者應該不難想像未來媒體世界的分布樣態。媒體大趨勢是不會變的，未來的媒體可能長成如下的樣子：報紙、廣播與雜誌愈來愈小眾並且專業，有影音優勢的電視至少還能稱霸十年，手機和網路則逐漸追上電視。

所以經營電視台，除非你的體質太差，否則電視在短期之內還不至於變成夕陽工業。但是人無遠慮必有近憂，作爲電視經營者，我們必須正視網路和手機的崛起，不久的將來，手機和網路很可能取代固定放在客廳和臥室裡的電視，變成可以隨時帶著走的影音工具，這時候，電視該怎麼辦？

不必驚慌，手機和網路雖然爆紅，不過你有沒有發現，它們只是通訊技術的進步，手機和網路雖然都強調影音的重要，但是它們現在都缺一樣關鍵的東西，那就是「內容（content）」。而生產影音「內容」的技術正好是電視台的核心能力，電視台的經營團隊，應該快速融入新媒體的時代潮流裡，讓電視這個「內容」生產基地所製作出來的產品，不但在電視台可以播放，也可以轉成網路和手機訊息傳送出去，爲電視這個媒體找到新的獲利出路。

科技的進步將給媒體帶來翻天覆地的改變。由於影音科技工具已經深入民眾的生活，譬如像數位相機、數位攝影機、3G手機、甚至PDA，已是很多人的生活必需品，這些工具的操作簡便，只要人手一機，人人都可以拍攝到有價値的影片。因此「記者」一詞的概念，在未來可能不再僅限於受雇於某家媒體的個人，只要你能提供畫面，提供新聞內容與觀點，那麼你也很可能成爲「記者」。

未來的新媒體不該、也不會只是依賴記者去採訪，新聞的訊息來源絕對會變得更多元，媒體因應這個情勢，也一定要廣開新聞資訊的入口，與觀眾做最直接的互動，接收觀眾自行拍攝的各種影音資訊，在TV、在手機、也在網路播出。

而且，新媒體不是只有靠廣告賺錢，在傳輸的過程就必須獲利。新媒體還可以開設新的節目來播出觀眾拍攝的DV、接受評論或者舉辦比賽，讓觀眾與新聞節目的互動更密切。同時，也讓電視媒體在新的科技趨勢中找出新的獲利模式。

電視的未來，伴隨著科技的進步，只要能生產出觀眾有興趣的內容，電視這一行的前景仍是不可限量。

INK PUBLISHING 經商社匯 16

# 收視率葵花寶典

作　　者　劉旭峰
總 編 輯　初安民
責任編輯　陳思妤
美術編輯　許秋山
校　　對　陳思妤　劉旭峰

發 行 人　張書銘
出　　版　INK 印刻出版有限公司
台北縣中和市中正路 800 號 13 樓之 3
電話：02-22281626
傳真：02-22281598
e-mail:ink.book@msa.hinet.net
法律顧問　林春金律師

總 代 理　成陽出版股份有限公司
業務部／訂書電話：02-22256562　訂書傳真：02-22258783
訂書地址：台北縣中和市中正路 800 號 11 樓之 2
e-mail ：rspubl@sudu.cc
網址：舒讀網 http://www.sudu.cc
物流部／電話：03-3589000　傳真：03-3581688
退書地址：桃園市春日路 1490 號
郵政劃撥　19000691 成陽出版股份有限公司
門市地址　106 台北市新生南路三段 96-4 號 1 樓
門市電話　02-23631407
印　　刷　海王印刷事業股份有限公司

出版日期　2006 年 10 月 初版
ISBN 978-986-7108-74-6
986-7108-74-4
定價　350 元



國家圖書館出版品預行編目資料

收視率葵花寶典
／劉旭峰 著--初版，
--臺北縣中和市：INK 印刻，
2006〔民 95〕面；　公分（經商社匯；16）

ISBN 978-986-7108-74-6（平裝）
1.媒體社會學
541.83016　　95015963

INK INK INK INK INK INK
INK INK INK INK INK
INK INK INK INK INK INK
INK INK INK INK INK
INK INK INK INK INK INK
INK INK INK INK INK
INK INK INK INK INK INK
INK INK INK INK INK
INK INK INK INK INK INK
INK INK INK INK INK
INK INK INK INK INK INK
INK INK INK INK INK
INK INK INK INK INK INK
INK INK INK INK INK
INK INK INK INK INK INK
INK INK INK INK INK
INK INK INK INK INK INK
INK INK INK INK INK
INK INK INK INK INK INK
INK INK INK INK INK
INK INK INK INK INK INK
INK INK INK INK INK
INK INK INK INK INK INK

INK INK INK INK INK INK
INK INK INK INK INK
INK INK INK INK INK INK
INK INK INK INK INK
INK INK INK INK INK INK
INK INK INK INK INK
INK INK INK INK INK INK
INK INK INK INK INK
INK INK INK INK INK INK
INK INK INK INK INK
INK INK INK INK INK INK
INK INK INK INK INK
INK INK INK INK INK INK
INK INK INK INK INK
INK INK INK INK INK INK
INK INK INK INK INK
INK INK INK INK INK INK
INK INK INK INK INK
INK INK INK INK INK INK
INK INK INK INK INK
INK INK INK INK INK INK
INK INK INK INK INK
INK INK INK INK INK INK
INK INK INK INK INK

K INK INK INK INK INK INK
INK INK INK INK INK INK IN
K INK INK INK INK INK INK
INK INK INK INK INK INK IN
K INK INK INK INK INK INK
INK INK INK INK INK INK IN
K INK INK INK INK INK INK
INK INK INK INK INK INK IN
K INK INK INK INK INK INK
INK INK INK INK INK INK IN
K INK INK INK INK INK INK
INK INK INK INK INK INK IN
K INK INK INK INK INK INK
INK INK INK INK INK INK IN
K INK INK INK INK INK INK
INK INK INK INK INK INK IN
K INK INK INK INK INK INK
INK INK INK INK INK INK IN
K INK INK INK INK INK INK
INK INK INK INK INK INK IN
K INK INK INK INK INK INK
INK INK INK INK INK INK IN
K INK INK INK INK INK INK
INK INK INK INK INK INK IN